U0109411

古典詩歌研究彙刊

第三三輯

龔鵬程 主編

第 5 冊

蘇軾神仙吟詠詩的文學意涵與價值（中）

鄧 瑞 卿 著

國家圖書館出版品預行編目資料

蘇軾神仙吟詠詩的文學意涵與價值（中）／鄧瑞卿 著 -- 初
版 -- 新北市：花木蘭文化事業有限公司，2023〔民 112 〕
目 2+156 面；17×24 公分
（古典詩歌研究彙刊 第三三輯；第 5 冊）
ISBN 978-626-344-211-5（精裝）
1.CST：（宋）蘇軾 2.CST：宋詩 3.CST：詩評
820.91　　　　　　　　　　　　　　　　　111021851

ISBN-978-626-344-211-5

9 786263 442115

古典詩歌研究彙刊
第三三輯　第五冊

ISBN：978-626-344-211-5

蘇軾神仙吟詠詩的文學意涵與價值（中）

作　　者　鄧瑞卿
主　　編　龔鵬程
總 編 輯　杜潔祥
副總編輯　楊嘉樂
編輯主任　許郁翎
編　　輯　張雅淋、潘玟靜　美術編輯　陳逸婷
出　　版　花木蘭文化事業有限公司
發 行 人　高小娟
聯絡地址　235 新北市中和區中安街七二號十三樓
　　　　　電話：02-2923-1455 ／傳真：02-2923-1452
網　　址　http://www.huamulan.tw 信箱 service@huamulans.com
印　　刷　普羅文化出版廣告事業
初　　版　2023 年 3 月
定　　價　第三三輯共 8 冊（精裝）新台幣 16,000 元

蘇軾神仙吟詠詩的
文學意涵與價值(中)

鄧瑞卿　著

第三章　蘇軾神仙吟詠詩之創作背景與特色

　　蘇軾文學創作，蘊含廣博豐富，「以文字為詩，以才學為詩，以議論為詩」〔註1〕為表現手法。詩風有散文化、議論化、重理趣禪思等傾向，靈活筆觸，無所不及，尚自然、側寫實、抒情寫景寓理，為宋詩開創新格局、新境界。然蘇軾自幼崇道，又得隱者指導，神仙思想挹注內心，讓他在顛簸困蹇能安身立命，重新思考方向、重新振翼高飛，煉就內丹養氣，鑄熟梨棗，始可進入神仙世界的美好，享樂逍遙。

　　本章節擬分為二部分：一為蘇軾神仙吟詠詩之創作背景。必和政治、社會因子息息相關的。帝王崇道風靡，百姓沉浸在道教文化，這是整個宗教文化盛行的氛圍，自然影響人們的思想與作息活動。二為蘇軾神仙吟詠詩的特色為何？蘇軾何以用神仙吟詠的方式，傳達的目的為何？以及以神仙吟詠為素材，縮合生命體驗的價值，其影響力究是為何？針對問題提出，探究論述。

〔註 1〕（宋）嚴羽著，郭紹虞校釋：《滄浪詩話‧詩辨》（臺北：里仁書局，
　　　　1987 年 4 月），頁 26。

第一節　蘇軾神仙吟詠詩之創作背景

一、北宋帝王之喜好

　　北宋的道教文化發展，延續唐風。在道教理論、齋醮科儀及修煉方術等各方面高漲成風，因帝權統治者對道教的崇奉支持，讓道教文化進入高峰期。宋太祖趙匡胤未稱帝前，即與道士時相來往，奪取後周政權，利用符命、觀雲氣等道術，為其製造君權神授的天命論。稱帝以後，對道教發展予以關注。親自召見蘇澄等道士，並登門請益治世之道，裨助國政。又召集京師道士做考核，摒退學行不良者，提高道士素質。至太宗趙光義，召見道士活動頻繁，對黃白煉術感興趣，並不斷興建宮觀，蒐羅道書，命朝中臣士編纂校正，分賜各道觀。由於太祖、太宗大力支持，使道教文化日漸蓬勃，到了真宗，道教發展已達鼎峰盛世。

　　真宗趙恆對道教活動的推行，比太祖、太宗尊奉有過之而無不及。真宗皇帝對道教尊神降旨、降天書深信不疑。因天神降旨諭言，能守衛宋朝。朝廷需在終南山建造上清太平宮敬奉天神。如皇帝親征上原，天神降旨要建醮謝勝捷。踰旬，果真王師告捷。未久，天神又降旨，言諸天帝皆喜，宋朝祚運縣長。諸如此類的天書下降的神話，讓真宗深信且感興趣。另藉天書下降，乃為了鞏固趙氏帝權的政治目的。〔註2〕

　　由於天書降旨，讓真宗皇帝大興宮觀，大肆舉辦齋醮科儀活動。真宗為了仿唐玄宗頌揚其聖祖元元皇帝「御氣昇天，長生久視，體重元而不測，與元化以無窮。」〔註3〕所以另造趙氏始祖趙玄朗為其天尊奉之，尊號為「聖祖上靈高道九天司命保生天尊大帝」〔註4〕。有了天尊

〔註2〕參酌卿希泰：《簡明中國道教通史》（四川：四川人民出版社，2001年7月），頁90。

〔註3〕（清）董誥等人編纂：《欽定全唐文》〈定祀元元皇帝儀注詔〉（臺北：啟文出版社，1961年12月），卷32，頁427。

〔註4〕（清）畢沅撰，《續修四庫全書》編纂委員，復旦大學圖書館古籍部編：《續資治通鑑》〈宋紀三十·真宗〉（上海：上海古籍出版社，2003年5月），卷30，頁322。

降臨，於是一個道教神人，趙氏聖祖因而誕生。天書下降時，據說有神人指示，因而改年號為大中祥符，以符合受到上天護佑之意。大中祥符元年（1008）四月，始大幅修建玉清昭應宮以供「天書」，並派專人專司其職其事，至大中祥符七年（1014）十月完建，勞動軍民數萬，特置玉清昭應宮使，並令宰相王旦任之。除此，尚於各地建宮觀，鑄造玉皇、聖祖等聖像，鑄成後要迎往玉清昭應宮，並下詔，凡聖像所經郡縣，減除死囚罪罰，流以下釋放，升建州軍為真州，鑄聖像之地特建儀真觀。又特別訂定許多節日，如天慶節、天貺節、天禎節、先天節、降聖節等節慶，只為了天書降旨、聖祖降臨的神話，替國祚昌隆帶來鴻運。真宗又立授籙院及上清觀，可蠲免田租。從此，凡襲承嗣世者皆可獲賜號。不但如此，真宗還人肆擴建宮觀，從朝廷中央至地方各州設立道官等職。朝廷內真宗皇帝沉迷喜愛崇道活動，耗盡財力，造成國庫不足。《宋史‧真宗》贊語，言：「及澶淵既盟，封禪事作，祥瑞沓臻，天書屢降，導迎奠安，一國君臣如病狂然，吁，可怪也。」〔註5〕深信天書屢降，是祥瑞徵兆，君臣如病狂癡迷，實乃國政之異象。

　　仁宗、神宗時，對道教的瘋狂稍微止步，但崇道政策已屬國政部分，更動不易。仁宗趙禎時，重用崇道的王欽若為相，甚至王欽若卒後，為其雕像並於仙官之列。神宗趙頊做了「更贈神仙封號，初真人，次真君，並從之。」〔註6〕賜名封號，又做了「補道職，舊無試，元豐三年（1080）始差官考試，以《道德經》、《靈寶度人經》、《南華真經》等命題，仍試齋醮科儀祝讀。政和間，即州、縣學別置齋授道徒。」〔註7〕考舉制度，亦側重道教文化活動。

〔註5〕　（元）脫脫等修撰，楊家駱主編：《新校本宋史並附編三種》〈本紀第八‧真宗三〉（臺北：鼎文書局，1983年11月），卷8，頁172。

〔註6〕　（宋）李燾撰，楊家駱主編：《續資治通鑑長編》（臺北：世界書局，1983年2月），卷336，頁3467。

〔註7〕　（元）脫脫等修撰，楊家駱主編：《新校本宋史並附編三種》〈志第一百一十‧選舉三‧學校試律學等試附〉（臺北：鼎文書局，1983年11月），卷157，頁3690。

徽宗趙佶崇道更甚前朝諸帝王，活動更鉅，和真宗同樣編造了「天神降旨」〔註8〕的神話故事，托稱天神降臨乃復興道教。道士林靈素為迎合聖意，尊稱徽宗皇帝是長生大帝下凡降臨，為道教聖主。徽宗大興土木，興修宮觀；熱中神仙人物加封賜號、制定道教慶典節日；道教組織化，設置道官、道職；寵信有道法、道術者；推廣道學教育並設立制度；編纂道教史；大力蒐羅道經及纂修《道藏》。道教文化在帝王的推波助瀾之下，愈顯興盛。

北宋文化興榮與帝王好文有關。因風行草偃，上行下效，是讓北宋文化興盛之因。北宋開國之君趙匡胤起，重視儒生文士，認為「做宰相當須用儒者」〔註9〕因此歷朝宰相均是文臣主掌，甚是掌軍權及知州事。宋諸帝皆喜釋老之道，對儒釋道三教匯為一體。儒家方面，從太祖至仁宗，重視孔子後裔，襲官爵且代代相承。尤其真宗器重釋道二門，認為「釋道二門，有補世教。」〔註10〕且「三教之設，其旨一也。」〔註11〕真宗大中祥符六年（1013）「秋七月癸巳，上清宮道場獲龍於香合中。……己酉，亳州官吏父老三千三百人詣闕請謁太清。」〔註12〕真宗親率文武大臣至亳州進謁太清宮，於「八月庚申，詔來春親謁亳州太清宮。……庚午，加號太上老君混元上德皇帝。置禮儀院。」〔註13〕尊奉老子為太上老君。將秘閣道書和太清宮道書

〔註 8〕卿希泰：《簡明中國道教通史》，頁 95～100。

〔註 9〕（宋）江少虞：《宋朝事實類苑》〈祖宗聖訓〉（臺北：源流文化事業有限公司，1982 年 8 月），卷 1，頁 3。

〔註10〕（宋）釋志磐撰，《續修四庫全書》編纂委員，復旦大學圖書館古籍部編：《佛祖統紀》《續修四庫全書・子部・宗教類》（上海：上海古籍出版社，2003 年 5 月），卷 51，頁 701。

〔註11〕（清）陳夢雷集成原編者，楊家駱類編主編者：《博物彙編神異典第五十八卷二氏部》《鼎文版古今圖書集成》（臺北：鼎文書局，1977 年 4 月），第 494 冊之 28 頁。

〔註12〕（元）脫脫等修撰，楊家駱主編：《新校本宋史並附編三種》〈本紀第八・真宗三〉，卷 8，頁 154。

〔註13〕（元）脫脫等修撰，楊家駱主編：《新校本宋史並附編三種・真宗三》，卷 8，頁 154。

全送往杭州，以蘇、趙、台州舊有的《道藏》加以校勘，編為《新校
道藏經》共四千五百五十九卷，賜名為《寶文統錄》。後來宋代諸帝
王對儒釋道三家思想發展形成新儒學，予以支持重視，形成宋文化的
特色。

　　時代文化興盛必與典籍書冊有關。宋帝王皆好讀書，讓文臣們校
編群書，促成宋文化榮盛的現象。太祖好讀書，《續資治通鑑長編》言
其：「上性嚴重寡言，獨喜觀書。雖在軍中，手不釋卷。」〔註14〕太
宗嗜學、嗜書，《宋史‧太宗本紀》云：「性嗜學，宣祖總兵淮南，破
州縣，財物悉不取，第求古書遺帝，恆飭厲之，帝由是工文業，多藝
能。」〔註15〕他還大興藏書之館，詔有司，別建三館，賜名為崇文院，
藏書有八萬卷。亦詔文臣校經史群書、編纂新書。

　　曾棗莊《宋代文學與宋代文化》提述，言：

> 先命校定《五經疏義》，淳化五年又令對其他七經重加校定，
> 以備刊刻；同年還選官分校《史記》、《漢書》、《後漢書》，
> 杭州鏤版印行；置書庫監官，掌印經史群書，以備朝廷宣索
> 賜予，並允許出售，收其值上於官。〔註16〕

除此編書、修書之外，另有他的政治目的，在於安置割據地方的舊臣
要權，可分散其力與資源。宋王明清云：「太平興國中，諸降王死，其
舊臣或宣怨言。太宗盡收用之，置之館閣，使修書，如《冊府元龜》、
《文苑英華》、《太平廣記》之類，廣其卷次，厚供廩祿贍給，以役其
心，多卒老於文字之間。」〔註17〕為了分散舊臣要權，使其修書，大
量蒐羅廣集文史資料，給厚祿，役其心。因此，帝王運用朝廷文臣的

〔註14〕（宋）李燾撰：《續資治通鑑長編》，卷336，頁65。
〔註15〕（元）脫脫等修撰，楊家駱主編：《新校本宋史並附編三種》〈本紀第
　　　　四‧太宗一〉（臺北：鼎文書局，1983年11月），卷4，頁53。
〔註16〕曾棗莊：《宋代文學與宋代文化》（上海：上海人民出版社，2006年
　　　　5月），頁323。
〔註17〕（宋）王明清撰：《揮麈錄二‧揮麈後錄》（臺北：藝文印書館，1965
　　　　年，《百部叢書集成》影印《學津討原》本第二十五函》），卷1，頁
　　　　11。

組織力量，編纂大型類書等，推廣文教之風。

　　釋道盛行以來，宋帝訪求法書、名畫是不餘遺力。諸帝對琴棋書畫之好，間接促進宋文化藝術的發展。繪畫方面，宋初即設置翰林圖畫院以延攬畫家和蒐羅名畫。從太祖到仁宗都是偏好書畫者，徽宗更甚。徽宗是名畫家，舉凡人物、山水、花鳥、墨竹等素材，無不入畫且精工。他網搜名畫甚於前朝，乃編為《宣和睿覽集》凡一千五百件；又《宣和畫譜》整理編輯御府所藏之繪畫，畫工多達二百餘人，作品亦達六千餘件。除此蒐羅畫作之外，又大興土木，設立畫院，健全畫院組織，羅致各地畫匠名人。書法方面，太祖工書劄，太宗各體皆精，真宗、仁宗工飛白。蘇軾〈仁宗皇帝御飛白記〉云：「以為抱烏號之弓，不若藏此筆，寶曲阜之履，不若傳此書；考追蠡以論音聲，不若推點畫以究觀其所用之意；存昌歜以追嗜好，不若因褒貶以想見其所與之人。」〔註18〕神宗喜徐浩書，哲宗喜鐘、王書，徽宗的瘦金書體，自成一家格。南宋高宗初學黃庭堅，繼學米元章，後專學二王，得其風骨風韻。〔註19〕足見北宋諸帝王對文藝書畫喜愛之程度，帝王尚文風氣使然，造成文藝書畫登峰造極的盛況。

　　北宋帝王對崇道文化的推動與注重，挹注大量財源築宮觀、建醮科儀等活動，對道教道學制度的設立，對道史、道書的修訂編纂，對道士的信寵，比同官秩設立道官道職等措施，足見道教文化對帝王心理建設的強大性與仰賴程度。國策上重文輕武的政略，中央集權的政治目的，固然削弱藩鎮軍武之權，卻也削弱軍事邊防戰役的大勢。但從歷史文化觀之，北宋帝王對文化的傾注，奠定了文化藝術史上的重要地位。

二、崇道崇仙的社會現象

　　中國人重視命運，更重宿命觀。東漢王充《論衡》云：「命，吉

〔註18〕蘇軾：《蘇軾文集》〈仁宗皇帝御飛白記〉，卷11，頁344。
〔註19〕曾棗莊：《宋代文學與宋代文化》，頁331～332。

凶之主也，自然之道，適偶之數，非以他氣旁壓勝感動使之然也。」
〔註20〕命運牽動人的一生際遇，順遂或不變，一切吉凶禍福就交由命
來定則。於是命的產生，冥冥中交付於一種無形的神秘力量，決定著
每個人的人生軌跡。〔註21〕於是，當人們無法獲得解釋或是不希望的
結局時，往往尋求滿意的解決之道，尋向神秘力量或意志上的信仰。
究竟「死生有命，富貴在天。」〔註22〕命與天是一致性。既是如此，
人們往往藉由信仰支撐、以信仰篤定力量。

　　在宋代，就有了非制度化的祠神信仰與釋道的宗教信仰，其區別
在組織及制度上的建構不同而有差異。〔註23〕《宋史‧禮志八》云：

〔註20〕（漢）王充撰：《論衡》（臺北：藝文印書館，1967 年，《百部叢書集成》影印《漢魏叢書》本），〈偶會篇〉，頁 1。

〔註21〕命的產生，表現了人類思維和認識階段性的局限。在蒙昧和野蠻時代，人們對自然界和自身的認識有限，當一個人才窮力竭，陷入失敗，面對災難降臨而無力自救時，便會自然而然地想象冥冥之中似乎有一種無形的神秘力量在主宰者一切，它決定了每個人所走的人生軌跡，這是不容改變，也無法改變的。而當一個人不存某種希望時，却突然獲得了意外的結果，這也會使他產生一種神秘意志的觀念。這種所謂的神秘力量或神秘意志，古人無法解釋，由此而產生了命運的觀念。參見楊樹喆，徐贛麗，海力波：《神秘方術面面觀》（濟南：齊魯書社，2001 年 1 月），頁 1。

〔註22〕（清）阮元校勘：《論語‧顏淵》《十三經注疏》，（臺北：藝文印書館股份有限公司，2001 年 12 月），卷 12，頁 106。

〔註23〕制度化或組織性宗教往往有一整套相對穩定的經典、教義支持，無論是佛教、道教，還是基督教、伊斯蘭教都是如此；它們的宗教人士形成一個穩定的群體，相互之間具有很強的組織性，如上下等級序列、地區從屬關係等，他們負責管理本宗教活動場所的日常事務，主持信眾的儀式活動；組織性宗教的神祇也常常被納入一個相對穩定有序的神譜之中。而且，經典教義、宗教人士的組織機構、儀式、神譜之間相互聯繫，並與宗教本身對整個自然、社會、人生的解釋相關聯。民眾祠神信仰則不然，信仰背後的觀念支持系統源自歷史與其他並存的文化資源（往往是地方性的），即便有可能存在某一位祠神的故事匯編，但它與組織性宗教自成體系的經典、教義顯然存在根本性差別；就整個祠神信仰而言，巫覡、廟祝甚至普通民眾都可以負責神祠的日常管理，組織性宗教人士也常是神祠日常管理的主要力量之一，或者在祠神信仰活動中主持儀式。至於具體的祠神信仰，其日常

「自開寶、皇祐以來，凡天下名在地志，功在生民，官觀陵廟⋯⋯。故凡祠廟賜額、封號，多在熙寧、元祐、崇寧、宣和之時。」〔註24〕在上下有序的制度下，因朝廷要訪或地方官員的上奏，啟動著對神靈的賜額封號，原則為「報」〔註25〕，因此對崇奉的神靈對象事蹟要有所奏報。當地方社會申請賜額、封號時，其過程是漸顯主動性的地位，不管是官方春秋祭典或地方官府祈福彌厄的祭祀，更顯廟宇活動中對神靈的奉祀及對祀典的重視。

　　道教徒所居之所的道觀，提供了修煉長生、祈福消災的活動場所。由於信奉神仙之說，道觀的建築多仿照想像中的神仙住所的樓臺

管理人員、儀式是相對穩定的（也不排除一些香火不盛的廟宇或所謂「野廟」無人負責日常管理），但各個神祠的管理人員或儀式主持者之間無任何統屬關係，各神祠的廟祝、巫覡、僧道各自為伍，他們的儀式活動或許有某些相似之處，但無必然關係。再者，從祠神信仰的核心信仰即信仰對象祠神而言，雖然宋代實行的祠神封號、賜額制度使祠神分別被封為字數不等的侯、公、王等封號，但只有在屬於同一祠神信仰體系之下時，祠神的不同封號意味著相互之間存在某種上下等級關係，然而也不表示同一地區或不同地區不同封賜等級的祠神之間存在任何上下統屬關係。即便是前者，祠神內部組織關係也源於信眾建構的祠神之間的血緣或空間地理統屬關係。見皮生慶：《宋代民眾祠神信仰研究》（上海：上海古籍出版社，2008 年 10 月），頁 2～3。

〔註24〕（元）脫脫等修撰，楊家駱主編：《新校本宋史并附編三種》〈志第五十八・禮八〉（臺北：鼎文書局，1983 年 11 月），卷 105，頁 2561～2562。

〔註25〕祠神一旦進入祀典，便可獲得兩項權利，一是官方祭祀，包括定期的春秋二祀與不定期的雨旱災疫祈禱，二是由地方官府出錢，修葺維持祠宇。而神祠獲得封賜後不一定享有這兩種待遇。利州永安廟屬州祀典，至仁宗時已是廟貌棟宇，圯不復見，但「歲之春秋，郡遣官祭其神，至則設俎豆榛棘間，行獻禮，訖事棄而去。」至嘉祐二年（1057）在知軍張遵的主持下得以恢復，「按祀典，追懷神烈，嚴其像而屋之。於是明靈以安，薦獻以位，歲時致報，不黷而肅。」與之形成鮮明對比的是建康府溧水縣城隍廟，紹興七年（1140）賜廟額，后又封侯，乾道元年（1165）廟的重修卻是「邑人錢雯，朱拃等以廟宇朽弊，遍走大家，旁及喜舍，寸積銖累」而成，廟記沒有提到官方力量的參與。皮生慶：《宋代民眾祠神信仰研究》，頁 281。

殿閣，選擇天下峻嶺山川、洞天福地而建。對修煉者而言，以環境清幽空氣清新的深林，作為修煉的理想之地。〔註26〕

　　北宋上至帝王將相下至市井庶民，無不瘋狂地對神仙信仰的崇拜。從太祖向道士蘇澄隱請教養生之術「精思練氣」〔註27〕，宋太宗召見華山道士陳摶請益「玄默修養之道」〔註28〕到宋真宗尊奉玉皇大帝，大造宮觀及鑄造神仙像，設醮祭祀以至「導迎奠安，一國君臣如病狂然。」〔註29〕並厚待道士，冀求長生不老之術。仁宗時對真宗重道稍有抑制降溫；神宗繼位後，亟欲改革財虛兵弱的國家弊端，器重王安石變法，其革新措施唯獨對崇道政策未做變革，仍是「欲更增神仙封號，初真人，次真君。」〔註30〕徽宗時期更甚前朝，大建宮觀，如長生宮、玉清神霄宮等，令天下凡是屬洞天福地者修建宮觀、雕塑聖像。增封神仙人物，如尊玉皇上帝為「太上開天執符御曆含真體道昊天玉皇上帝」〔註31〕，「詔封莊周為微妙元通真君，列禦寇為致虛觀妙真君」〔註32〕。北宋諸帝如此迷戀神仙之術，流於「溺信虛無，崇飾游觀，困竭民力。君臣逸豫，相為誕謾，怠棄國政，日

〔註26〕參見洪丕謨：《中國方術的大智慧》（臺北：林鬱文化事業有限公司，2000年11月），頁159。

〔註27〕（元）脫脫等修撰，楊家駱主編：《新校本宋史并附編三種》〈列傳第二百二十・方技上・蘇澄隱〉（臺北：鼎文書局，1983年11月），卷461，頁13511。

〔註28〕（元）脫脫等修撰，楊家駱主編：《新校本宋史并附編三種》〈列傳第二百一十六・隱逸上・陳摶〉（臺北：鼎文書局，1983年11月），卷457，頁13421。

〔註29〕（元）脫脫等修撰，楊家駱主編：《新校本宋史并附編三種》〈本紀第八・真宗三〉（臺北：鼎文書局，1983年11月），卷8，頁172。

〔註30〕（元）脫脫等修撰，楊家駱主編：《新校本宋史并附編三種》〈志第五十八・禮八・諸神祠〉（臺北：鼎文書局，1983年11月），卷105，頁2561。

〔註31〕（元）脫脫等修撰，楊家駱主編：《新校本宋史并附編三種》〈本紀第二十一・徽宗三〉（臺北：鼎文書局，1983年11月），卷21，頁396。

〔註32〕（元）脫脫等修撰，楊家駱主編：《新校本宋史并附編三種》〈本紀第二十二・徽宗四〉（臺北：鼎文書局，1983年11月），卷22，頁404。

行無稽。」〔註33〕終是可預期的兵衰國傾的局面。

按鄭土有《中國的神仙與神仙信仰》對神仙信仰的論述是：

> 唐宋統治者信奉道教，為了提高道教的地位，採取了一系列
> 扶植道教的措施。……這些道教的專職人員信仰神仙的態
> 度可分為兩種情況：
> 一是把宣揚神仙可學、丹藥可成作為入仕的「終南捷徑」，
> 他們利用帝王想長生不死的心理，百般鼓吹，達到升官晉爵
> 的目的，這種道士在唐宋時期為數不少。……二是真正相信
> 神仙可學，信仰神仙的。他們或者拋棄世俗生活，隱居深山
> 老林，苦心修煉，摸索修心養性，延長生命甚至長生不死的
> 路子；或者雖曾出仕，但不貪圖高官厚祿，不故弄玄虛，專
> 心探索成仙的方法。〔註34〕

不論是欲登青天的終南捷徑，抑是苦煉心性，不忮不求，專務成仙，
這些崇道成仙的社會風氣，形成一股生活習慣及思想情感。對現實世
界不再迷戀，轉向投入神仙的國度中，只因神仙信仰滿足了人們的享
樂意念，又能在虛幻裡得到自信，再透過煉丹理論的發展成熟，以修
身養性為本，以修仙為終極目的，將神仙的意境發揮極致。

宋代文化中的「眉山現象」〔註35〕效應，發展出一套與中原文化
不同的特色。眉山地處古樸秀麗山城，擁天然的屏障，有各類菁英
才子的亮眼表現，諸如蘇軾等人，斐然文章，成就非凡。眉山近成都
的青城山，而青城山又是漢末張魯以後，歷年來的道教聖地。蘇軾

〔註33〕（元）脫脫等修撰，楊家駱主編：《新校本宋史并附編三種》，卷22，
頁418。

〔註34〕鄭土有：《曉望洞天福地──中國的神仙與神仙信仰》（陝西：陝西人
民教育出版社，1991年9月），頁160～161。

〔註35〕由家族文化傳統，通過教育、科舉，不斷培養出新生代，從而形成各
個領域中成就卓著的「文化家族」。至此，一條生生不息的「文化鏈」
形成。這個「文化鏈」，不是唐五代北方舊家族文化傳統的簡單延續
或複製，而是移民文化與眉州本土文化的整合重構，是南北文化融合
的碩果，它最深刻也最豐富地為我們解讀並詮釋了宋代文化中「眉山
現象」的成因。祝尚書：〈論宋釋智圓的文學觀〉，《宋代文學探討集》
（鄭州：大象出版社，2007年12月），頁118。

自己也說眉州有三代、漢唐遺風，表現為「士大夫貴經術而重氏族，其民尊吏而畏法，其農夫合耦以相助。」〔註36〕《東坡志林・樂天燒丹》云：

> 樂天作廬山草堂，蓋亦燒丹也，欲成而爐鼎敗。來日，忠州刺史除書到。迺知世間、出世間事，不兩立也。僕有此志久矣，而終無成者，亦以世間事未敗故也，今日真敗矣。〔註37〕

為了求仙入佛，徘徊於「知世間、出世間」的矛盾，即便是「妻孥真敝屣，脫棄何足惜。」〔註38〕也在所不惜，於焉萌生求仙隱居之念。正因為蘇軾年代的崇道氛圍濃厚，一則受到朝廷重文治的禮遇，對文人有優渥的對待，使他們易於追求長生術，有接觸道教的平台；另一則是印刷術的普及，使道書印製盛行，有利於文人閱讀道書的環境，助長了崇道崇仙的社會文化盛況。

三、貶謫與世亂之糾結

　　北宋是文士自覺的時代，蘇軾不僅展露在儒家淑世精神，也充分地表現在文學的創作上。他身處在政局世亂的時代，能成為文壇宗主，實則與其融合多元思想有關。

　　北宋在太祖建國初，打造以文治國的承平現象，歷經數十載文教培育，讓文士有深具時代使命。知識文人對國家有興邦定國之責，對社會百姓挹注關懷，如此為國、為君、為民的淑世理想，成為北宋知識分子的特色。北宋雖是太平榮景，實則強敵環伺，邊邑外患侵擾不已，於是歷任皇帝提出改革，掀起一波波改革政潮，如慶曆革新、熙寧變法，企圖力挽頹弊的朝政。同時，也影響詩文革新運動，如新儒學、理學的建立，使得北宋學術文化再創高峰。

　　仁宗年間，士人覺醒的思維被崛起，為救國政，一群科舉出身的

〔註36〕蘇軾：《蘇軾文集》〈眉州遠景樓記〉，卷11，頁352。
〔註37〕蘇軾：《東坡志林・樂天燒丹》（臺北：木鐸出版社，1982年5月），卷1，頁11。
〔註38〕蘇軾：《蘇軾詩集》〈聞潮陽吳子野出家〉，卷47，頁2554。

士子投身改革行列，形成一股不可抑制的風潮。第一次改革運動，在仁宗慶曆年間，以范仲淹為主的慶曆革新，目的整頓朝政體系，強化宋室國力。范仲淹上〈十事疏〉，即針對澄清吏治、科舉教育、賦役軍備等富國強之策進行改革，因新政侵犯強權貴族的特權利益，遭到反對。而革新派范仲淹、富弼等人被誣以朋黨，施行未久的新政，旋告失敗。慶曆革政失敗後，造成更矛盾的社會分化，形成熾盛的朋黨禍爭，影響到王安石的變法。

第二次改革運動，神宗熙寧年間王安石變法。王安石變法目的，在富國與強兵。要富國必須解決財政；要強兵就要強化軍事裝備。變法改革目的是帶來希望，卻又捲入更大的弊端。如蘇軾〈山村五絕〉其四，詩中所言：

杖藜裹飯去匆匆，過眼青錢轉手空。贏得兒童語音好，一年強半在城中。〔註39〕

年長者拿著杖藜來去匆匆，領著青苗錢，便在城裡花費轉手空空。鄉下人在城裡虛度日，竟連自己家鄉話都不會說，只學會城中聲腔。蘇軾以詩意諷刺朝廷新法青苗、助役並未替人民紓困，反而帶來反效果。新法執行過程的不當，主事者急求功效，未能得到正確的推行，產生許多流弊。

蘇軾的文學創作，正是反映時代的變貌。繼歐陽脩之後，身兼朝廷要臣，改革態度箭在弦上。蘇軾對新法執政看法，持以寬厚且勵精改革的人治策略，避開苟且偷安、嚴刑峻法的缺點，但溫和態度也救不了積弊已深的政治、軍事、財政、吏治等棘手問題。蘇軾身為朝廷要員，儒家濟世精神，讓他和王安石的理念不一。他認為改革是必然推動的，必須顧及人民立場，從人民的視角去關懷，採漸進式的改革；而王安石則認為改革是積極，且須具成效性的，故提出「天變不足畏，祖宗不足法，人言不足恤。」〔註40〕不斷革新，才能解決弊政。

〔註39〕蘇軾：《蘇軾詩集》〈山村五絕・其四〉，卷9，頁439。
〔註40〕《宋史・王安石列傳》：「先生（王安石）性強愎，遇事無可否，自信

　　然蘇軾在政治競逐的場合，其儒家理想與現實的落差，讓他更想脫離角力拉鋸，欲追求平和恬淡的生活。神仙思想愈濃烈，視宦途如泥塵，揚棄不被重用的立場，嚮往神仙的美善。思想上的轉變，從關心民瘼，同情蒼生，熱愛生活、積極熱情，漸次地轉為澹泊簡遠的風格。因一次文字獄的摧折，險以喪命的烏臺詩案，讓朝中大臣瞬間變為階下囚的慘況，貶謫命運，乖舛人生，接踵而至，形成一股在世亂與貶謫中糾葛矛盾的情結。

　　烏臺詩案的迫害，彷如歷經一場大夢，黃州之貶，恰似夢醒時分，震懾詩人的思緒，消極地遁逃至神仙世界，尋得一方淨土。在釋老思想的脈絡裡，覓得合理的認識，起消解作用。隨緣起滅間，萬物齊一，萬境幻空。蘇軾明白自然萬物的定律，凡事必有它的終始，由「勢」所主導，而非由人掌控。如〈雪堂記〉所言：「吾非逃世之事，而逃世之機。」〔註41〕實乃「勢」之所趨。

　　　客又舉杖而指諸壁，曰：「此凹也，此凸也。方雪之雜下也，
　　　均矣。屬風過焉，則凹者留而凸者散，天豈私於凹而厭於凸
　　　哉，勢使然也。勢之所在，天且不能違，而況於人乎？子之
　　　居此，雖遠人也，而圃有是堂，堂有是名，實礙人耳，不猶
　　　雪之在凹者乎？」〔註42〕

借屬風過後，凹者留，凸者散的自然現象，表達天無私心於凹或凸，乃「勢」之使然。人生的狀況，莫不如此乎？對封建制度的士人而言，社會的動向、政局的詭譎，變動無常是無可避免與抗拒的現象，也感受到時代趨勢，因而興歎。詩人這樣的興歎，透露對制度衰朽的失望，讓蘇軾「野性」的真情，顯露而出。木齋《蘇東坡研究》認為

　　　所見，執意不回。至議變法，而在廷交執不可，先生傳經義，出己意，
　　　辯論輒數百言，眾皆不能詘。甚者謂：「天變不足畏，祖宗不足法，
　　　人言不足恤。」(元) 脫脫等修撰，楊家駱主編：《新校本宋史並附編
　　　三種》〈列傳第八十六・王安石〉（臺北：鼎文書局，1983 年 11 月），
　　　卷 327，頁 10550。
〔註41〕蘇軾：《蘇軾文集》〈雪堂記〉，卷 12，頁 412。
〔註42〕蘇軾：《蘇軾文集》，卷 12，頁 411。

蘇軾的「野性」是：

> 「野性」就其原意來說，只是蘇軾個性、性格的概括。蘇軾
> 的這種個性、性格在與時代、社會發生矛盾時，就更需要接
> 受儒、釋、道的哲學思潮，換句話來說，是借鑑與「野性」
> 性格和拍的儒釋道三家的思想，從而形成蘇軾完整的人生
> 觀——「野性」。〔註43〕

「野性」的發揮潛能，其實就是一種最自然、最淳真的性情流露。蘇
軾喜稱自己是「野人疎狂逐漁釣」〔註44〕、「市人行盡野人行」〔註45〕
野人疎狂、鏗然曳杖的真性情形象。從初入仕途到經歷一番仕宦折騰，
對自己「野性」的抒發呼求，有更深層的理解，如密州之作〈遊廬山，
次韻章傳道〉，詩云：

> 塵容已似服轅駒，野性猶同縱壑魚。出入巖巒千仞表，較量
> 筋力十年初。雖無窈窕驅前馬，還有鴟夷挂後車。莫笑吟詩
> 淡生活，當令阿買為君書。〔註46〕

詩中說出較量筋力十年光景，已在宦途踅一遭，政治理念與主事者不
合，所以寫出風霜滿面的「塵容」，這樣的容顏已是轅下駒的俗狀，受
束縛而無法施展才略。相對地，「野性」的真情，如同「縱壑魚」欲衝
破世網，嚮往自由。詩人自己拿捏「出入」與「較量」，雖無「驅前
馬」卻還有「掛後車」的效力。在詩人內心深處，嚮往澹泊的生活。
當與世局糾結矛盾，這種反汙濁世亂、反暗黑現實的欺壓，「野性」的

〔註43〕 木齋著：《蘇東坡研究》（北京：廣西師範大學出版社，1998 年 8 月），
　　　　頁 38～39。

〔註44〕 〈再和〉詩云：「東望海，西望湖，山平水遠細欲無。野人疎狂逐漁
　　　　釣，刺史寬大容歌呼。君恩飽暖及爾孥，才者不閒拙者娛。穿巖度嶺
　　　　腳力健，未厭山水相縈紆。三百六十古精廬，出遊無伴籃輿孤。作詩
　　　　雖未造藩閫，破悶豈不賢樗蒱。君才敏贍兼百夫，朝作千篇日未晡。
　　　　竭來湖上得佳句，從此不看營丘圖。知君篋櫝富有餘，莫惜錦繡償菅
　　　　蕑。窮多鬭險誰先逋，賭取名畫不用摹。」蘇軾：《蘇軾詩集》〈再和〉，
　　　　卷 7，頁 321～322。

〔註45〕 〈東坡〉詩云：「雨洗東坡月色清，市人行盡野人行。莫嫌犖确坡頭
　　　　路，自愛鏗然曳杖聲。」見蘇軾：《蘇軾詩集》〈東坡〉，卷 22，頁 1183。

〔註46〕 蘇軾：《蘇軾詩集》〈遊廬山，次韻章傳道〉，卷 13，頁 619～620。

真情也就毫不掩飾地流露。

　　蘇軾從昔日儒家濟世情懷，積極奮鬥與批判，移轉到釋道神仙思想的寄託，消解詩人心中的無奈與煩惱。寄情山水遊歷，俯仰蒼穹，大自然鬼斧鑿工之作，就像神仙裡的洞天福地，雲霧縹緲縈繞的仙境，讓人心曠神怡，足以解憂解慮，滌淨煩雜心思。

　　貶謫，對有志之士無疑是否定與摧殘，亦是一種政治災難。清梁廷枏《東坡事類》云：「凡所作文字譏斥先朝，援古況今，多引衰世之事，以快忿怨之私行。」〔註47〕無端由地被挾怨，誣告語涉譏訕，眾多箭矢齊發，貶謫禍殃接踵而至。貶謫的哀愁，沒有相當的消解，易使生命喪失動力。蘇軾懂得用釋道的神仙助力，調整人生方向，揚棄愁緒，放逐山水，把貶謫荒遠看待為飽覽山水之遊。如此地胸懷塊壘，以大塊文章的力量，韞發為詩，或低吟、或長嘯、或怡情，就是轉化情緒，將世亂中的貶謫，看作是一次次的奇遊。依託仰賴的神仙思想，讓詩人可以保持不以外物傷性，不以貶謫為患，反而張揚自得自適，灑脫曠達。

　　清梁廷枏《東坡事類》言：

> 皇宋元豐五年七月，詔封山神為峻靈王。紹聖四年七月，瓊州別駕。蘇軾以罪譴於儋。元符三年五月，有詔徙廉州。自念謫居海南三歲，飲鹹食腥陵，暴颶霧而得生還者，山川之神實相之。謹再拜稽首，西嚮而辭焉。且書其事碑而銘之。〔註48〕

蘇軾認為從惡山惡水生還北歸，憑恃山川之神的護佑。從元豐五年（1082）黃州之貶，至紹聖四年（1097）海南儋州，再到元符三年（1100）的北歸，莫不仰仗道家道教的修為、修練，讓身心靈，精氣神得以舒緩，得以解脫。

〔註47〕（清）梁廷枏纂：《東坡事類》〈嫌怨類二・皇宋治跡統類〉（臺北：廣文書局有限公司，1981年12月），卷6，頁2。

〔註48〕（清）梁廷枏纂：《東坡事類》〈嫌怨類二・峻靈王廟碑〉（臺北：廣文書局有限公司，1981年12月），卷6，頁16。

　　《莊子・養生主》云：「安時而處順，哀樂不能入也。」〔註49〕
貶謫時，道家莊學的體悟，調和情理衝突，讓他安然度過人生難關。
〈自題金山畫像〉詩言：「心似已灰之木，身如不繫之舟。問汝平生功
業，黃州惠州儋州。」〔註50〕明確地指出心境灰黯沉寂，飄泊仕宦生
涯猶如擺盪舟船。一生最好的建樹功業，即貶謫時期的三個地域，黃
州、惠州、儋州。謫黃、謫惠、謫儋，就體力考驗，就是一大挑戰。
蘇軾調整身心，調和氣息，不見老人衰憊之氣。神仙思想成為他生活
依託的調劑丸，借助神仙，安頓生命力量，超脫澄定，讓心靈歸向寧
靜美善。

　　謫黃，是生活思想的轉捩點。故於大自然中排遣憂思，言：「江
山風月，本無常主，閑者便是主人。」〔註51〕黃州，應是雲霧繚繞的
人間仙境，云：「黃州在何許？想像雲夢澤。」〔註52〕透視人生，感
慨人生無常。幻想在仙境中翱遊，追求神仙般的逍遙。謫黃的心境，
是「我今漂泊等鴻雁，江南江北無常棲。」〔註53〕淒楚情境，無所棲
息，唯有轉向神仙，照葛洪「行炁或可以治百病」〔註54〕借行氣法辦，
專精練就胎息法。煉內丹養氣，調理日漸衰微的身體，跨出學道學仙
的步履。並進而找丹砂、煉丹藥，云：「遙知丹穴近，為劚勾漏石。他
年分刀圭，名字挂仙籍。」〔註55〕在此，寫出對丹砂的需求，嚮往未
來能名載仙冊。

　　再貶惠州、儋州，秉持安時處順的理念，安然渡過憂患餘生。在

〔註49〕（清）郭慶藩編，王孝魚整理：《莊子集釋》〈養生主第三〉（臺北：
　　　　木鐸出版社，1988年元月），卷2上，頁128。
〔註50〕蘇軾：《蘇軾詩集》〈自題金山畫像〉，卷48，頁2641。
〔註51〕蘇軾：《東坡志林》〈臨皋閒題〉（臺北：木鐸出版社，1982年5月），
　　　　卷4，頁79。
〔註52〕蘇軾：《蘇軾詩集》〈過淮〉，卷20，頁1022。
〔註53〕蘇軾：《蘇軾詩集》〈與子由同遊寒溪西山〉，卷20，頁1055。
〔註54〕（晉）葛洪撰：《抱朴子內篇》〈釋滯〉（臺北：臺灣商務印書館股份
　　　　有限公司，1968年3月），卷8，頁136。
〔註55〕蘇軾：《蘇軾詩集》〈次韻和王鞏六首・其一〉，卷21，頁1127。

嶺南、海南的謫居中，不失昂揚自藏，道家安然處順的思維，道教神仙的修為實踐，學道學仙養氣煉丹的行動，讓失意詩人，在神仙世界有依託、有安慰，故能超脫塵垢。在世亂動盪中，還有希望、還可達觀以對，追隨仙人步履，遙想不遠的蓬萊仙境「蓬萊方丈應不遠，肯為蘇子浮江來。」〔註56〕為其打開仙境通衢。

貶謫惠儋，接觸神仙修煉方式，重讀《道藏》。手抄《黃庭經》送廬山蹇道士，當時蹇道士遊廬山至杭，蘇軾題詩，悟出《道藏》中的哲理，言：「寸田滿荊棘，梨棗無從生。何時返吾真，歲月今崢嶸。」〔註57〕詩意道出兩人情篤，「晚識此道師，似有宿世情。笑指北山雲，訶我不歸耕。仙人漢陰馬，微服方地行。」〔註58〕願學道、願共隨地仙陰長生、馬明生修道以成仙。

適應嶺南、海南瘴癘氣候，要有頑強的生命意志。蘇軾憑恃莊學的「自事其心者，哀樂不易施乎前，知其不可奈何而安之若命，德之至也。」〔註59〕內心有涵養，外在榮辱哀樂是撼動不了的，能了悟事物的無常，才是德行修為的極致。故其在神仙吟詠的詩作中，材與不材間表現不役於物的屈伸自得。需在不斷修煉實踐，實現延年益壽的目的以達長生成仙。

貶謫生活的神仙思想與信仰，用「歛收平生心」〔註60〕平撫詩人不安的心志，專務煉丹養氣，摒除憂思遠禍，既對抗嶺南瘴癘侵身，又頑抗地抵擋外物干擾。在謫居中，蘇軾自嘲為「我生天地一閑物，蘇子亦是支離人。」〔註61〕引莊子支離疏的典故，形體殘缺，卻還能養身，享盡天賦壽命。故蘇軾自比支離人，貶謫時亦能養身求善真，

〔註56〕蘇軾：《蘇軾詩集》〈寓居合江樓〉，卷38，頁2072。
〔註57〕蘇軾：《蘇軾詩集》〈留別蹇道士拱辰〉，卷33，頁1765。
〔註58〕蘇軾：《蘇軾詩集》，卷33，頁1765。
〔註59〕（清）郭慶藩編，王孝魚整理：《莊子集釋》〈人閒世第四〉（臺北：木鐸出版社，1988年元月），卷2中，頁155。
〔註60〕蘇軾：《蘇軾詩集》〈入寺〉，卷41，頁2283。
〔註61〕蘇軾：《蘇軾詩集》〈龍尾硯并引〉，卷23，頁1236。

無所不樂，閒適曠達。從客觀事物裡探索體悟自然之道，寓意在抽象的意涵中，體察萬物自然之理，主客渾然一體的超然意境。

張高評〈蘇軾遷謫與山水紀遊詩之新變——兼論道家思想與生命安頓〉，言：

> 謫居惠、儋時期之生活和思想，概括為窮困、孤寂、閒適、
> 曠放四種面貌。窮困和孤寂為謫居之表層現象，閒適和曠放
> 則為排遣遷謫、消解激情、控持理性的靈丹妙方。元豐六年，
> 東坡在黃州曾與子由書，有所謂「任性逍遙，隨緣放曠，但
> 盡凡心，無別勝解」者，正是東坡身處謫居，閒適自在之最
> 佳註腳。貶謫生活，誠如東坡所謂「流離僵僕，九死之餘」；
> 「舉動艱礙，憂畏日深」。尤其貶謫海南，「此間食無肉，病
> 無藥，居無室，出無友，冬無炭，夏無寒泉，然亦未易悉數，
> 大率皆無耳」；心情如此落寞，精神無比苦悶，如果缺乏有
> 效的排遣與調和，則「其中不自得，將何往而非病？」故東
> 坡傾慕樂天，追求閒適之樂，展現放曠之情。〔註62〕

貶謫表象固然是困蹇與窮厄，精神意念卻是放曠自由的。隨緣放曠，但盡凡心的意念，作為貶謫與世亂糾結的仲介者，消解激情，排憂解勞。汲取神仙思想養分，形塑安之若命的人生觀與審美觀，追求的是神仙世界的「却後五百年，騎鶴還故鄉。」〔註63〕絕對自由，悠遊其中，煉氣運茲體內，無滯無礙，使精神狀態登遐飛升，至真逍遙，至樂美善。

蘇軾雖深陷貶謫苦悶，運用道家虛靜明的心齋哲理，練就道教的神仙修煉，讓自己忘身於外，排遣憂思，超脫凡塵，敞開胸次，坦然道出「笑說南荒底處所」〔註64〕，終歸是「海北天南總是歸」〔註65〕。

〔註62〕張高評：〈蘇軾遷謫與山水紀遊詩之新變——兼論道家思想與生命安頓〉，《中國蘇軾研究（第一輯）》（北京：學苑出版社，2004年7月），頁242～243。
〔註63〕蘇軾：《蘇軾詩集》〈戲作種松〉，卷20，頁1028。
〔註64〕蘇軾：《蘇軾詩集》〈次韻江晦叔兼呈器之〉，卷45，頁2446。
〔註65〕蘇軾：《蘇軾詩集》〈次韻郭功甫觀予畫雪雀有感二首·其一〉，卷45，頁2455。

無論身在何處，放達的情境使詩人大膽豪邁地高呼「九萬里風安稅駕，雲鵬今悔不卑飛。」〔註66〕不卑飛的姿態，永遠使一代哲人昂揚立足於天地間，成為時代精神的中流砥柱。讓貶謫的負情緒以及處在紛擾不已的世亂中，仍以神仙思想轉化成正能量，解開彼此的糾結，坦蕩蕩地笑傲著每一段的人生風景。

第二節　蘇軾神仙吟詠詩的特色

　　蘇軾創作神仙吟詠詩，有靈思觸動，又受時代氛圍的薰染，使其作品充滿靈氣與想像。其意涵令人省思，應是作者訴求的主題。蘇軾神仙吟詠詩的創作特色，有其道教文化興盛的社會背景，內丹的煉成，服食仙藥的養生，追求仙人步履，飛昇仙境的美善，這些崇道學仙的踐履，都是上人想追求長生不老，延年益壽的終極標的。在北宋帝王迷信風靡神仙活動，積極推動提倡，加以經濟榮盛，形成榮盛的宗教文化。故蘇軾神仙吟詠的詩作，就在大環境的影響之下，塑造獨特的特色。蘇軾運用多元的素材，將神仙思想與自己生命歷程，做一感動的體驗及綿密的縮合關係，讓生命的美善，雕琢完備的人格特色與生命的價值。

一、神話與仙話之渾成

　　蘇軾的一生，猶「神龍久潛伏，一怒勢必倍。」〔註67〕如潛伏般神龍，勢必捲起千堆雪般磅礡的氣勢；亦似「龍膺豹股頭八尺，奮迅不受人間羈。」〔註68〕龍膺豹股般自由奮進不受羈絆。豈料「吾儕小人但飽飯，不有君子何能國。」〔註69〕的乖舛及「人事無涯生有涯」〔註70〕的波盪。這樣人生的擺動，雖仍持有「偶懷濟物

〔註66〕蘇軾：《蘇軾詩集》，卷45，頁2455。
〔註67〕蘇軾：《蘇軾詩集》〈次韻王覯正言喜雪〉，卷27，頁1426。
〔註68〕蘇軾：《蘇軾詩集》〈次韻子由書李伯時所藏韓幹馬〉，卷28，頁1504。
〔註69〕蘇軾：《蘇軾詩集》〈上韓持國〉，卷29，頁1549。
〔註70〕蘇軾：《蘇軾詩集》〈次韻陳海州乘槎亭〉，卷12，頁594。

志，遂為世所麋。」〔註71〕的濟物情志，他懂得「浮雲軒冕何足言，惟有江山難入手。」〔註72〕因此興起「神仙護短多官府，未厭人間醉踏歌。」〔註73〕仙道意念。面對罣礙，從神仙廣角視窗，俯瞰透視，渡化困逆，以不卑不亢之姿，安然以對。

　　當蘇軾遠謫時，假以神話色彩，讓文學藝術，在作品中綻放出真正的生命思維與對人生的感動，即便是弱纜能爭萬里風，亦能安時處順。如〈同正輔表兄遊白水山〉，詩云：

> 偉哉造物真豪縱，攫土摶沙為此弄。劈開翠峽走雲雷，截破奔流作潭洞。因隨化人履巨迹，得與仙兄躡飛鞚。曳杖不知巖谷深，穿雲但覺衣裳重。坐看驚鳥救霜葉，知有老蛟蟠石甕。金沙玉礫粲可數，古鏡寶奩寒不動。念兄獨立與世疎，絕境難到惟我共。永辭角上兩蠻觸，一洗胸中九雲夢。浮來山高回望失，武陵路絕無人送。筠籃擷翠爪甲香，素綆分碧銀瓶凍。歸路霏霏湯谷暗，野堂活活神泉湧。解衣浴此無垢人，身輕可試雲間鳳。〔註74〕

又〈和陶讀《山海經》〉其五詩云：

> 亂離棄弱女，破冢割恩憐。寧知效龜息，三歲號窮山。長生定可學，當信仲弓言。支牀竟不死，抱一無窮年。〔註75〕

蘇軾運作神話題材，結合現實生活和神幻詭辯，投射某種程度的社會型態，不便明言，只能暗示在人的世界裡摩擦爭鬥，不如藉由神話的投影，追隨仙人蹤跡步履「因隨化人履巨迹，得與仙兄躡飛鞚。」，或托寓神物「解衣浴此無垢人，身輕可試雲間鳳。」，或求長生之術「長生定可學，當信仲弓言。支牀竟不死，抱一無窮年。」通過這些吟詠神仙詩的創作，訴說不可言喻的體驗感受。置身神遊蓬萊仙境，道盡詩人對現實的反抗與無奈，求助仙境的消極與隱遁，與現實作一時空

〔註71〕蘇軾：《蘇軾詩集》〈送張安道赴南都留臺〉，卷6，頁270。
〔註72〕蘇軾：《蘇軾詩集》〈送張嘉州〉，卷32，頁1709。
〔註73〕蘇軾：《蘇軾詩集》〈贈梁道人〉，卷24，頁1294～1295。
〔註74〕蘇軾：《蘇軾詩集》〈同正輔表兄遊白水山〉，卷39，頁2147～2148。
〔註75〕蘇軾：《蘇軾詩集》〈和陶讀《山海經》·其五〉，卷39，頁2132。

交錯，超脫世俗，翩然神遊於仙鄉仙境。

神話，是記載上古的流傳故事，是一種超乎人類行事能力所及，看似荒誕荒謬，卻是初民相互傳遞信實以真的訊息。而仙話，是近似神話的文學，介乎小說與傳記之間。二者之間，有共通處。神話仙話的共通點，無非要打破人、神藩籬，從分散到整體，形塑神仙的形象。用神仙的意象，凸顯早期初民世俗欲望與追求神仙的理想。

（一）神話與仙話之關係

神話與仙話兩者關係，需從歷史背景著手。因神話的產生，源自於初民社會生活的反映，對自然現象的搏鬥抗衡，或想像或爭競，有了神話色彩，讓人們心理產生仰賴與信仰。同時，寄託人們對理想仙境的一種追求，象徵對生命的尊重及對美好的初始意象。〔註76〕隨時代脈動演進，故事情節富人性，神話隨之從自然神話演進為負有社會階層的先祖，人的旨意替代神的旨意，主宰萬物的神變成部落裡創立功業的傳奇英雄人物，其事蹟成就了神話與傳說的演化。

仙話產生，是統治階級社會的產物。在位者，渴求權力地位之恆常，欲求長命富貴；在野者，生活艱辛，蒼生民瘼也想避世偷生，替生命尋找出口，這些都是對生命的覺醒，追求永恆自由。以長生不死、快樂自由為宗旨，替仙話的創作提供巨大的、內蘊的原動力。

人類只要靈魂不死即可永生，如何達到永生的境界？從自然界中釋出微妙的空間元素，用心靈感受、感應它的存在。既然對靈魂不死、長生存有幻想，企圖用巫醫方式解決人們心靈的困惑，用此策因應。這樣的巫術不僅限於祈神驅鬼、或指咒語妖術而言，在當時巫醫位階，層次是高於一般黔首，亦具相當衛教保健的能力。在初始的醫學基礎上，發展出抗拒死亡、延長生命的願望，必須是經由煉丹、服藥的過程，才達到此心願。

然神話與仙話的淵源核心，在於「長生不死」與「自由飛升」的

〔註76〕李文鈺：〈漂泊與思歸——從東坡詞中的他界意象論其內在追尋〉，《漢學研究》第 27 卷第 1 期（2009 年 3 月），頁 57～85。

理想為目標。神話，是初民向自然環境的挑戰與適應，基本精神趨向
積極、鼓勵人性的作用，如歷史英雄人物披上神話的彩衣，肯定英雄
開創世局，建業功勳的影響力。而仙話則在神話的基礎上發跡而起，
人都有遐想的思維空間，如何讓生命延長、追尋永恆性，深一層地對
生命意識的覺醒則是重要課題。仙話帶點消極性、迷幻式的理想，它
可逃避酷劣現實的壓迫，祇要遁入仙境，一切美好接踵而至。在民智
未開的社會組織裡，巫術的盛行，對神仙的嚮往，成為一種信仰。

　　神話與仙話共通的特點，既是長生不死，必須要有追求不死的條
件和環境。在民智未開的階段，能與神靈溝通的重要媒介就是巫師，
而巫的職責後漸為方士方術所取代。後世的方士因道教的建立，為了
迎合統治者所需，方士們運用仙話的情節，據傳說或憑想像，或推波
助瀾地臆想編寫出仙人仙話的故事，如透過修煉修為、煉丹服食、由
仙人接引等方式即可成仙。凡舉古仙人事例，如赤松子服水玉成仙、
王子喬由浮丘公接引入仙鄉等故事。不論任何形式的仙話故事情節，
撰寫者要引起尋仙者的動機，必然營造美好仙境藍圖。因此，能墜入
氤氳環繞的仙境，恐是人們孜孜矻矻不倦地追尋的目標。

（二）神仙說的崛起

　　神話與仙話各自不同領域，因脈絡源起，融合雜揉近似，原是兩
條不同徑路，卻有共通特質。仙話，最初由神話演變發展而來，奠定
了神仙文學的基礎，也漸趨形成神仙說的核心。神仙說，追求的是一
種在現實世界人類達不到的美善，但在神仙世界裡，一切氛圍都是美
好的。一幅建構恆久生命的藍圖，是亙古久長、是美滿幸福，並以文
學作品的形式，傳遞永恆生命的價值。

　　神仙，是人們心目中完美理想的人格形象。北宋崇道文化盛行，
文人騷客競相努力追求，希冀能晉列為神仙仙籙。神仙，是完全超脫
人世間煩惱、憂慮、利祿，是與凡俗人絕然不同的生命價值。

　　蘇軾神仙吟詠的詩作意涵，有追求仙人步履，煉丹成氣，辟穀食
氣，煉神還虛等修練工夫，以達神仙世界的真善完美。蘇軾神仙吟詠

詩作中，如〈過木櫪觀〉詩，言許邁追隨仙蹤事蹟，如：

> 許子嘗高遯，行舟悔不迂。斬蛟聞猛烈，提劍想崎嶇。〔註77〕

> 許邁有妻還學道，陶潛無酒亦從人。相隨十日還歸去，萬劫
> 清游結此因。〔註78〕

許邁得異人之術，周遊江湖，為民除害斬蛟龍。又當其父母尚存，往來於茅嶺洞室。其雙親歿時，遣妻孫氏還家，自己與同好遍遊名山大川以學道。後其遯山中，登霞飛昇，長壽百餘年。

仙人仙風王子喬的故事，王子喬有神術，乘雙鳧詣臺朝。神仙迹豈能讓世人輕易羅網。賦詩〈雙鳧觀〉，云：

> 王喬古仙子，時出觀人寰。常為漢郎吏，厭世去無還。雙鳧
> 偶為戲，聊以驚世頑。不然神仙迹，羅網安能攀。〔註79〕

仙人安期生的事蹟，時人言其千歲，賣藥於東海邊。安期生本來是位策士，是要輔成帝業。獻策項羽，卻不為重用。成仙後，便為合則見人，不合則隱的仙人。〈安期生并引〉詩及〈次韻黃魯直見贈古風二首〉其二，詩云：

> 安期本策士，平日交蒯通。〔註80〕

> 千金得奇藥，開視皆稊苓。不知市人中，自有安期生。〔註81〕

蘇軾欲尋仙人赤松子仙蹤，騎乘如西王母飆車羽輪，過訪黃帝時期的雨師赤松子。但是蓬萊仙島，相隔弱水三萬里，只有飛仙才到得了。〈金山妙高臺〉詩云：

> 我欲乘飛車，東訪赤松子。蓬萊不可到，弱水三萬里。〔註82〕

蘇軾也想學學仙人陰長生的故事，向龔道士學道。從陰長生事奉馬鳴生的事蹟，如能有《神丹經》的傳授，合丹服食半劑，即昇天為

〔註77〕蘇軾：《蘇軾詩集》〈過木櫪觀〉，卷1，頁26～27。

〔註78〕蘇軾：《蘇軾詩集》〈送邵道士彥肅還都嶠〉，卷44，頁2389。

〔註79〕蘇軾：《蘇軾詩集》〈雙鳧觀〉，卷2，頁82。

〔註80〕蘇軾：《蘇軾詩集》〈安期生并引〉，卷43，頁2349。

〔註81〕蘇軾：《蘇軾詩集》〈次韻黃魯直見贈古風二首‧其二〉，卷16，頁836
～837。

〔註82〕蘇軾：《蘇軾詩集》〈金山妙高臺〉，卷26，頁1368。

仙。〈留別蹇道士拱辰〉詩云：

> 晚識此道師，似有宿世情。笑指北山雲，訶我不歸耕。仙人
> 漢陰馬，微服方地行。〔註83〕

又賦詩〈生日，蒙劉景文以古畫松鶴為壽，且貺佳篇，次韻為謝〉
詩，云：

> 子雲老執戟，長孺終主爵。吾當追松、喬，子亦鄙衛、霍。
> 〔註84〕

誠心欲隨王子喬、赤松子仙蹤，隱居遯世。故神仙，是屏除欲念的，超
然物外凡塵，如〈巫山〉云：「神仙固有之，難在忘勢利。貪賤爾何愛，
棄去如脫屣。嗟爾若無還，絕糧應不死。」〔註85〕不隨人心物變的，就
如「石寶有洪泉，甘滑如流髓。」〔註86〕神山一開，石髓流出，食之，
壽與天齊高。以上舉隅數詩，乃為蘇詩中追隨仙人仙蹤之作。

神仙是絕棄勢利，如棄敝屣，是絕糧不死的。如〈過萊州雪後望
三山〉云：「參差太華頂，出沒雲濤堆。安期與羨門，乘龍安在哉。茂
陵秋風客，勸爾麾一杯。帝鄉不可期，楚些招歸來。」〔註87〕蘇軾來
到萊州望向三神山，高聳出沒雲濤間。詩人無法像欒大敢妄言，說常
往來於渤海，見過仙人安期生與羨門子高。他認為追求富貴非他心
願，尋覓仙境更是無可期待的事。詩人想做真正的自己，不受外物俗
事影響。

神仙，非自然不可違逆的，得全憑修煉成道的。「所謂神仙，就
是一種以煉丹道為手段而達到羽化成仙的目的具有特殊功能的長生
不死的人。」〔註88〕要成仙之道，煉氣養生及服食丹藥，成為不可或

〔註83〕蘇軾：〈留別蹇道士拱辰〉，卷33，頁1765。
〔註84〕蘇軾：《蘇軾詩集》〈生日，蒙劉景文以古畫松鶴為壽，且貺佳篇，次
　　　　韻為謝〉，卷34，頁1838。
〔註85〕蘇軾：《蘇軾詩集》〈巫山〉，卷1，頁36。
〔註86〕蘇軾：《蘇軾詩集》，卷1，頁35。
〔註87〕蘇軾：《蘇軾詩集》〈過萊州雪後望三山〉，卷26，頁1391。
〔註88〕張磊：〈論仙話的形成與發展〉，《民間文藝季刊》第1期（總第九期）
　　　　（1986年2月），頁119。

缺條件。詩作如：

> 符離道士晨興際，華岳先生尸解餘。忽見黃庭丹篆句，猶傳
> 青紙小朱書。〔註89〕

> 指點先憑采藥翁，丹青化出大槐宮。〔註90〕

> 東坡之師抱朴老，真契久已交前生。玉堂金馬久流落，寸田
> 尺宅今誰耕。〔註91〕

> 金丹不可成，安期渺雲海。誰謂黃門妻，至道乃近在。尸解
> 竟不傳，化去空餘悔。丹成亦安用，御氣本無待。〔註92〕

詩人善用呼吸導引的調息法，閉氣凝神，吐故納新的行氣法，存思沉
澱的方法，排除心中雜念。將身體譬作小宇宙，五行運行相生相轉。
身體為鼎爐，體內精氣為藥物，體內之神為火候，將人之精氣神熔爐
為一，聚積不散，結為金丹，進而長生不死。北宋已從外丹煉食，發
展綜合為辟穀服氣、呼吸導引以及存思內省的一種內丹修煉法。

　　綜論上述神仙吟詠詩作，舉以仙人許邁、王子喬、安期生、赤松
子、陰長生、馬鳴生等事蹟，說明蘇軾自己學仙學道的決心，以迴避
擾人俗事，回歸到最淳真最自然的林泉。再透過內丹術的修煉，回歸
到人類始生的虛無，煉精化無、煉無化神、煉神還虛的狀態，進入到
最高身心靈清修的神仙境界。

二、神仙思想與生命體驗之綿密結合

　　長生不死的神仙思想，是人類珍重生命的表現。對生命能無限延
長，成為人類渴求實踐的目標。原始初民對死亡的戒慎恐懼，發展出

〔註89〕蘇軾：《蘇軾詩集》〈回先生過湖州東林沈氏，飲醉，以石榴皮書其家
　　　　東老庵之壁云：「西鄰已富憂不足，東老雖貧樂有餘。白酒釀來因好
　　　　客，黃金散盡為收書。」西蜀和仲，聞而次其韻三首。東老，沈氏之
　　　　老自謂也，湖人因以名之。其子偕作詩，有可觀者・其二〉，卷12，
　　　　頁589。
〔註90〕蘇軾：《蘇軾詩集》〈次韻周邠寄《雁蕩山圖》二首・其一〉，卷14，
　　　　頁698～699。
〔註91〕蘇軾：《蘇軾詩集》〈游羅浮山一首示兒子過〉，卷38，頁2068。
〔註92〕蘇軾：《蘇軾詩集》〈和陶讀《山海經》并引・其十〉，卷39，頁2135。

靈魂不死的觀念，能夠起死回生、能夠煉出不死仙藥，是一種對死亡的抗拒及對生命的尊重珍惜。

長生不死的目的為昇天。自東漢道教興起以來，大量製造神仙故事，形成龐雜的道教神仙系統。仙人的出現，雲霧氤氳的仙境，已不是在天庭仙界，而是在地上人間。仙境的兩大系統，西方崑崙仙山，東方蓬萊仙島，成為人們嚮往的仙鄉仙境。

（一）西方崑崙與東方蓬萊

崑崙，就地景地貌言，位於新疆塔里木盆地向南延伸至西藏間的連綿高山。在神話體系中，西方崑崙，結合古代神話傳說中的仙山，如《山海經・西山經》云：

> 西南四百里，曰崑崙之丘，是實惟帝之下都，神陸吾司之。其神狀虎身而九尾，人面而虎爪；是神也，司天之九部及帝之囿時。有獸焉，其狀如羊而四角，名曰土螻，是食人。有鳥焉，其狀如蠭，大如鴛鴦，名曰欽原，蠚鳥獸則死，蠚木則枯。有鳥焉，其名曰鶉鳥，是司帝之百服。有木焉，其狀如棠，華黃赤實，其味如李而無核，名曰沙棠，可以禦水，食之使人不溺。有草焉，名曰蓍草，其狀如葵，其味如蔥，食之已勞。〔註93〕

《山海經・海內西經》云：

> 海內崑崙之虛，在西北，帝下之都。崑崙之虛，方八百里，高萬仞。上有木禾，長五尋，大五圍。面有九井，以玉為檻。面有九門，門有開明獸守之，百神之所在。〔註94〕

崑崙之丘，是天帝在地上人間的都城，由虎身九尾，人面虎爪的神陸吾守護。有形狀如羊頭長四隻角，會吃人的神獸名叫土螻。有形狀如蜂，大如鴛鴦的神鳥欽原。在崑崙之丘，還有一種會開黃花結赤果的

〔註93〕袁珂注：《山海經校注》〈山經柬釋第二・西山經〉（臺北：里仁書局，1981 年 11 月），卷 2，頁 47。

〔註94〕袁珂注：《山海經校注》〈海經新釋第六・海內西經〉（臺北：里仁書局，1981 年 11 月），卷 11，頁 294。

神仙樹，味甘如李而無核，食之可以抵禦水而不溺，名叫沙棠的不死藥。崑崙之虛，幅員遼闊，方圓八百里，千萬仞之高。上面有高木，長有五尋，大到有五人合圍。崑崙山每面都有九口井，是以玉石雕砌作為門檻，而大門有開明獸鎮守，乃眾百神所在之地。

對崑崙的記載，《史記》、《拾遺記》如是載云：

《史記・大宛列傳》云：

太史公曰：《禹本紀》言「河出崑崙。崑崙其高二千五百餘里，日月所相避隱為光明也。其上有醴泉、瑤池」。〔註95〕

王嘉《拾遺記》云：

崑崙山有昆陵之地，其高出日月之上。山有九層，每層相去萬里。有雲色從下望之，如城闕之象。四面有風，羣仙常駕龍乘鶴，遊戲其間。……崑崙山者，西方曰須彌山，對七星之下，出碧海之中。上有九層，第六層有五色玉樹，蔭翳五百里，夜至水上，其光如燭。第三層有禾穟，一株滿車。有瓜如桂，有奈冬生如碧色，以玉井水洗食之，骨輕柔能騰虛也。第五層有神龜，長一尺九寸，有四翼，萬歲則升木而居，亦能言。第九層山形漸小狹，下有芝田蕙圃，皆數百頃，羣仙種耨焉。……北有珍林別出，折枝相扣，音聲和韻。九河分流。南有赤陂紅波，千劫一竭，千劫水乃更生也。〔註96〕

神仙居住的樓臺仙境，就在崑崙山的昆陵，山勢危聳高峻，凌駕於日月之上。聳天九層之山，每層相去萬里遙遠且景觀皆殊。如最下層四方，東南西北各有佳景。流精霄闕，直達四十丈高深，東有風雲，南有丹密雲，丹雲四周垂密。西多龍螭潭，龍螭都是白色，千歲蛻變。崑崙山有殊多的珍奇神獸，有禾穟、神龜、五色玉樹等，羣仙們常於此駕龍乘鶴，遊戲其間。西王母常在此崑崙神山宴會賓客諸神仙。

〔註95〕（漢）司馬遷著，楊家駱主編：《新校本史記三家注并附編二種》〈大宛列傳第六十三〉（臺北：鼎文書局，1981年8月），卷123，頁3179。

〔註96〕（晉）王嘉撰：《拾遺記》（臺北：藝文印書館，1966年，《百部叢書集成》影印《古今逸史》本），卷10，頁1~2。

　　崑崙山結構以天為模式，分三級和九層。《爾雅·釋丘》云：「丘
一成為敦丘，再成為陶丘，再成銳上為融丘，三成為崑崙丘。」
〔註97〕《楚辭·天問》云：「崑崙縣圃，其尻安在？增城九重，其高
幾里。」〔註98〕縣圃神山在西北，是元氣所出，上通於天。崑崙山九
重，其高萬二千里。《楚辭·離騷》有言：「指九天以為正」〔註99〕。
九天，中央八方。典籍載云，皆以天為九重之說。故崑崙作為天的象
徵，是天地樞紐；是天帝的下都和諸神昇天的通徑；是眾仙雲集，乃
仙物神類蝟生。天人濟濟的崑崙神山，便擁有了無極限的神力。

　　崑崙山賦予神話的形象，塑造出崑崙神話的脈絡，然崑崙神話體
系，呈現初民原始的宗教思維，是較為原始的，其神祇的外形多為動
物圖騰的崇拜信仰，而這些圖騰，投射一種神祕威力和猙獰面目，震
攝人心，深具神奇巨大的神力與支配力。崑崙山因此成為古代神話中
的仙鄉仙境的代表。〔註100〕

　　蓬萊仙島，四周有城池，中間為座高山，其狀似如崑崙山。蓬萊
面對東海東北岸，周回五千里。蓬萊，乃天帝統御九天之維，尊崇無
比。以前大禹治水後，曾到蓬萊的北阿處祭祀上帝，歸大功於九天。
另傳說中的海上仙山，蓬萊、方丈、瀛洲從昆崙山衍伸而來，因此古
人稱昆崙山為「東海仙山之祖」〔註101〕。

〔註97〕　（清）阮元校勘：《爾雅·釋丘第十》《十三經注疏》（臺北：藝文印
　　　　　書館股份有限公司，2001年12月），卷7，頁114。
〔註98〕　（宋）洪興祖撰：《楚辭補註》〈天問〉（臺北：藝文印書館，1981年
　　　　　3月），卷3，頁157。
〔註99〕　（宋）洪興祖撰：《楚辭補註》〈離騷〉（臺北：藝文印書館，1981年
　　　　　3月），卷1，頁23。
〔註100〕　崑崙成為樂園意象，象徵天地未分的狀態，為豐盈、旺盛的生命力
　　　　　之源。此類神仙樂園表達了古代中國人希求長壽永生與安樂治世的
　　　　　願望與理想，借著崑崙神話與太樸之世，初民乃至道家學說的信仰
　　　　　者足其隱蔽在心靈深處的部分願望，表達了民族共同的夢境。見李
　　　　　豐楙：《仙境與遊歷：神仙世界的想像》（北京：中華書局，2010年
　　　　　10月），頁445。
〔註101〕　范恩君著：《道教神仙》（北京：宗教文化出版社，2007年12月），
　　　　　頁320。

《史記・封禪書》云：

> 自威、宣、燕昭使人入海求蓬萊、方丈、瀛洲。此三神山者，其傳在勃海中，去人不遠。患且至，則船風引而去。蓋嘗有至者，諸僊人及不死之藥皆在焉。……始皇自以為至海上而恐不及矣，使人乃齎童男女入海求之。船交海中，皆以風為解，曰未能至，望見之焉。其明年，始皇復游海上，至瑯邪，過恆山，從上黨歸。後三年，游碣石，考入海方士，從上郡歸。後五年，始皇南至湘山，遂登會稽，並海上，冀遇海中三神山之奇藥。〔註102〕

又言：

> 入海求蓬萊者，言蓬萊不遠，而不能至者，殆不見其氣。上乃遺望氣佐候其氣云。〔註103〕

《史記》三神山的記錄出現，從戰國齊威、宣、燕昭派人入海求蓬萊、方丈、瀛洲，至秦始皇「齊人徐巿等上書，言海中有三神山，名曰蓬萊、方丈、瀛洲，僊人居之。」〔註104〕再至漢武帝王都是欲求長生不死仙藥，紛至蓬萊尋仙、求仙。所以，秦漢以後，「蓬萊」成為神話傳說中的仙山仙島，已屬神仙信仰的產物。從積極的人為活動，無非顯示帝王的欲求。求仙，是人追求長生的理想，仙境即是人夢寐以求的國度。任何求仙活動，都圍繞在人為的欲望及理想。

蓬萊仙島的盛行，形成一股瘋迷的尋仙、求仙的風氣。鑒於紛亂的時代，生命毫無保障，有所覺醒感悟，於是尋找一種既能遠離烽火戰亂，又能兼併修養煉氣，達到長生不死。因此，由蓬萊仙島的神仙發展，就是追求永生，反映出人們對生命的珍重。蓬萊仙島氤氳

〔註102〕（漢）司馬遷著，楊家駱主編：《新校本史記三家注并附編二種》〈封禪書第六〉（臺北：鼎文書局，1981 年 8 月），卷 28，頁 1369～1370。

〔註103〕（漢）司馬遷著，楊家駱主編：《新校本史記三家注并附編二種》，卷 28，頁 1393。

〔註104〕（漢）司馬遷著，楊家駱主編：《新校本史記三家注并附編二種》〈秦始皇本紀第六〉（臺北：鼎文書局，1981 年 8 月），卷 6，頁 247。

的氣氛，仙官攏聚、仙氣濃厚，已然充斥濃濃的人文特點，目的就是追求不死永生。

　　但是人終究都會面臨死亡，走到生命盡頭。如何能延續生命長度，就必須反其道而行，尋求不死之道。讓人不死，只有仙境才有，而不死之藥只在天境崑崙和天帝、群巫手中。這些神巫利用靈山這座天梯上下於天，宣神旨達民情。人想要到達天境仙界，就必須神化輕舉，登遐飛天。

　　顧頡剛〈《莊子》和《楚辭》中崑崙和蓬萊兩個神話系統的融合〉一文，比較東、西方的「神」與「仙」：

> 西方人說人可以成神，他們的神有黃帝、西王母、禹、羿、帝江等，是住在崑崙等山的。東方的人說人可以成仙，他們的仙有宋毋忌、正伯僑、羨門高等等，是住在蓬萊等島的。西方人說神之所以能長生久視，是由於「食玉膏、飲神泉」，另外還有不死樹和不死藥；東方人說仙之所以能永生，是由於「養六氣、飲沆瀣、漱正陽、含朝露」另外還有「形解銷化」，並藏著不死藥，所以「神」和「仙」的名詞雖異，而他們的「長生不老」和「自由自在」兩個中心觀念則沒有甚麼兩樣。〔註105〕

不論是東、西方的「神」與「仙」，長生之道是食玉膏、飲神泉；或養六氣、飲沆瀣、漱正陽、含朝露等任何方式，終極目的就是要長生不死、不老，且能自由飛昇，自在地生活，擺開憂慮煩擾，進入真正心靈澄淨的理想仙境國度。這樣求仙活動與神仙信仰，始終維繫著每一朝代人們的渴望，企圖達到長生、永生的仙界。

　　人類在時空受限之下，有期待幻想，希望能掙脫或超越時空，真正進入到自由的世界，正因這些編織浪漫的理想，產生了所謂的神仙世界。東、西方神話仙話系統不同，「由神、巫、崑崙所組成的西方仙

〔註105〕顧頡剛：〈《莊子》和《楚辭》中崑崙和蓬萊兩個神話系統的融合〉：《中華文史論叢》第二輯（上海：上海古籍出版社，1979年4月），頁35。

鄉神話和由仙、方士、歸墟所組成的東方仙鄉。」〔註106〕東方海上仙島，瀰漫莫不可測的周匝雲霧；而西方崑崙，山高聳天，都成了初民傳聞中的仙鄉與不死之國。

　　儘管東方蓬萊興盛後，漸為取代西方崑崙，成為後世所言的仙鄉仙境。然民間傳說只要提到仙境，多以蓬萊為主，罕言崑崙。這對神話體系而言，不論是崑崙神話、蓬萊仙話的演進或變化，不影響人類對生命的重新認識與定位。能壽比南山或短如蜉蝣，都該是對生命的一種尊重與反省，讓生命哲學參入融合神仙色彩，多些浪漫的人文氣息與宗教信仰，落實到理想現實，過著如神仙般的快活意境。

　　蘇軾神仙吟詠的詩作中，不乏舉以「崑崙」、「蓬萊」一詞，象徵意涵詩人內心嚮往神仙的美好，有了世外桃源，足以讓詩人遯世學道求仙。詩云：

> 一尾追風抹萬蹄，崑崙玄圃謂朝隮。回看世上無伯樂，却道鹽車勝月題。〔註107〕

> 鬱鬱蒼梧海上山，蓬萊方丈有無間。舊聞草木皆仙藥，欲棄妻孥守市闤。雅志未成空自嘆，故人相對苦為顏。酒醒却憶兒童事，長恨雙鳧去莫攀。〔註108〕

> 相將叫虞舜，遂欲歸蓬萊。嗟我二三子，狂飲亦荒哉。〔註109〕

> 蓬萊春晝永，玉殿明房櫳。金箋灑飛白，瑞霧縈長虹。遙憐醉常侍，一笑開天容。〔註110〕

> 我欲乘飛車，東訪赤松子。蓬萊不可到，弱水三萬里。〔註111〕

> 蓬萊海上峰，玉立色不改。孤根捍滔天，雲骨有破碎。陽侯

〔註106〕王孝廉：《中國的神話世界——各民族的創世神話及信仰（下冊）》（臺北：時報文化出版企業有限公司，1987年6月），頁560。

〔註107〕蘇軾：《蘇軾詩集》〈次韻參寥師寄秦太虛三絕句，時秦君舉進士不得·其二〉，卷17，頁904～905。

〔註108〕蘇軾：《蘇軾詩集》〈次韻陳海州書懷〉，卷12，頁594。

〔註109〕蘇軾：《蘇軾詩集》〈登常山絕頂廣麗亭〉，卷14，頁687。

〔註110〕蘇軾：《蘇軾詩集》〈孫莘老寄墨四首·其一〉，卷25，頁1320～1321。

〔註111〕蘇軾：〈金山妙高臺〉，卷26，頁1368。

殺廉角，陰火發光彩。纍纍彈丸間，瑣細成珠琲。閻浮一漚耳，真妄果安在。〔註112〕

蓬萊在何許，弱水空相望。〔註113〕

蓬萊至今空，護短不養才。上界足官府，謫仙應退休。〔註114〕

海山蔥曨氣佳哉，二江合處朱樓開。蓬萊方丈應不遠，肯為蘇子浮江來。〔註115〕

何人守蓬萊，夜半失左股。浮山若鵬蹲，忽展垂天羽。根株互連絡，崖嶠爭吞吐。神工自爐韝，融液相綴補。〔註116〕

羅浮道人一傾蓋，欲繫白日留君顏。應知我是香案吏，他年許綴蓬萊班。〔註117〕

詩人渴望能擁有像蓬萊仙島的仙人，具有永恆的生命與仙境中的自由。相對於世間人事的權謀，神仙是清淨許多。蘇軾有意識創作富含神仙的素材，投射隱含一種與自然社稷協調的關係，能隨心駕馭宇宙，掌握自然萬象，探索內心之需，讓神仙思想融入到真實生活，不空虛無極，臻於有價值的生命意義。

（二）神仙思想與生命的體驗

自然萬物都有生命的法則律定，花開花謝，四季更迭，井然有序。然人類擁有生命卻不能主宰生命。在大自然面前，人類何其渺小，山崩地裂，風災水潦之患，往往摧殘多少無辜的性命。然人類為了抵禦無情外力的摧毀，為了消解生命的短逝，必須在人與自然中，

〔註112〕蘇軾：《蘇軾詩集》〈文登蓬萊閣下，石壁千丈，為海浪所戰，時有碎裂，淘瀧歲久，皆圓熟可愛，土人謂此彈子渦也。取數百枚，以養石菖蒲，且作詩遺垂慈堂老人〉，卷31，頁1651。

〔註113〕蘇軾：《蘇軾詩集》〈次丹元姚先生韻二首・其二〉，卷36，頁1952。

〔註114〕蘇軾：《蘇軾詩集》〈丹元子示詩，飄飄然有謫仙風氣，吳傳正繼作，復次其韻〉，卷36，頁1969。

〔註115〕蘇軾：〈寓居合江樓〉，卷38，頁2072。

〔註116〕蘇軾：《蘇軾詩集》〈白水山佛迹巖〉，卷38，頁2079～2080。

〔註117〕蘇軾：《蘇軾詩集》〈追餞正輔表兄至博羅，賦詩為別・再用前韻〉，卷39，頁2111。

取得平衡的協調。老子《道德經》言：「人法地，地法天，天法道，道法自然。」〔註118〕自然之道，先於天地，是宇宙根紐、萬物之母，是客觀性地存在。因此，「道」的狀態，是寄望回歸到生命的原初始態，甚至必須超越形式上的生命體，臻於生命的本真，這是一種反璞歸真的實踐力。透過從凡俗世間的修煉場所——洞天福地，修煉身心靈，以達彼岸的神仙世界。

自然萬物有生、有滅，人類的生命未嘗如此！李剛〈生命道教〉引德國‧西美爾的言論，指出：

> 生命的意義是甚麼？它純粹作為生命的價值是甚麼？只有這一個問題解決了，才能對知識和道德、自我和理性、藝術和上帝、幸福和痛苦進行探索。它的答案決定一切。它是惟一能提供意義和尺度、肯定或否定價值的生命原初事實。〔註119〕

生命的延續，有正面價值及奮鬥精神，它提供幸福的泉源，肯定生命原初事實。然追求神仙不老不死的指標，解決人類延長生命的夢想，成為對抗抵制生命滅絕的一種方式。道教重養生、貴長生的神仙人文精神，對人類熱愛生命具有相當指標性的啟示，也是美化人生的一種生命體現。〔註120〕

又袁珂〈彭祖長壽的神話和仙話〉一文，對長生不死的看法，是：

> 長生不死的思想，原是神話和仙話所共有，是原始初民珍愛生命的表現，世界上各個國家、各個民族的神話寶庫中，多

〔註118〕陳鼓應註譯：《老子今註今譯》〈第二十五章〉（臺北：臺灣商務印書館股份有限公司，1997 年 1 月），頁 147。

〔註119〕李剛：《中國道教文化》（吉林：長春出版社，2011 年 1 月），頁 1。

〔註120〕道教是一個重生、貴生的宗教，在其傳統的思想信仰中，包含著道教徒對於作為福地洞天的山川大地的無限崇拜，也包含著道教徒對於熱愛生命的無限追求。在具有終極關懷的各種宗教中，惟有道教，重視今生，以生為樂，以生為貴。道教認為人可以通過修煉，使精神和形體相守不離，可以脫胎換骨，與道一體，實現整個生命的長生不死和得道成仙。見丁常雲：〈試論道教人文精神及其現代啟示〉，《宗教哲學》第 41 期（2007 年 9 月），頁 47。

有探尋長生秘密和覓致不死藥草的記載。不過神話除此而外，還表現了其他許多豐富的內容，仙話則專以此為職志，顯得未免狹隘、單調一些。而就其無限的延長生命的渴望這一點說來，神話、仙話都是一致的。〔註121〕

長生不死，是珍惜生命的方式，是延續生命價值。藉由宗教興起，神仙思想在時代的醞育中崛起一股風潮。在亂世，人們為了苟活，透過神仙思想的傳遞，寄託方外，祛除內心的不安；在盛世，帝王為了享樂，神仙思想再次點燃，仙境仙闕的閎奇偉大，象徵帝王尊貴及不可撼動的權勢。帝王能長生不死，永保萬世無疆。故神仙思想不論是統治者，或是庶民百姓，莫不深信不已。在精神寄託上，超越現實，為生命尋覓最佳出處，惟有神仙仙境滿足人們的渴望與欲求。

蘇軾詩作中具長生不老的神仙思想，如〈和陶讀《山海經》〉對於黃華、廖井二女以甘谷、松膏為糧而成仙，「聞此不能寐，起坐夜未央。」〔註122〕有所不解，陷入迷思。神話中雖具勵志精神，如陶潛詩云：「夸父誕宏志，乃與日競走。」〔註123〕和「精衛銜微木，將以填滄海。刑天舞干戚，猛志故常在。」〔註124〕以夸父、精衛、刑天

〔註121〕袁珂：〈彭祖長壽的神話和仙話〉，《袁珂神話論集》（四川：四川大學出版社，1996 年 9 月），頁 218。

〔註122〕蘇軾：《蘇軾詩集》〈和陶讀《山海經》并引·其八〉，卷 39，頁 2134。

〔註123〕陶潛〈讀《山海經》·其九〉：「夸父誕宏志，乃與日競走。俱至虞淵下，似若無勝負。神力既殊妙，傾河焉足有！餘迹寄鄧林，功竟在身後。」見（晉）陶潛撰，（宋）李公煥箋註：《箋註陶淵明集》〈讀《山海經》·其九〉（臺北：國立中央圖書館，1991 年 2 月），卷 4，頁 192。〈海外北經〉：「夸父與日逐走，入日。渴欲得飲。飲於河、渭，河、渭不足。北飲大澤。未至，道渴而死。棄其杖，化為鄧林。」見袁珂注：《山海經校注》〈海經新釋·海外西經〉（臺北：里仁書局，1981 年 11 月），卷 3，頁 238。

〔註124〕陶潛〈讀《山海經》·其十〉：「精衛銜微木，將以填滄海。刑天舞干戚，猛志故常在。同物既無慮，化去不復悔。徒設在昔心，良晨詎可待！」見（晉）陶潛撰，（宋）李公煥箋註：《箋註陶淵明集》〈讀《山海經》·其十〉（臺北：國立中央圖書館，1991 年 2 月），卷 4，頁 193。

的神話，驚天動地之舉，是造福人類。對列蘇軾和陶，詩云：「辛勤破封蟄，苦語劇移山。」〔註125〕同樣具有神話色彩的北山愚公移山的故事，生動傳神地連結，將神話或類神話中的傳奇事蹟，寫得炯炯有神，凜然生氣。〔註126〕

　　神仙信仰是道教的基本核心，透過神仙長生不死之念，建立起無量度人、我命在我，神仙可學的一種生命主體。神仙信仰是超乎宇宙，有著浪漫主義的想像力。神仙是一種不死之道，人透過修煉修養與不死之道謀合為一，即是長生。〔註127〕死生大事，世人應所正視。然蘇軾用心思索死生，感慨人生短暫，只能從神仙思想中體悟。

　　年少好道的蘇軾，就有欲求歸隱林泉，欲求仙度仙的心思。〈留題仙都觀〉詩云：

> 真人厭世不回顧，世間生死如朝暮。學仙度世豈無人，餐霞
> 絕粒長苦辛。安得獨從逍遙君，泠然乘風駕浮雲，超世無有
> 我獨存。〔註128〕

認清世間生死短如朝暮般，學仙道度世，餐霞絕粒、煉氣養生、騰雲御風，超然獨世。煉丹已成，助成梨棗。因此，能求仙而長生不死，從自我內心省思，從心得道，讓生命的主體由心性發展，發揮至極。

　　蘇軾由於仕途及生活上跌盪，讓年少孳生的崇道學仙的意念又強化些。熙寧七年（1074）至九年（1076），外任密州知州，崇道思想再次燃起，對崇道學仙又有新的展望，認為神仙可學且延年益壽。當他從杭州赴密州途中，對生命的感慨，寫了幾首詩，如〈回先生過湖州

〔註125〕蘇軾：《蘇軾詩集》〈和陶讀《山海經》并引‧其二〉，卷39，頁2131。
〔註126〕「運用神話材料入詩，最顯得有力量的是陶潛讀《山海經》中的兩首，一首寫夸父追日，另一首寫精衛填海和刑天舞干戚，的確是寫得凜凜有生氣，將古神話裡幾個神人的鬥爭精神充分表達出來了。」參見袁珂：《中國神話傳說》（北京：人民文學出版社，1998年10月），頁53。
〔註127〕劉秋固：〈張紫陽內丹術的超個人心理學思想〉，《宗教哲學》第7卷第1期（2001年3月），頁108。
〔註128〕蘇軾：《蘇軾詩集》〈留題仙都觀〉，卷1，頁18。

東林沈氏，飲醉，以石榴皮書其家東老庵之壁云：「西鄰已富憂不足，東老雖貧樂有餘。白酒釀來因好客，黃金散盡為收書。」西蜀和仲，聞而次其韻三首。東老，沈氏之老自謂也，湖人因以名之。其子偕作詩，有可觀者〉次其韻詩云：

> 世俗何知貧是病。神仙可學道之餘。但知白酒留佳客。不問
> 黃公覓素書。〔註129〕

仙人就是自在逍遙，回先生善飲善釀，棄絕人間享樂，遠離人間貧病，品嘗佳釀好酒，飄然自在，神似快樂仙。在字裡行間已透露「神仙可學」的蹤影。

〈單同年求德興俞氏聚遠樓詩三首〉其三詩，云：

> 聞說樓居似地仙，不知門外有塵寰。幽人隱几寂無語，心在
> 飛鴻滅沒間。〔註130〕

好友單同年在聚遠樓居，似地仙自在悠遊，能以炁化型態來執行各項事務，所以根本不知樓門外的塵寰世界。這樣的幽人隱几無語，心已隨飛鴻來去自如，自由飛升至雲間，忽隱忽現。

〈次韻陳海州書懷〉詩云：

> 鬱鬱蒼梧海上山，蓬萊方丈有無間。舊聞草木皆仙藥，欲棄
> 妻孥守市闤。雅志未成空自嘆，故人相對若為顏。酒醒卻憶
> 兒童事，長恨雙鳧去莫攀。〔註131〕

密州臨東海，東海蓬萊仙島是仙人攏聚之處。先寫出蒼梧，瀰漫著神仙的氛圍，又聽聞其草木皆仙藥，便興起「欲棄妻孥守市闤」之思。求仙的「雅志」未成，徒增空嘆，企盼尋得一條通往神仙道徑，羽化登仙。

〔註129〕蘇軾：〈回先生過湖州東林沈氏，飲醉，以石榴皮書其家東老庵之壁云：「西鄰已富憂不足，東老雖貧樂有餘。白酒釀來因好客，黃金散盡為收書。」西蜀和仲，聞而次其韻三首。東老，沈氏之老自謂也，湖人因以名之。其子偕作詩，有可觀者·其一〉，卷12，頁589。
〔註130〕蘇軾：《蘇軾詩集》〈單同年求德興俞氏聚遠樓詩三首·其三〉，卷12，頁590。
〔註131〕蘇軾：〈次韻陳海州書懷〉，卷12，頁594。

又〈次韻陳海州乘槎亭〉詩云：

人事無涯生有涯，逝將歸釣漢江槎。乘桴我欲從安石，遁世誰能識子嗟。日上紅波浮翠巘，潮來白浪卷青沙。清談美景雙奇絕，不覺歸鞍帶月華。〔註132〕

蘇軾感嘆生命有限，而人事紛擾卻是無盡期。於是萌生歸釣漢江的意念，歸去來兮的心聲被喚醒。儒家乘桴浮於海的情緒，引燃東山之志。來到陳海州介紹的神仙秘境，雙奇絕妙的美景，流連忘返，不知覺月兒已高掛上天。詩作借歷史人物表白心跡，「遁世誰能識子嗟」典引《詩經・王風・丘中有麻》：「丘中有麻，徒留子嗟。徒留子嗟，將其來施。」〔註133〕賢人被放逐，詩人生命的隱憂痛處，不正投射出自己的處境，亦是如此。

蘇軾常有人生如寄的感慨，時值壯年又是顛沛之際，加上「老病常居半」〔註134〕老態龍鍾的身軀，不禁興發不如歸去，深思人生片羽的難題。生命長度與廣度交錯，唯有追求長生，煉丹服食以求仙，來延年益壽；或是醉遊山水，領悟山水之美，淨化心靈，提升樂陶人生的層次，體驗生命價值的意義。

如〈登常山絕頂廣麗亭〉一詩，云：

西望穆陵關，東望瑯邪臺。南望九仙山，北望空飛埃。相將叫虞舜，遂欲歸蓬萊。嗟我二三子，狂飲亦荒哉。紅裙欲仙去，長笛有餘哀。清歌入雲霄，妙舞纖腰回。自從有此山，白石封蒼苔。何嘗有此樂，將去復徘徊。人生如朝露，白髮日夜催。棄置當何言，萬劫終飛灰。〔註135〕

登高環視常山四周，瞭望東邊瑯邪臺、西方穆陵關，南隅九仙山，北眺空飛埃，遼闊的景致，學學杜甫登高望遠「回首叫虞舜，蒼梧雲

〔註132〕蘇軾：〈次韻陳海州乘槎亭〉，卷12，頁594。

〔註133〕（清）阮元校勘：《詩經・王風・丘中有麻》《十三經注疏》（臺北：藝文印書館股份有限公司，2001年12月），卷四之一，頁155。

〔註134〕蘇軾：《蘇軾詩集》〈喬太博見和復次韻答之〉，卷13，頁613。

〔註135〕蘇軾：〈登常山絕頂廣麗亭〉，卷14，頁686。

正愁。」〔註 136〕反映現實的寫實精神。然蘇軾深感體力漸衰，催生華髮，感慨生命虛短，欲歸蓬萊，日已漸遽。如此嘆逝人生，短如朝露，曇華一現。

神仙思想要從行動力去體驗生命的真味。驗證生命的不衰，實現對理想的執著。重視今生現世的修為，不靠空談幻想，而是真正付諸實踐。故神仙信仰的追求，強調神仙是可學的。學習神仙之道，就是一種親身踐履，對生命難處的問題，進行實際的履行和體驗。

對蘇軾而言，神仙思想始終隨其一生作為。從年少時期，受道教道士影響，老道士的醍醐語，道出「仄聞長者言，婞直非養壽。唾面慎勿拭，出胯當俯就。」〔註 137〕要善養長壽之方，在其堅忍之道，即便他人唾面、出胯以待，姿態也必須柔軟。本欲求仙入林泉的他，感嘆「嗟我昔少年，守道貧非疚。自從出求仕，役物恐見囿。」〔註 138〕少年時的安貧重道，對照出仕後，身不由己地被箝制於外物，卻不能對求仙之事，瀟灑視之。

剛入仕，當鳳翔府判官，應是前途燦然，卻湧起「勇退」之思，神仙思想的修道修心，是一種看破紅塵的自我提煉、自我提升的超然。塵網俗事激不起心中的動念，「人生到處知何似，應似飛鴻踏雪泥。」〔註 139〕生命中的剪影、價值為何？就如飛鴻輕點雪泥中的痕印，徒留些許蹤影！於是，蘇軾決意用行動力踐履學仙修道。鳳翔過後，接續一連串的外任、貶謫，生活上的衝擊，生命的體驗，讓詩人即使有壯志的濟世精神，也抵不過一場場的政爭批鬥，不得不重新思索生命的價值與方向。神仙思想中的長生不死，神仙可學的機制，使生命重燃星火般的希望，對學道求仙的踐履也樂此不疲。

不論何時何地，蘇軾總以開闊的襟懷，多元思想安時處順，用曠

〔註 136〕蘇軾：〈登常山絕頂廣麗亭〉，卷 14，頁 686。
〔註 137〕蘇軾：《蘇軾詩集》〈次韻答章傳道見贈〉，卷 9，頁 425。
〔註 138〕蘇軾：《蘇軾詩集》，卷 9，頁 424。
〔註 139〕蘇軾：《蘇軾詩集》〈和子由澠池懷舊〉，卷 3，頁 97。

達態度迎接無常，將人生視作悠悠逆旅，雖有困蹇志忐，總有希望與光明。生命有限與自然永恆是相衝突矛盾的，如何平衡兩者，值得去深思探索。

　　人要延續生命的長度，就必須修煉、養生，透過自己努力實踐，學神仙、學修道，足以屹立於神仙長生之林。蘇軾明白此道，也向蘇轍學悟道煉氣之法。蘇轍強調持之以恆的修為，要清靜寡欲，希望回歸樵林野叟，過著閒雲野鶴的淡泊生活。他的處世態度較為淡泊寡欲，沉靜理智，煉功養氣，得道有成。對修道者而言，修心養心乃神仙思想的生命展示，這方面蘇轍確實比蘇軾有心得、有成就。

　　蘇軾神仙思想，在生活歷練中體驗生命的真味，無論是順與逆，都用行動力去驗證生命的不朽。沉浮宦海生涯的他，悟出「世間萬事寄黃粱」〔註140〕、「世道如弈棋，變化不容覆。」〔註141〕「縱浪大化中，止為化所纏。」〔註142〕「斂收平生心，耿耿聊自溫。」〔註143〕「此身流浪隨滄溟」〔註144〕等，這些外物非己身所能駕馭掌握，就必須以灑脫的胸壘，擺脫煩惱，平衡內心的不滿。崇道學仙的轉逆方法，最能使蔭谷中的詩人重現曙光，揚棄暗黑面，灑然以對，呼出「我本修行人，三世積精練。」〔註145〕「蓬萊方丈應不遠，肯為蘇子浮江來。」〔註146〕「仙人拊我頂，結髮受長生。」〔註147〕「待我丹成馭風去」〔註148〕等，學仙學道的心聲，緊隨仙人步履，煉就乘風御龍飛升之技，進入美善的仙國。屏息貫注於人類與宇宙間的互動關聯，讓人的生命和自然萬物

〔註140〕蘇軾：《蘇軾詩集》〈贈李兕彥威秀才〉，卷43，頁2353。
〔註141〕蘇軾：《蘇軾詩集》〈和李太白并敘〉，卷23，頁1233。
〔註142〕蘇軾：《蘇軾詩集》〈問淵明〉，卷32，頁1716。
〔註143〕蘇軾：〈入寺〉，卷41，頁2283。
〔註144〕蘇軾：《蘇軾詩集》〈芙蓉城并敘〉，卷16，頁810。
〔註145〕蘇軾：《蘇軾詩集》〈南華寺〉，卷38，頁2061。
〔註146〕蘇軾：〈寓居合江樓〉，卷38，頁2072。
〔註147〕蘇軾：《蘇軾詩集》〈過大庾嶺〉，卷38，頁2057。
〔註148〕蘇軾：《蘇軾詩集》〈次韻韶倅李通直二首·其二〉，卷44，頁2411。

律動相通，陶鑄群物，屬於人與自然的一種生命共同體。

然蘇軾反思「我生天地一閑物，蘇子亦是支離人。」〔註149〕「不如學養生，一氣服千息。」〔註150〕憑恃閑物、支離人的概念，用道家道教養氣服千息的煉丹法，其過程貫通結合了人的氣息與自然運轉的變化。懂得長生之道，須持聚著精氣神的凝結，《呂祖全書》言：

> 人稟三才，體全太極。心先天地，廓徹圓通。本性虛湛，用運沖和。神化自然，綿綿忘情。觀天地之道，執天之行。精化為氣，氣化為神，鍊神還虛，號之長生。〔註151〕

觀天地之道，執天所行，本性要虛和圓通，做到精、氣、神，鍊成還虛的長生境界。然欲學仙道長生，需鍊成養氣之方。「養氣之道，要在綿綿。譬如流水之曲暢，恍若飛雲之凌空，猶似圓珠之滾盤，悉如嬰兒之無我。」〔註152〕養氣不求速率，若飛雲、似圓珠、如嬰兒，自在妙理，運行自如。而人是自然的縮影，人的養氣養生對應於自然之道，則可長生不死。

蘇軾雖執著儒家濟世情懷，且受政治迫害壓力，因此人生理念態度轉向於學仙修道。對於金丹養生之道，亦曾用心修研。他認為人生複雜，鍊就這些成仙方式，崇道近道，持以「無待」精神相對。在蘇軾看來「萬法等成壞，金丹差可恃。」〔註153〕金丹含於萬法中，其煉成與否和生死間的關係，仍舊是無法突破。釋道間的錯綜交集需待聰慧者，叩其門破解。蘇軾妙用神仙思想的素材靈感，讓他在窘迫的境

〔註149〕蘇軾：〈龍尾硯并引〉，卷23，頁1236。

〔註150〕蘇軾：《蘇軾詩集》〈聞公擇過雲龍張山人，輒往從之，公擇有詩，戲用其韻〉，卷16，頁816。

〔註151〕（唐）呂嵒：《呂祖全書·太極化育品第一》《藏外道書》第七冊（成都：巴蜀書社，1994年12月），卷9，頁209。

〔註152〕（唐）呂嵒：《呂祖全書·五行端孝品第二》《藏外道書》第七冊（成都：巴蜀書社，1994年12月），卷9，頁211。

〔註153〕蘇軾：《蘇軾詩集》〈和陶讀《山海經》并引·其十一〉，卷39，頁2135。

遇，仍擬「心閑詩自放，筆老語翻疎。」〔註154〕閑情自放，精熟的文字技巧，對生命生存的轉圜企圖突破，掙脫自我箝限，從文學藝術的角度觀之，確有其過人的智慧，化開憂愁憂慮，解脫苦楚。

　　蘇軾最後終能這樣地瀟灑、豪邁、曠達，安然處順地凌風歸返，讓神仙思想有所蘊育為昂揚的態度，淬鍊出他對生命真性情與生命價值的體驗。他結合了神仙思想與生活體驗，讓生命從低谷中點燃新希望，當面對屈辱、困厄，便能克服心中的紛擾，求得寧靜。用道家老子的返璞歸真，「為無為，事無事，味無味。」〔註155〕的簡淡高明；用莊學超然物外，心齋坐忘的精神，澹泊以待。詩人忘卻現實的殘酷，浸濡神仙的長生不老、不死，超越死生，逆轉生命，獲得人生最大的快樂泉源，也肯定了生命的意涵。

〔註154〕蘇軾：《蘇軾詩集》〈廣倅蕭大夫借前韻見贈，復和答之，二首‧其
　　　　二〉，卷44，頁2393～2394。
〔註155〕陳鼓應註譯：《老子今註今譯》〈六十三章〉（臺北：臺灣商務印書館
　　　　股份有限公司，1997年1月），頁281。

－183－

第四章　蘇軾神仙吟詠詩的文學意涵

　　蘇軾幾經任官與貶放，載浮泅泳於人事更迭，幸賴佛老釋道的啟示，神仙思想的維繫，使他放下世俗，在美好的神仙世界，得以暫歇。不論為官抑是在野，超然自得，不改其度。尤其貶放時期，用解憂避世、修養存真的態度去面對、去正視。並透過煉丹長生、仰慕仙人、營造仙境的方式，超越塵俗，能於政爭的漩渦，滌慮俗念，寄託情志。本章節擬探討蘇軾神仙吟詠詩，依其仕宦歷程，生活歷練，內心情思，學道崇仙等過程來作分類歸納，並論述詩作中的文學意涵。

第一節　修養存真、解憂避世

　　蘇軾身處北宋積貧積弱的國勢中。當儒家淑世濟民的理想受挫，便轉往道家虛靜處世、道教神仙方術，有了神仙思想，使人生有所轉折。仕宦的不安，仰賴得悟於《莊子》之言，道法自然，安之若命，能自我消解慰藉，經由解憂避世和修養存真的方式，懂得釋懷澹然，以彰顯生命價值及和諧人生。

一、飛鴻滅沒以修養存真

　　蘇軾幼年時跟從道士張易簡學道，從此萌生神仙信仰。神仙信仰

是道教的基本核心，對自然萬化的體認及真善美的追求。當現實環境不滿意，又值黑暗腐敗、爾虞我詐的人事環鏈中，複雜渾沌裡只能藉由神仙修煉，存真養性以致長生不死，追求自由、逍遙自在。

北宋政朝，表面上國富民強，城市興起，人民娛樂性質增加，實際卻面臨強虜勁敵的恫嚇威脅，文人只好取於神仙素材，及時行樂的寄託。祇因神仙是人類欲望的無限延伸，可以登霞飛升、可以無憂無慮地來去自如，不被世事牽掛窒礙。蘇軾出川入仕，悟得此理，在〈江上值雪，效歐陽體，限不以鹽玉鶴鷺絮蝶飛舞之類為比，仍不使皓白潔素等字，次子由韻〉言及：

> 縮頸夜眠如凍龜，雪來惟有客先知。江邊曉起浩無際，樹杪風多寒更吹。青山有似少年子，一夕變盡滄浪髭。方知陽氣在流水，沙上盈尺江無澌。隨風顛倒紛不擇，下滿坑谷高陵危。江空野闊落不見，入戶但覺輕絲絲。沾裳細看巧刻鏤，豈有一一天工為。霍然一揮遍九野，吁此權柄誰執持。世間苦樂知有幾，今我幸免沾膚肌。山夫只見壓樵擔，豈知帶酒飄歌兒。天王臨軒喜有麥，宰相獻壽嘉及時。凍吟書生筆欲折，夜織貧女寒無幃。高人著屐踏冷冽，飄拂巾帽真仙姿。野僧斫路出門去，寒液滿鼻清淋漓。灑袍入袖濕靴底，亦有執板趨堨堳。舟中行客何所愛，願得獵騎當風披。草中咻咻有寒兔，孤隼下擊千夫馳。敲冰煮鹿最可樂，我雖不飲強倒巵。楚人自古好弋獵，誰能往者我欲隨。紛紜旋轉從滿面，馬上操筆為賦之。〔註1〕

明白仕途的未定數，說出「隨風顛倒紛不擇，下滿坑谷高陵危。」狂驟風雨，一掃滿坑谷。不見遼闊無盡的江面，入戶只覺得雨絲絲這樣纖細之物，雪沾了衣裳細看好像雕刻般，哪有每個都是天工所為！執筆一揮遍及九天，唏噓政朝權柄誰握住！

幸得神仙解圍，看淡世間苦樂相參，抒發「世間苦樂知有幾，今

〔註 1〕蘇軾：《蘇軾詩集》〈江上值雪，效歐陽體，限不以鹽玉鶴鷺絮蝶飛舞之類為比，仍不使皓白潔素等字，次子由韻〉，卷1，頁20。

我倖免沾膚肌。山夫只見壓樵擔，豈知帶酒飄歌兒。」效仿山中漁樵精神，樽酒頌歌隨意而至，豁達地拋開名利、得失、榮辱等世間苦樂，免於沾肌膚之痛楚。勸勉弟轍道出高人野僧都可披鶴氅踏雪而行、寒冬涕凍霜凝地清寒過日，就如長沮桀溺之辟世之士，不在意袍袖濕靴。在此洋溢出仙姿神貌，雖有苦樂參半，何妨學學仙人著履拂巾，翩然現蹤，自可避世解憂。

又鳳翔初仕期，〈次韻子由以詩見報編禮公，借雷琴，記舊曲〉提到，曰：

> 琴上遺聲久不彈，琴中古義本長存。苦心欲記常迷舊，信指
> 如歸自著痕。應有仙人依樹聽，空教瘦鶴舞風騫。誰知千里
> 溪堂夜，時引驚猿撼竹軒。〔註2〕

初入仕途鳳翔任上，有勤勞治政、思親情切、文化生活、結交友朋、甚或此家庭變故等經歷。蘇軾心緒難免複雜，一則懷抱奮凹的理想，另　對學仙求仙，隱居山林，深感興趣。在此聽聞琴聲悠揚長存，應像仙人王質聽童子彈琴，倚斧柯聽之〔註3〕。又如師曠般援琴三奏，舞鶴南來並列，延頸而鳴、舒翼而舞。蘇軾自己也說：「過終南日，令道士趙宗有彈琴溪堂。」〔註4〕此一溪堂夜裡的彈奏，誰知驚引猿鳴。對仙境中仙樂、仙舞的遐想描寫，是人間所無的歡樂情景。

新構茅堂，所處最為深邃，名為避世堂。賦作〈南溪之南竹林中，新構一茅堂，予以其所處最為深邃，故名之避世堂〉一詩，云：

> 猶恨溪堂淺，更穿修竹林。高人不畏虎，避世已無心。隱几
> 頹如病，忘言兀似瘖。茅茨追上古，冠蓋謝當今。曉夢猿呼
> 覺，秋懷鳥伴吟。暫來聊解帶，屢去欲攜衾。湖上行人絕，
> 堦前暮靄深。應逢綠毛叟，扣戶夜抽簪。〔註5〕

〔註2〕蘇軾：《蘇軾詩集》〈次韻子由以詩見報編禮公，借雷琴，記舊曲〉，卷4，頁173。

〔註3〕蘇軾：《蘇軾詩集》，卷4，頁173。

〔註4〕蘇軾：《蘇軾詩集》，卷4，頁173。

〔註5〕蘇軾：《蘇軾詩集》〈南溪之南竹林中，新構一茅堂，予以其所處最為深邃，故名之避世堂〉，卷4，頁185。

先說明新構茅堂，地處偏邃須穿過修長茂密的竹林。茅堂情境有如《晉書》中郭文愛山水，游名山，不畏猛虎為患。接續寫高人避世無心，乃憑几而精神不振似得病，而忘了言語如瘖啞貌。從莊子的「坐忘」觀念延伸，不正像南郭子綦憑靠案頭端坐，昂然挺胸向天而緩緩吸吐之氣，如此精神可脫離形體，讓形體如同枯木，心靈亦似死灰般死寂。

最後再描述避世堂清幽環境。清曉夢覺有鳥鳴猿嘯為伴，暫且解帶迎清風。湖上行人罕至，堂前庭階積雪深。應該是會碰到綠毛仙，夜裡扣戶抽簪。此首，營造仕人遠離塵囂甚上的紛爭，來到清幽如仙境，足以避世解憂，茲此之念，藉以修養心性，存真至性。

人們對神仙的渴望與追求，神仙是無所不能，至高無上的尊位，只要心存虔敬祈求，必得其庇佑。〔註6〕蘇軾崇道崇仙，解脫生活危難而善於處窮。一場幾近喪命的文字獄，讓他明白需用道家的修養存真、超然物外、隨遇而安的思想，足以解憂以避世及修養存真作為後盾來平衡心理，疏洩情緒。

神宗元豐元年（1078），徐州任上，〈百步洪二首〉其二詩，云：
佳人未肯回秋波，幼輿欲語防飛梭。輕舟弄水買一笑，醉中蕩槳肩相摩。不學長安閭里俠，貂裘夜走臙脂坡。獨將詩句擬鮑謝，涉江共採秋江荷。不知詩中道何語，但覺兩頰生微渦。我時羽服黃樓上，坐見纖女初斜河。歸來笛聲滿山谷，明月正照金巨羅。奈何捨我入塵土，擾擾毛群欺臥駝。不念空齋老病叟，退食誰與同委蛇。時來洪上看遺跡，忍見屨齒青苔窠。詩成不覺雙淚下，悲吟相對惟羊何。欲遣佳人寄錦字，夜寒手冷無人呵。〔註7〕

〔註6〕人也可以認為神的保佑賜福是無條件的或者是因為人的行為滿足了神的要求而帶來的。有條件的保佑賜福又可分為兩方面，一方面是消極性的，也就是只要人虔誠服從，就可得到神的保佑；另一方面則是積極性的，也就是依賴人舉行各種儀式以祭神，才能得到神的恩惠。參見李亦園：《宗教與神話》，（廣西：廣西師範大學出版社，2004年9月），頁4。
〔註7〕蘇軾：《蘇軾詩集》〈百步洪二首并敘・其二〉，卷17，頁893～894。

王定國來訪，乘舟攜友至彭城探訪。首言，好友輕舟弄水相見歡，煙波蕩槳，肩並肩吹笛飲酒。接續說著不似閭里之俠，披著貂裘走在斜暉夕照中的胭脂坡。此刻情景，賦詩凌駕於鮑謝，涉江弄秋水，採擷芰荷。際遇相似的二人，舟中暢飲賦詩，不知詩中所言，只覺雙頰微醺陶然。

從「我時羽服黃樓上」始，蘇軾當時振羽服，佇立在黃樓上，好似看見織女已復斜河的情景。乘月歸來，笛聲盈注響徹山谷，玉輪光影就映照在舫籌。再從「奈何捨我入塵土」興發感嘆朝廷人事，糾擾如群鳥棲枝，欲欺我似弱病的老駱駝。

最後，「時來洪上看遺跡」數句，百步洪的氣勢磅礴，奔瀉而下「有如兔走鷹隼落，駿馬下注千丈坡。斷弦離柱箭脫手，飛電過隙珠翻荷。」〔註8〕採連續的博喻手法，一氣迸發，令人目不暇給，神采逸趣。當蘇軾賦詩而成，不覺涕淚而下，嘯歌悲吟以示舒堯文、顏長道。欲書寄錦字，卻是天寒筆凍，無人執牙筆呵之。

方東樹《昭昧詹言》言：「余喜說理，談至道，然必於此等閒題出之，乃見入妙。」〔註9〕從眼前景物和平常生活現象力求跳脫時空侷限，融入道家莊子思想「其疾俛仰之間而再撫四海之外。」〔註10〕化入生活情境，透過奇特的聯想離開現實醜惡，一切視為虛無，以修養存真的方式，引出不凡哲理。

蘇軾深知「平生文字為吾累」〔註11〕的習性，也為己身帶來困擾及危殆處境。依此，常在詩作中滲透著莊子虛、靜、明的觀念，以修

〔註 8〕蘇軾：《蘇軾詩集》〈百步洪二首并敘・其一〉，卷 17，頁 892。

〔註 9〕（清）方東樹：《昭昧詹言》（臺北：廣文書局，1962 年 8 月），卷 12，頁 35。

〔註10〕「廉劌彫琢，其熱焦火，其寒凝冰。其疾俛仰之間而再撫四海之外，其居也淵而靜，其動也縣而天。僨驕而不可係者，其唯人心乎！」見（清）郭慶藩編，王孝魚整理：《莊子集釋》〈外篇・在宥第十一〉，（臺北：木鐸出版社，1988 年元月），卷 4 下，頁 371。

〔註11〕蘇軾：《蘇軾詩集》〈十二月二十八日，蒙恩責授檢校水部員外郎黃州團練副使，復用前韻二首・其二〉，卷 19，頁 1006。

養得道，企求心靈與物外相互和諧。在杭州往密州的詩作，〈單同年求德興俞氏聚遠樓詩三首〉其三詩，云：

> 聞說樓居似地仙，不知門外有塵寰。幽人隱几寂無語，心在飛鴻滅沒間。〔註12〕

聽說聚遠樓樓高，因雲山煙水的繚繞，正似仙人好樓居，不知門外有凡間。然幽人是「隱几頹如病，忘言兀似瘖。」〔註13〕隱几忘言，精神至上，心思早已是飛鴻滅沒間。透過這樣的神仙吟詠之作，將莊子修養存真的美學思想發揮極致。

當新法大肆革新施行，身為地方官的他不得不依法行事，卻又反對新法言利不言義的措施，制度法令造成人心惶惶不安，使蘇軾糾葛在現實與理想的矛盾情結。對施政發展傾向於恐懼悲感，只好轉向用神仙的方式，表達個人的情感。如〈夜泛西湖五絕〉其三詩及其五詩，云：

> 蒼龍已沒牛斗橫，東方芒角昇長庚。漁人收筒及未曉，船過惟有菰蒲聲。〔註14〕

> 湖光非鬼亦非仙，風恬浪靜光滿川。須臾兩兩入寺去，就視不見空茫然。〔註15〕

蒼龍星宿已夜半而沒，繼而續昇東方芒角星及長庚星。西湖是禁漁釣，故漁人趁天未曉明收起漁具，船隻經過時只聽聞菰蒲聲。又言西湖夜景，風平浪靜，波光粼粼、星光點點，有著非鬼亦非仙的意境，須臾間兩兩入寺，相視不見空空茫然也。夜泛西湖，月黑看湖光才是欣賞西湖真景致，讓西湖之美洗滌詩人內心的悸動，道出「明朝人事誰料得」〔註16〕世事難料之下，只好看看眼前漁樵之夫，靜靜以「惟有菰

〔註12〕蘇軾：《蘇軾詩集》〈單同年求德興俞氏聚遠樓詩・其三〉，卷12，頁591。

〔註13〕蘇軾：《蘇軾詩集》，卷4，頁185。

〔註14〕蘇軾：《蘇軾詩集》〈夜泛西湖五絕・其三〉，卷7，頁353。

〔註15〕蘇軾：《蘇軾詩集》〈夜泛西湖五絕・其五〉，卷7，頁353。

〔註16〕蘇軾：《蘇軾詩集》〈夜泛西湖五絕・其二〉，卷7，頁353。

蒲聲」帶出渾然灑脫之境。

　　在唱和詩及送別詩的系列中，有蘇軾與弟轍唱和詩、友人黃魯直見贈詩及顏復的送別詩，不難看出既是落塵世網的無奈，應持「抱神以靜，形將自正。」〔註17〕抱守精神，心既與形合，秉持「守一」〔註18〕的態度，則可「長存而不老」〔註19〕，有神仙思想的存真修養，便能守住精神，長生不死。如〈和子由柳湖久涸，忽有水，開元寺山茶舊無花，今歲盛開二首〉其二詩，云：

> 長明燈下石欄干，長共松杉守歲寒。葉厚有稜犀甲健，花深
> 少態鶴頭丹。久陪方丈曼陀雨，羞對先生苜蓿盤。雪裏盛開
> 知有意，明年開後更誰看。〔註20〕

神宗熙寧五年（1072）與蘇轍唱和詩。作於杭州時期，寫開元寺山茶花今歲盛開之景。開元寺長明燈不沒不盡，與松柏共歲寒。葉厚有稜一如「犀甲七屬」〔註21〕由七節甲片連綴而成，用鶴歸凝丹形容山茶花盛開之貌。欣賞雪裡盛開的山茶花，憶弟望鄉之情湧現而起，不知明年花兒盛開又有誰觀看？正可和「明年縱健人應老，昨日追

〔註17〕（清）郭慶藩編：〈在宥第十一〉，頁381。

〔註18〕《道德經‧三十九章》：「昔之得一者，天得一以清，地得一以寧，神得一以靈，谷得一以盈，萬物得一以生，侯王得一以為天下正。」見陳鼓應註譯：《老子今註今譯》〈三十九章〉（臺北：臺灣商務印書館股份有限公司，1998年8月），頁200。

〔註19〕《太平經》：「古今要道，皆言守一。可長存而不老。人知守一，名為無極之道。人有一身，與精神常合并也。形體乃主死，精神乃主生。常合即吉，去則凶。無精神則死，有精神則生。常合即為一，可以常存也。」見王明編：《太平經合校‧下》（北京：中華書局，1997年10月），卷137～153，頁716。

〔註20〕蘇軾：《蘇軾詩集》〈和子由柳湖久涸，忽有水，開元寺山茶舊無花，今歲盛開二首‧其二〉，卷7，頁336。

〔註21〕《周禮‧考工記‧函人》云：「函人為甲，犀甲七屬，兕甲六屬，合甲五屬。」〔疏〕：「上旅下旅札續之數也者。謂上旅之中及下旅之中皆有札，續一葉為一札，上旅之中續札七節、六節、五節。下旅之中亦有此節。故云札續之數也。」見（清）阮元校勘：《周禮‧冬官考工記》《十三經注疏》（臺北：藝文印書館股份有限公司，2001年12月），卷40，頁620。

歡意正違。」〔註22〕詩意互見。

　　對個人的遭遇有所感，回應弟轍的唱和詩，人生不正是「雪裏盛開知有意，明年開後更誰看。」的狀態，彼此共勉「得行固願留不惡，每到有求神亦倦。」〔註23〕得行且行，來去無求，不必事事求神，用以存真修養撇開擾人俗事，將心境澄清一番。

　　〈送顏復兼寄王鞏〉云：

> 彭城官居冷如水，誰從我遊顏氏子。我衰且病君亦窮，衰窮相守正其理。胡為一朝捨我去，輕衫觸熱行千里。問君無乃求之與，答我不然聊爾耳。京師萬事日日新，故人如故今有幾。君知牛行相君宅，扣門但覓王居士。清詩草聖俱入妙，別後寄我書連紙。苦恨相思不相見，約我重陽嗅霜蕊。君歸可喚與俱來，未應指目妨進擬。太一老仙閑不出，踵門問道今時矣。因行過我路幾何，願君推挽加鞭箠。吾儕一醉豈易得，買羊釀酒從今始。〔註24〕

熙寧十年（1077），作於徐州時期的送別詩。王鞏長於詩，從蘇軾游。蘇軾外任徐州，王生謁見往訪之。首四句「彭城官居冷如水」始，提到與王鞏的關係。彭城太守冷似冰，是誰從我出遊？原來是顏氏子。言明彼此際遇相當。今顏復捨我去千里行，「胡為一朝舍我去，輕衫觸熱行千里。」道出為其送別，流溢出不捨之情。

　　「京師萬事日日新」下四句，朝廷京城萬事日新，變化瞬息，如今與我故交又有幾人？顏復你也知道王鞏居住在京師牛行宅裡。接著，稱讚王鞏雋才善詩，及書法皆入妙品。苦無相見，約定了重陽相聚。蘇軾知道王鞏要謁見他之前，先拜訪居南京的張安道，而張安道是中太一宮使。太一老仙是閑賦不出，如今是要親自登門問道，就像是「問道遺踪在，登仙往事悠。御風歸汗漫，閱世似蜉蝣。」〔註25〕

〔註22〕蘇軾：《蘇軾詩集》〈壬寅重九，不預會，獨遊普門寺僧閣，有懷子由〉，卷4，頁151。

〔註23〕蘇軾：《蘇軾詩集》〈泗州僧伽塔〉，卷6，頁291。

〔註24〕蘇軾：《蘇軾詩集》〈送顏復兼寄王鞏〉，卷15，頁743～744。

〔註25〕（宋）蘇軾著，（清）馮應榴輯注，黃任軒、朱懷春校點：《蘇軾詩集

齧缺問道被衣，閱世如蜉蝣般雖短暫卻精采。最後四句，願以酒代禮，買羊沽酒的盛情，說明為顏復送行的不捨。

當他對顏復送別時，還是希望無人事上的糾葛，即便是「京師萬事日日新」的情況下，如沉浸在仙鄉中，擺脫庸擾，破除自我中心，達到天地物我為一。以自然為本，修養內化為淳真的情感，昇華起一種生命本體的自然力，避開紛爭、不逆乖違，順乎自然，抱樸守真。

〈次韻黃魯直見贈古風二首〉其一詩，云：

> 嘉穀臥風雨，稂莠登我場。陳前漫方丈，玉食慘無光。大哉
> 天宇間，美惡更臭香。君看五六月，飛蚊殷迴廊。茲時不少
> 假，俯仰霜葉黃。期君蟠桃枝，千歲終一嘗。顧我如苦李，
> 全生依路傍。紛紛不足慍，悄悄徒自傷。〔註26〕

元豐元年（1078）二月，次韻黃魯直詩。黃庭堅寄書古風詩二首，蘇軾依韻和答。此首托物引類，得古詩人之風，富諷刺意味。黃魯直仕途不遂，如首四句，所言嘉穀躺臥於風雨中，形似禾苗的稂莠害草卻登場。美食如玉的佳餚，豐盛地擺滿方丈長，結果卻是慘無光的。如今小人當道，就像稂莠勝嘉穀。

接著用「大哉天宇間，美惡更臭香。」天地寰宇偉大，彼我之所以美惡，乃通共神奇、臭腐。典引《莊子》以美惡、臭香說明君子與小人處事不同的態度。「君看五六月」下六句，蘇軾勸勉黃生宜豁達、灑然以對。看看五六月季節，飛蚊於髮鬢邊繞鳴著，日射迴廊，時間移動不少，俯仰間已是霜葉黃節。勸黃生看看蟠桃能蟠屈三千里，千年生花結果。用《漢武故事》西王母種桃，以桃食帝的仙話故事。挹注神仙的引渡空間，想像著「千歲終一嘗」的機會，指日可期。

合注》〈壬寅二月，有詔令郡吏分往屬縣減決囚禁。自十三日受命出府，至寶雞、虢、郿、盩、厔四縣。既畢事，因朝謁太平宮，而宿於南溪溪堂，遂並南山而西，至樓觀、大秦寺、延生觀、仙遊潭。十九日乃歸，作詩五百言，以記凡所經歷者寄子由〉，（上海：上海古籍出版社，2014年6月），卷3，頁111。

〔註26〕　蘇軾：《蘇軾詩集》〈次韻黃魯直見贈古風二首・其一〉，卷16，頁835～836。

　　「顧我如苦李」最後四句起，苦李依路旁，憂心忡忡無用全生，暗指小人當道。典引《詩經》云：「憂心悄悄，慍於羣小。」〔註27〕譏諷當朝進用之人皆為小人。當朝所用非人，陷己身於困阨中，當在群小環伺中有如夏之蚊虻猖獗，只能期許千歲一嘗蟠桃枝的機會。學學神仙吹笙鳳鳴的方式，或是像安期生之儔，通蓬萊，合則見人，不合則隱的處世原則，藉以修身養性以存真，表示他是不與培塿為類伍。

　　當蘇軾謫放黃州，無參與實權，只是團練副使之職。自知「始得罪，倉皇出獄，死生未分，六親不相保。」〔註28〕多次言及心理的恐懼「但得罪以來，不復作文字。」〔註29〕「自竄逐以來，不復作詩與文字。」〔註30〕來到黃州，希望能夠遠離是非，就此戛止，期盼過著「扁舟草履，放浪山水間，與漁樵雜處。」〔註31〕的生活，築東坡樂道躬耕，依藉道家修養的功夫，替生活困蹇做了消解之途。

　　他用釋道哲理方式尋求精神慰藉；用神仙吟詠詩的智慧，豁達生活的苦楚，企圖擺開眼前不遂，於是自省「一念清淨，染汙自落，表裏翛然，無所附麗。」〔註32〕採靜思方式化渡。蘇軾借物言意，如松柏、石芝、鐵拄杖為素材入詩，申述己志以達存真之道。如〈戲作種松〉詩云：

> 我昔少年日，種松滿東岡。初移一寸根，瑣細如插秧。二年黃茅下，一一攢麥芒。三年出蓬艾，滿山散牛羊。不見十餘年，想作龍蛇長。夜風波浪碎，朝露珠璣香。我欲食其膏，已伐百本桑。人事多乖迕，神藥竟渺茫。朅來齊安野，夾路鬚髯蒼。會開龜蛇窟，不惜斤斧瘡。縱未得茯苓，且當拾流

〔註27〕（清）阮元校勘：《詩經‧邶風‧柏舟》《十三經注疏》（臺北：藝文印書館股份有限公司，2001 年 12 月），卷 2-1，頁 75。

〔註28〕蘇軾：《蘇軾文集》〈黃州上文潞公書〉（北京：中華書局，2013 年 7月），卷 48，頁 1379。

〔註29〕蘇軾：《蘇東坡全集》〈答秦太虛書〉（臺北：世界書局，1998 年 6 月），卷 30，頁 332。

〔註30〕蘇軾：《蘇軾文集》〈與陳朝請二首‧二〉，卷 57，頁 1709。

〔註31〕蘇軾：《蘇東坡全集》〈答李端叔書〉，卷 30，頁 331。

〔註32〕蘇軾：《蘇軾文集》〈黃州安國寺記〉，卷 12，頁 392。

肪。釜盎百出入，皎然散飛霜。槁死三彭仇，澡換五穀腸。青骨凝綠髓，丹田發幽光。白髮何足道，要使雙瞳方。却後五百年，騎鶴還故鄉。〔註33〕

昔時少年英發之志，願如守正不阿的長青松柏，具備不凋於歲寒的節操。即便是「人事多乖迕」的時局，也能尋求支持生命的力量。然松脂具神奇療效，能使體內三尸蟲枯槁，讓丹田發光，成仙後，騎鶴登霞升天。

〈石芝〉詩云：

空堂明月清且新，幽人睡息來初勻。了然非夢亦非覺，有人夜呼祁孔賓。披衣相從到何許，朱欄碧井開瓊戶。忽驚石上堆龍蛇，玉芝紫筍生無數。鏘然敲折青珊瑚，味如蜜藕和雞蘇。主人相顧一撫掌，滿堂坐客皆盧胡。亦知洞府嘲輕脫，終勝嵇康羨王烈。神山一合五百年，風吹石髓堅如鐵。〔註34〕

蘇軾夜夢遊何人家，品嘗「玉芝紫筍生無數」的石芝經歷，味道如「蜜藕和雞蘇」，此物乃是神山中五百年輒開之珍寶，具有延年益壽的功能，夢中能嚐神山仙品，相較於嵇康錯失機會，則是幸運許多，足見蘇軾看重及嚮往養生神異之物。

〈鐵拄杖〉詩云：

柳公手中黑蛇滑，千年老根生乳節。忽聞鏗然爪甲聲，四坐驚顧知是鐵。含簧腹中細泉語，迸火石上飛星裂。公言此物老有神，自昔閩王餉吳越。不知流落幾人手，坐看變滅如春雪。忽然贈我意安在，兩腳未許甘衰歇。便尋轍跡訪崆峒，徑渡洞庭探禹穴。披榛覓藥采芝蘭，刺虎縱蛟摑蛇蝎。會教化作兩錢錐，歸來見公未華髮。問我鐵君無恙否，取出摩挲向公說。〔註35〕

黃庭堅替〈鐵拄杖〉註記為「詩雄奇」及「瑰偉驚人」〔註36〕。從千

〔註33〕蘇軾：《蘇軾詩集》〈戲作種松〉，卷20，頁1027〜1028。

〔註34〕蘇軾：《蘇軾詩集》〈石芝并引〉，卷20，頁1047〜1048。

〔註35〕蘇軾：《蘇軾詩集》〈鐵拄杖并敘〉，卷20，頁1063〜1064。

〔註36〕案曾棗莊《蘇詩彙評》引黃庭堅〈跋東坡鐵拄杖詩〉：「〈鐵拄杖〉詩

年老根的外觀起筆，再聽聞爪甲的鏗然聲，氣勢磅礡；言此神物乃友人柳真齡相贈，相傳是王審知贈錢鏐，錢鏐再賜予僧侶之寶。此鐵拄杖乃有神，輾轉流落人手中，想想彼此相贈的情意。透過物與象，言與意〔註37〕的互動關係，將內在隱微之意，輝映於己身之境。

　　黃州地域的荒鄙，物質的匱乏，種種外在環境的不適並未替他帶來難題，反而使他能夠從莊子的坐忘境界去順應眼前的困厄。「當時命而大行乎天下，則反一無迹；不當時命而大窮乎天下，則深根寧極而待，此存身之道也。」〔註38〕當世界生滅輪迴之理，個人之時命與否，如能安時處順自可解憂避世，悠遊樂活的存身之道。以逆風之姿、修養存真的態度扭轉，自是無往不樂。

二、仙人拊頂以解憂避世

　　神宗元豐朝（1078～1085）至哲宗元祐朝（1086～1094），是蘇軾時而生死關鍵，幾近喪死；時而旋入政權核心，交替流轉的政治生涯，如此神鬼交鋒、精彩萬分的歷練為他在文學的創造更上一層樓。此時期與道僧的相贈唱酬詩，思考如何在崇道求仙的思想裡掙脫憤懣，得以紓解，得以解憂避世。如〈贈梁道人〉，詩云：

　　采藥壺公處處過，笑看金狄手摩挲。老人大父識君久，造物
　　小兒如子何。寒盡山中無曆日，雨斜江上一漁簑。神仙護短

雄奇，使李太白復生，所作不過如此。平時士大夫作詩送物，詩不及物。此詩及〈鐵拄杖〉均為瑰偉驚人也。」見曾棗莊、曾濤編：《蘇詩彙評》（臺北：文史哲出版社，1998年5月），卷20，頁882～883。
〔註37〕王弼《周易略例·明象》：「夫象者，出意者也。言者，明象者也。盡意莫若象，盡象莫若言。言生于象，故可尋言以觀象。象生于意，故可尋象以觀意。意以象盡，象以言著。故言者所以明象，得象而忘言。象者所以存意，得意而忘象。」明示「得意」之後「捨言」，「言」是求「意」的載體，非「意」之所在，故捨言而得意是一種進境。見林淑貞：《中國詠物詩「託物言志」析論》（臺北：萬卷樓圖書有限公司，2002年4月），頁93。
〔註38〕（清）郭慶藩編，王孝魚整理：《莊子集釋》〈外篇·繕性第十六〉（臺北：木鐸出版社，1988年元月），卷6上，頁555。

多官府，未厭人間醉踏歌。〔註39〕

元豐七年（1084），贈詩梁道人。梁道人修行高深，讓蘇軾對求仙之思更加強烈，而想「誤入仙人碧玉壺，一歡那復問親疏。」〔註40〕典引《神仙傳》費長房為市掾，壺公賣藥，費長房跳入猶似仙境的玉壺中，其玉宮嚴麗，有甘美醇酒，然壺公乃一仙人謫人間；《後漢書》薊子訓與一老翁共摩挲銅人，鑄於霸城的故事。〔註41〕你我一如老人與大父的關係，相識甚久，這不就是被造物小兒相苦乎？心境如太上隱者，過著山中無曆日，寒盡不知年的清幽，又如仙翁江上雨斜一漁簑的寧靜。神仙護短憑愚邀我，上界真人是多官府。用藍采和仙人，於市集持拍板醉踏歌的事蹟，說明梁道人乃具仙風道長的翩然仙骨。

元豐八年（1085）神宗崩殂，年幼哲宗登基，由宣仁太后垂簾聽政。蘇軾被召回汴京，再次任宮闕要職，政務進入「元祐更化」〔註42〕時期，乃舊黨人士廢新法的政策措施。神宗支持的王安石變法，有其安民的政治效益，蘇軾認為不應輕易言廢，宜「校量利害，參用所長。」〔註43〕但舊黨全然廢新法，讓蘇軾覺得不妥，他認為新法仍具有「常因法以便民，民賴以少安。」〔註44〕便民作用。

蘇軾久離朝廷，忽而重入廟堂，集安危重擔於一身，對他而言是項挑戰。與友人論題畫詩，便興起山林隱居之思，雖無自放山水，但

〔註39〕蘇軾：《蘇軾詩集》〈贈梁道人〉，卷24，頁1294～1295。
〔註40〕蘇軾：《蘇軾詩集》〈刁景純席上和謝生二首·其一〉，卷11，頁549。
〔註41〕見（清）馮應榴輯注，黃任軒、朱懷春校點：《蘇軾詩集合注》〈子由將赴南都，與余會宿于逍遙堂，作兩絕句，讀之殆不可為懷，因和其詩以自解。余觀子由，自少曠達，天資近道，又得至人養生長年之訣，而余亦竊聞其一二。以為今者宦遊相別之日淺，而異時退休相從之日長，既以自解，且以慰子由云〉，（上海：上海古籍出版社，2014年6月），卷16，頁721。
〔註42〕「元祐」是宋哲宗第一個年號（1086～1094年）。「更化」即變更神宗朝的施政方針。見王水照：《蘇軾》（臺北：萬卷樓圖書有限公司，1993年1月），頁112。
〔註43〕蘇軾：《蘇軾文集》〈辯試館職策問劄子二首·二〉，卷27，頁792。
〔註44〕蘇轍：《蘇轍集·欒城後集》〈亡兄子瞻端明墓誌銘〉（北京：中華書局，1999年7月），卷22，頁1119。

已在崇道求仙的思維中，自有迴避世俗，一解煩憂之法。如〈書王定
國所藏《烟江疊嶂圖》〉一詩，云：

> 江上愁心千疊山，浮空積翠如雲烟。山耶雲耶遠莫知，烟空
> 雲散山依然。但見兩崖蒼蒼暗絕谷，中有百道飛來泉。縈林
> 絡石隱復見，下赴谷口為奔川。川平山開林麓斷，小橋野店
> 依山前。行人稍度喬木外，漁舟一葉江吞天。使君何從得此
> 本，點綴毫末分清妍。不知人間何處有此境，徑欲往買二頃
> 田。君不見武昌樊口幽絕處，東坡先生留五年。春風搖江天
> 漠漠，暮雲卷雨山娟娟。丹楓翻鴉伴水宿，長松落雪驚醉
> 眠。桃花流水在人世，武陵豈必皆神仙。江山清空我塵土，
> 雖有去路尋無緣。還君此畫三歎息，山中故人應有招我歸
> 來篇。〔註45〕

〈烟江疊嶂圖〉是蘇軾友人王晉卿作，王定國所藏。詩句「江上愁
心千疊山，浮空積翠如雲烟。山耶雲耶遠莫知，烟空雲散山依然。」
先營造畫中烟江瀰漫壟罩著山峰，迷濛的氣氛。有飛泉奔川的氣勢、
有小橋野店依山前的視線，更有「漁舟一葉江吞天」的邈遠意境。
欣賞畫境，不禁反觀己身，嘆道「不知人間何處有此境，徑欲往買
二頃田。」欲買田歸隱。思及黃州幽絕秘境，能專務學道、能自放山
水，以及還有洞天別地的桃源仙境。武陵人汲營詣於太守，太守遣
人尋其跡，遂迷不復得路，未捨機心，無法到理想世界。還畫時再三
嘆息，似乎聽到山中故人招我歸隱，蘇軾的心思似乎被牽動，興起「王
孫兮歸來，山中兮不可以久留。」〔註46〕之臆念。

　　〈王晉卿作《烟江疊嶂圖》，僕賦詩十四韻，晉卿和之，語特奇
麗因復次韻，不獨紀其詩畫之美，亦為道其出處契闊之故，而終之以
不忘在莒之戒，亦朋友忠愛之義也〉，詩云：

〔註45〕蘇軾：《蘇軾詩集》〈書王定國所藏《烟江疊嶂圖》〉，卷30，頁1608。
〔註46〕蘇軾著，(清) 馮應榴輯注，黃任軻、朱懷春校點：《蘇軾詩集合注》
　　　　〈書王定國所藏《烟江疊嶂圖》〉，(上海：上海古籍出版社，2014年
　　　　6月)，卷30，頁1527。

山中舉頭望日邊，長安不見空雲烟。歸來長安望山上，時移
事改應潸然。管絃去盡賓客散，惟有馬埒編金泉。渥洼故自
千里足，要飽風雪輕山川。屈居華屋啖棗脯，十年俯仰龍旗
前。却因瘦病出奇骨，鹽車之厄寧非天。風流文采磨不盡，
水墨自與詩爭妍。畫山何必山中人，田歌自古非知田。鄭虔
三絕君有二，筆勢挽回三百年。欲將巖谷亂窈窕，眉峰修嫮
誇連娟。人間何有春一夢，此身將老蠶三眠。山中幽絕不可
久，要作平地家居仙。能令水石長在眼，非君好我當誰緣。
願君終不忘在莒，樂時更賦《囚山篇》。〔註47〕

本首再復次韻詩，乃因其語特奇麗，不獨紀其詩畫之美，亦為道其出
處契闊之故，而終之以不忘在莒之戒，亦朋友忠愛之義。

　　首先，「山中舉頭望日邊」至「鹽車之厄寧非天」，以晉明帝舉目
見日，不見長安城的故事，化入畫境裡。浮雲蔽日對士人而言，是種
磨難，有時移事遷而潸然落淚。賓客散、管弦盡，惟有金錢編滿了馬
埒。龍池渥洼的汗血馬能日行千里，能飽受風雪、能輕越險峻山川。
却屈居華屋置之，啖以棗脯，十年來俯臥於龍旗前。因病瘦，不妨
試教啼看！「鹽車之厄寧非天」不要是驥伏鹽車才華有所被抑制。以
畫境投射蘇軾的處境，在汴京生活圈窄小，不似先前謫居或外任，積
極參與關心民瘼等事務。因而在題畫詩中挹注了對山水林泉的嚮往
神遊。

　　其次，自「風流文采磨不盡」迄「眉峰修嫮誇連娟」，稱讚王晉
卿畫風畫境高妙獨絕。文采風流餘韻不盡，畫中山水水墨自可與詩爭
妍。唐玄宗的鄭虔詩畫有二絕，然君已有二絕妙處，妙手丹青的藝術，
縱放翻瀾的筆勢足以挽回三百年。

　　最後，「人間何有春一夢」數句，申明如何煉成求仙之方？最切要
之法，即煉黃庭氣功，「此身將老蠶三眠」三俯三起，不食不動，養氣

〔註47〕蘇軾：《蘇軾詩集》〈王晉卿作《烟江疊嶂圖》，僕賦詩十四韻，晉卿和
之，語特奇麗因復次韻，不獨紀其詩畫之美，亦為道其出處契闊之故，
而終之以不忘在莒之戒，亦朋友忠愛之義也〉，卷30，頁1609～1610。

保神安身,「要作平地家居仙」匯聚體內眾神,存思涵養。蘇軾與王晉卿境遇相當,詩末引齊桓公與管仲「勿忘出奔於莒」〔註48〕的事蹟,提醒好友莫忘貶於黃州之戒。蘇軾典引柳子厚《囚山賦》,強烈表示自己欲棲山林的動向。蘇軾此刻位居朝闕,居廟堂掌要職,卻常在題畫詩的意境中,隱約透露歸隱之思,神遊於自然山水畫境。在題畫詩中,寄寓欲棲息山野,脫俗避世,得以逍遙自由,以紓解憂之徑。

紹聖年間（1094～1097）,再次流放於嶺南、海南地域,融會了神仙思想的精粹,提昇意境,滌盡俗念,寵辱偕忘,心無所執,於虛靜澄明裡自在常足。在瘴癘的荒所,安然躲過政敵迫害,究其因和崇道思想有關。神話中的仙人,超越現實,能在夢幻一隅中,獲得短暫安歇。

〈被命南遷,途中寄定武同僚〉詩,云:

人事千頭及萬頭,得時何喜失時憂。只知紫綬三公貴,不覺黃粱一夢游。適見恩綸臨定武,忽遭分職赴英州。南行若到江干側,休宿潯陽舊酒樓。〔註49〕

本首敘述朝廷人事紛爭,惟以放達瀟灑置之。黨爭日熾,影響人事更動是千頭萬緒,仕途的得失喜憂是忐忑的。只知若身居廟堂,紫綬以上佩戴玉環瑞器,這是夢幻榮華,但終究是黃粱一夢。正好恩詔到臨定武,豈知三改謫命突落兩職,追一官,知英州。後來,南行至潯陽江側,告知定武同僚,就休宿於江頭的驛站酒樓。追憶古人,內心湧起淒清冷落之感。

〈過大庾嶺〉,詩云:

一念失垢汙,身心洞清淨。浩然天地間,惟我獨也正。今日

〔註48〕〔施注〕劉向《新序》:「齊桓公與管仲飲,管仲上壽曰:『願君無忘出奔於莒也,臣亦無忘束縛束於魯也。』」見蘇軾著,(清)馮應榴輯注,黃任軻、朱懷春校點:《蘇軾詩集合注》〈王晉卿作《烟江疊嶂圖》,僕賦詩十四韻,晉卿和之,語特奇麗因復次韻,不獨紀其詩畫之美,亦為道其出處契闊之故,而終之以不忘在莒之戒,亦朋友忠愛之義也〉,(上海:上海古籍出版社,2014年6月),卷30,頁1529。

〔註49〕蘇軾:《蘇軾詩集》〈被命南遷,途中寄定武同僚〉,卷47,頁2555。

嶺上行，身世永相忘。仙人拊我頂，結髮受長生。〔註50〕
寫經過大庾嶺的情緒感思。崇道求仙者，追求的是心靈澄淨、性情閒
適。用學仙、求仙，對抗險惡艱辛。故過了大庾嶺，寫出「一念失垢
汙，身心洞清淨。浩然天地間，惟我獨也正。」整個身心脫胎轉念，
政敵強加於己的恥辱，一念轉為清淨無塵埃。悠遊於天地間，獨存歲
寒松柏的勁節。雖無輕舟已過萬重山，但今日嶺上行，忘卻身世之憂，
既得仙人拊頂，身心坦蕩。死生禍福非人所為，就學學仙人陰長生超
然遐舉，讓長生的神仙思想，變得更強烈具體，使他適應嶺南瘴癘的
氣候與貶謫心情。

蘇軾面對流放謫旅，又有多少酸楚心情。幸好崇道、崇仙的心思
成為他在嶺南惠州的依恃支柱。途經大庾嶺時與龍泉寺住持談佛道經
之後，宣洩被貶以來的抑鬱沉霾，一吐為快的心情。有著崇仙精神，
忍受苦難，以求心靈澄明。追隨仙人步履，無事一身輕，吟嘯徐行，
讓身世兩相忘的因子，得諸神仙拊頂，自是步入神仙之境，浩然地昂
首挺胸，度過大庾嶺。

惠州時期，程正輔任提點刑獄官時，止遭鼓盆之戚，蘇軾寫詩安
慰，亦勸其學佛以淨心思。〈正輔既見和，復次前韻，慰鼓盆，勸學
佛〉詩，曰：

> 稚川真長生，少從鄭公遊。孝章偶不死，免為文舉憂。餘齡
> 會有適，獨往豈相攸。由來警露鶴，不羨撮蚤鴟。願加視後
> 鞭，同駕躑空輈。寧餐墮齒菫，勿憶齊眉羞。何時遂縱壑，
> 歸路同首丘。東岡松柏老，西嶺橘柚秋。著意尋彌明，長頸
> 高結喉。無心逐定遠，燕頷飛虎頭。君方卒功名，一泛范蠡
> 舟。我亦霑霈渥，漸解鍾儀囚。寧須張子房，萬戶自擇留。
> 猶勝嵇叔夜，孤憤甘長幽。南窗可寄傲，北山早歸耰。此語
> 君勿疑，老彭跨商周。〔註51〕

〔註50〕蘇軾：《蘇軾詩集》〈過大庾嶺〉，卷38，頁2056～2057。
〔註51〕蘇軾：《蘇軾詩集》〈正輔既見和，復次前韻，慰鼓盆，勸學佛〉，卷
　　　　39，頁2145～2147。

嶺南惠州，山水靈秀煙嵐裊裊，近似蓬萊仙境，正好滌淨受挫心靈。葛洪崇道求仙的事蹟，給予失意詩人精神支柱，歸真返璞、養氣以求仙，成了生活目標。

在惠州，蘇軾熱衷煉丹，乃歸賜於鑽研《抱朴子》的結果。對葛洪的景仰崇敬，在詩中首言「稚川真長生，少從鄭公遊。孝章偶不死，免為文舉憂。」舉葛洪少時跟著鄭隱學道煉丹，盛憲孝章與孔融文舉交善，孝章為天下大名，文舉憂其不免於禍。蘇軾在此以稚川、孝章自喻，鄭公、文舉比喻正輔。

首先，從「餘齡會有適」起數句，在樂事滿餘齡情況下，就像《詩經‧大雅‧韓奕》云：「韓姞相攸，莫如韓樂。」〔註52〕蹶父替韓姞考慮好適合處，認為沒有比嫁至韓國更快樂。要像白鶴具警覺性，不必欣羨鴟鵂，因「鴟鵂夜撮蚤，察毫末，晝出瞋目而不見丘山，言殊性也。」〔註53〕鴟鵂有其特殊屬性，細毫末端都能極盡看出，但白晝出來即是睜大眼睛還看不見山丘。蘇軾看到程正輔遭喪妻之痛，希望他能振作而起，勿再憶起昔日的鶼鰈情，安慰其喪妻憾事的心情。

其次，「何時遂縱壑」迄「漸解鍾儀囚」，勸其心情要明朗，人世多變幻不測，只能說何時能量移再赦，故云「遂縱壑」，並同遂「首丘」之志。蘇軾希望程正輔可以像范蠡忠以為國，智以保身，泛舟遊於江湖，能捨有得。蘇軾自己「霑霈渥」披澤聖恩，漸解鍾儀之囚，不必悲歌學楚囚對泣之景象。

最後，「寧須張子房」至「老彭跨商周」止，勸程正輔能多學仙學道，以釋悲戚。蘇軾與程正輔兩人處境近似，一為新近喪妻，一為失去侍妾朝雲。故舉張良、羲皇上人陶潛、孔稚珪事例，認為這些歷史人物話語，勸其要正視勿疑。連八百歲神仙彭祖都可跨越商周時

〔註52〕（清）阮元校勘：《詩經大雅‧蕩之什‧韓奕》《十三經注疏》（臺北：藝文印書館股份有限公司，2001 年 12 月），卷 18-4，頁 683。
〔註53〕（清）郭慶藩編，王孝魚整理：《莊子集釋》〈秋水第十七〉（臺北：木鐸出版社，1988 年元月），卷 6 下，頁 580。

代，在商為守藏史，在周為柱下史。蘇軾以神仙素材入詩，強化求仙
之念，作為嶺南歲月慰藉的力量。蘇軾依恃神仙說，沒有形質上的拖
累和羈絆，因此要「求長生，修至道，訣在於志，不在於富貴也。」
〔註54〕求長生無他，需矢志修道修練，能抱樸守一，恬靜無欲，不求
富貴，那麼神仙自是可學而致長生。

　　蘇軾最後行腳——儋州昌化，坦然自適，達觀以對的智慧，記錄
著生活的狀態。身處「垂老投荒，無復生還之望。」〔註55〕的困境，
卻不屈於政治現實「然胸中亦超然自得，不改其度。」〔註56〕

　　寫給弟轍〈吾謫海南，子由雷州，被命即行，了不相知，至梧乃
聞其尚在藤也，旦夕當追及，作此詩示之〉，詩云：

> 九疑聯綿屬衡湘，蒼梧獨在天一方。孤城吹角烟樹裏，落
> 日未落江蒼茫。幽人拊枕坐歎息，我行忽至舜所藏。江邊
> 父老能說子，白鬚紅頰如君長。莫嫌瓊雷隔雲海，聖恩尚
> 許遙相望。平生學道真實意，豈與窮達俱存亡。天其以我
> 為箕子，要使此意留要荒。他年誰作輿地志，海南萬里真
> 吾鄉。〔註57〕

紹聖四年（1097）五月是動盪時刻，原在惠州已做好終老打算，豈料
謫命再下，再責瓊州別駕、昌化軍安置。是歲，蘇轍亦貶雷州。一路
南行，看到崇山峻嶺，迢遙無期貶謫之途，思及弟轍與己相近的遭遇，
作詩示意。

　　詩句前四句，先言壯闊山景與落日餘暉，灑在孤城佇立的蒼茫江
畔。九疑山周匝百餘里，連綿相互到衡陽、湘東二郡，蒼梧郡獨在天
一方。孤城角聲響起，雲烟繚繞著樹木，落暉映照在蒼茫江面。

〔註54〕（晉）葛洪撰：《抱朴子內篇》〈論仙〉（臺北：臺灣商務印書館股份
　　　　有限公司，1968年3月），卷2，頁31。
〔註55〕蘇軾：《蘇軾文集》〈與王敏仲十八首・十六〉，卷56，頁1695。
〔註56〕蘇軾：《蘇軾文集》〈與姪孫元老四首・一〉，卷60，頁1841。
〔註57〕蘇軾：《蘇軾詩集》〈吾謫海南，子由雷州，被命即行，了不相知，至
　　　　梧乃聞其尚在藤也，旦夕當追及，作此詩示之〉，卷41，頁2244～
　　　　2245。

其次，「幽人拊枕坐歎息」至「豈與窮達俱存亡」，撫著枕，想念弟轍與己同遭遠謫，坐歎貶謫之愁。我輩等人一路行至舜所葬之蒼梧郡。江邊父老說你樣貌，白鬚紅頰如君長。在此勸勉子由莫嫌瓊州、雷州隔著遼闊的雲海，聖恩所賜，還讓你我尚可隔海遙望。平生學道求仙，破除一切妄執，豈能與窮達并存亡呢？

最後，「天其以我為箕子」至「海南萬里真吾鄉」，以期望口吻，曠達逸志足以解憂避世。蒼天還希望我能像古朝鮮箕子治民，教禮儀田疇，制八條之教，使民夜不閉戶，終不相盜。就是要我這位垂邁近桑景的老者，能留在此荒遠僻所。他年若是誰作了輿地志，那麼詩人坦蕩蕩的氣度，呼告出「海南萬里真吾鄉」。

方東樹《昭昧詹言》曰：

> 白鬚句有韻，莫嫌句頓束。有韻而豪，無頹喪意。失志能如此，可法。〔註58〕

詩有韻而無喪志，厄運瀕臨之際，很快地調整詩人情緒，找到自我的平衡。對於海南謫行，「萬里真吾鄉」可四處為家隨遇而安，流露出也無風雨也無晴的曠達與避世情懷。

從「不辭長作嶺南人」〔註59〕到「海南萬里真吾鄉」都可視為故鄉，入境隨俗於風土人情，能輕鐘破睡「報道先生春睡美，道人輕打五更鐘。」〔註60〕能悠居偃息於桄榔林，摘葉書銘，只因「東坡居士，強安四隅。以動寓止，以實託虛。」〔註61〕；有「莫作天涯萬里意，溪邊自有舞雩風。」〔註62〕東坡載酒、東坡笠屐、紀春夢婆等居儋事蹟。

紹聖四年（1097）六月渡海，達瓊州岸，「瓊州倅黃宣義來，託以郵遞。肩輿行瓊、儋間，夢中得：千山動鱗甲，萬谷酣笙鐘之句，

〔註58〕（清）方東樹：《昭昧詹言》，卷12，頁40。
〔註59〕蘇軾：《蘇軾詩集》〈食荔枝二首并引·其二〉，卷40，頁2194。
〔註60〕蘇軾：《蘇軾詩集》〈縱筆〉，卷40，頁2203。
〔註61〕蘇軾：《蘇軾文集》〈桄榔庵銘并敘〉，卷19，頁570。
〔註62〕蘇軾：《蘇軾詩集》〈披酒獨行，遍至子雲、威、徽、先覺四黎之舍，三首·其一〉，卷42，頁2323。

覺而作詩。」〔註63〕詩云：

> 四州環一島，百洞蟠其中。我行西北隅，如度月半弓。登高
> 望中原，但見積水空。此生當安歸，四顧真途窮。眇觀大瀛
> 海，坐詠談天翁。茫茫太倉中，一米誰雌雄。幽懷忽破散，
> 永嘯來天風。千山動鱗甲，萬谷酣笙鐘。安知非羣仙，鈞天
> 宴未終。喜我歸有期，舉酒屬青童。急雨豈無意，催詩走羣
> 龍。夢雲忽變色，笑電亦改容。應怪東坡老，顏衰語徒工。
> 久矣此妙聲，不聞蓬萊宮。〔註64〕

詩作敘說著海南的地理環境及內心身受政治迫害的感慨。瓊、崖、儋、
萬四州各在島之四隅，然蘇軾足跡只到儋而止，如度月半弓之形。自
比為談天翁騶衍，騶衍認為中國之外，尚有大瀛海環伺，達於天際，
格局眼見是殊異的。蘇軾引《莊子‧秋水》云：「計中國之在海內，不
似稊米之在太倉乎。」〔註65〕說明人的渺小，微不足道。在洪荒混沌
中豈能撼動天地，過客般的滄桑，化作縷縷輕煙薄霧，消散一空。因
此，當山是動鱗甲的形勢，急驟的山谷風雨如笙鐘般的嘯聲，是驚心
動魄的。此刻，傳來九重天外羣仙們的饗宴，想必羣仙們聽到詩人心
聲，就讓「青童」慶賀詩人，能北歸回中原的歡欣。雨神也來湊熱鬧，
羣龍飛舞，自然界的雷電虹雲，生動活絡。詩人自己卻嘆垂老矣，進
而迸出妙聲佳境，營造「久矣此妙聲，不聞蓬萊宮」，即使是蓬萊仙山
的宮闕也是罕見聽聞。此首，借神仙吟詠的方式，有熱鬧、有典故、
有氣勢，從現實中跳脫煩擾，採以羣仙身影，化解途窮唱嘆，以達避
世解憂之道，生活依然是曠達，瀟灑以對。

　　蘇軾在政敵的環伺之下，用道家「虛靜恬淡，寂漠無為者，萬物
之本也。」〔註66〕的幽獨虛靜，能亂中有序，鬧中取靜，正符合他的

〔註63〕孔凡禮撰：《蘇軾年譜》（北京：中華書局，2016 年 3 月），卷 36，頁 1272。
〔註64〕蘇軾：《蘇軾詩集》〈行瓊、儋間，肩輿坐睡。夢中得句云：千山動鱗
　　　　甲，萬谷酣笙鐘。覺而遇清風急雨，戲作此數句〉，卷 41，頁 2246。
〔註65〕（清）郭慶藩編：〈秋水第十七〉，卷 6 下，頁 563。
〔註66〕（清）郭慶藩編，王孝魚整理：《莊子集釋》〈外篇‧天道第十三〉，
　　　　（臺北：木鐸出版社，1988 年元月），卷 5 中，頁 457。

心意，忘卻貶謫的憂與悶。藉以神仙仙術，養生吐納，靜坐散步等舒緩緊張情緒，做到「浩然天地間，惟我獨也正。」〔註67〕得以安然度過貶居歲月。神仙信仰，凝聚了自然之道與萬物至理，是神聖的根本原則，亦是無所不能的。蘇軾用神仙吟詠的方式，提昇自我免疫力，遠離禍端，追求自由，樂觀地對待所有的人、事、物，用修養存真的思維，解憂避世的態度面對橫逆，即使是人生不稱意，一切都可以是「無所往而不樂者，蓋遊於物之外也。」〔註68〕的生活哲學，樂活其心，解以其憂，修以存真，安以其境。

第二節　仰慕仙人、營造仙境

　　宋初重視儒教，以文治國，採儒、釋、道三教並立的政策。真宗皇帝曾云：「三教之設，其旨一也，大抵皆勸人為善，唯達識者能總貫之，滯情偏執，觸目分別，於道益遠。」〔註69〕當佛、道二教愈發興盛，三教合一達到更高的水平。因此，神仙的傳播及求仙活動的文學創作，屢屢在民間活動中盛行，由文學創作者發揮仙思遐想，歌詠仙人，營造洞天福地的仙境，展現游心於神仙的出塵之思。

一、仰慕仙人以學仙

　　神仙的理想，是以長生之道為修養標的。能體悟「道」的原則，從內而外的修煉功夫，得以長生自由。蘇軾神仙吟詠的詩作中，最能反映出詩人的創作意圖，礙於現實的局限，蘇軾仍希望在仕途上有所積極作為；又感於生命無常與消逝，欲藉神仙的美好，作為逃避遁世，暫時安歇。蘇軾翻騰在出世、入世的矛盾裡，企從仙人的仙風道骨中，尋得「但應此心無所住」〔註70〕的物外之趣。

〔註67〕蘇軾：《蘇軾文集》〈思無邪齋銘并敍〉，卷19，頁575。
〔註68〕蘇軾：《蘇軾文集》〈超然臺記〉，卷11，頁352。
〔註69〕（宋）李燾撰，楊家駱主編：《續資治通鑑長編》（臺北：世界書局，1983年2月），卷81，頁781。
〔註70〕蘇軾：〈百步洪二首并敍·其一〉，卷17，頁892。

以下論述，探討其仰慕仙人以學仙之脈絡：

（一）王遠、陰長生

《繪圖歷代神仙傳》對王遠，陰長生修道成仙的記載云：

> 王遠，字方平，東海人也。舉孝廉，除郎中稍加中散大夫。學道五經，尤明天文圖讖河洛之要逆，知天下盛衰之期，九州吉凶如觀之掌，握後棄官，入山修道。
>
> 陰長生者，新野人也。漢皇后之親屬，少生富貴之門，而不好榮貴，唯專務道術。聞有馬鳴生得度世之道，乃尋求之，遂得相見。便執奴僕之役，親運履之勞。鳴生不教其度世之法，但日夕別與之高談，論當世之事、治農田之業，如此十餘年，長生不懈。同時共事鳴生者十二人，皆悉歸去。唯有長生執禮彌肅。鳴生告之曰：「子真能得道矣。」乃將入青城山中，煮黃土而為金以示之，立壇西面，以《太清神丹經》授之，鳴生別去。長生乃歸，合之丹成，服半劑不盡，即昇天。乃大作黃金數卜萬斤，以布惠天下貧乏，不問識與不識者。周行天下，與妻子相隨，一門皆壽而不老，在民間三百餘年後於平都山東，白日昇天而去。著書九篇云：「上古仙者多矣，不可盡論。但漢興以來，得仙者四十五人，連余為六矣。二十人屍解，餘竝白日升天。」〔註71〕

對仙人王遠、陰長生、許邁、神女等有企慕遐想的端倪，有仙思縹緲入詩。蘇軾從少年學道至初仕，從眉山到開封的詩作中，有〈留題仙都觀〉、〈過木櫪觀〉、〈巫山〉、〈神女廟〉、〈雙鳧觀〉等富含神仙之作。

如〈留題仙都觀〉詩云：

> 山前江水流浩浩，山上蒼蒼松柏老。舟中行客去紛紛，古今換易如秋草。空山樓觀何崢嶸，真人王遠陰長生。飛符御氣朝百靈，悟道不復誦《黃庭》。龍車虎駕來下迎，去如旋風搏紫清。真人厭世不回顧，世間生死如朝暮。學仙度世豈無人，餐霞絕粒長苦辛。安得獨從逍遙君，泠然乘風駕浮雲，

超世無有我獨存。〔註72〕

蘇軾先寫仙都觀依山傍水，環境清幽，其次稱頌真人王遠、陰長生，「龍車虎駕來下迎，去如旋風搏紫清。」羽化登仙的場景，最後是「學仙度世豈無人，餐霞絕粒長苦辛。」企慕成仙的臆想。在仕途剛起步時，卻興起勇退之念。來到仙都觀，想到前漢的王方平、後漢的陰長生在此修道成仙的事蹟，於是踐履仙人足跡，「泠然乘風駕浮雲」翩然如神仙，騰雲御風，不受世間的束縛。

（二）許邁

〈過木櫪觀〉詩云：

> 石壁高千尺，微蹤遠欲無。飛簷如劍寺，古柏似仙都。許子嘗高遯，行舟悔不迂。斬蛟聞猛烈，提劍想崎嶇。寂寞棺猶在，修崇世已愚。隱居人不識，化去俗爭吁。洞府煙霞遠，人間爪髮枯。飄飄乘倒景，誰復顧遺軀。〔註73〕

木櫪觀曾是東晉時許邁「嘗高遯」得道求仙之處。許邁受仙人傳授奇術，能提劍斬蛟替民除害，後隱居修煉成仙。蘇軾既對「洞府煙霞遠」神仙的嚮往，又嘆「飄飄乘倒景，誰復顧遺軀。」對身為凡人，有求仙卻不得仙的煩惱。

（三）巫山神女

《繪圖歷代神仙傳》對巫山神女，雲華夫人的記載，云：

> 雲華夫人，王母第二十三女，太真王夫人之妹也，名瑤姬。受徊風混合，萬頸鍊神，飛化之道。嘗東海由還過江，上有巫山焉。峰巖挺拔，林壑幽麗，巨石如壇，留連久之。時大禹埋水駐山下，大風卒至崖振谷，隕不可制。因與夫人相值，敗而求助，即敕侍女授禹策，召鬼神之書，因命其神狂章、虞余、黃魔、大翳、庚辰、童律等助禹，斷石疏波，決塞導阨，以循其流，禹拜而謝焉。禹嘗詣之，崇巘之巔，顧盼之際，化而為石，或倏然飛騰，散為輕雲，油然而止。聚為夕

〔註72〕蘇軾：《蘇軾詩集》〈留題仙都觀〉，卷 1，頁 18。
〔註73〕蘇軾：《蘇軾詩集》〈過木櫪觀〉，卷 1，頁 26〜27。

雨，或化遊龍，或為翔鶴，千態萬狀不可親也。〔註74〕
瑤姬，相傳是古代年輕貌美的女神。因時空變遷的條件，相關瑤姬的
神話傳說，《太平御覽·人事部四十·應夢》引自《襄陽耆舊記》言：

> 我帝之季女也，名曰瑤姬，未行而亡，封巫山之臺，精魂依
> 草，實為莖芝，媚而服焉，則與夢期，所謂巫山之女，高唐
> 之姬。〔註75〕

她不僅是王母之女，得道成仙，時而化為石、時而化為遊龍翔鶴，千
姿萬態不可捉摸，既有策召鬼神之書，又有一群輔佐之神。民間傳說
瑤姬助禹治水的事蹟，塑造出雲華夫人的形象。她經常撥開雲霧，靜
觀人間的動向，為了助禹完成治水，下凡收妖惡龍以免人間受災難，
為了憐憫受難的百姓，保障安全，使百姓過著太平日子，並且長留巫
山鎮守大地，所以稱作「巫山神女」。

蘇軾經過此地，以巫山神女的事蹟寫了〈巫山〉一詩，詩云：

> 瞿塘迤邐盡，巫峽崢嶸起。連峰稍可怪，石色變蒼翠。天工
> 運神巧，漸欲作奇偉。塊軋勢方深，結搆意未遂。旁觀不暇
> 瞬，步步造幽邃。蒼崖忽相逼，絕壁凜可悸。仰觀八九頂，
> 俊爽凌顥氣。晃蕩天宇高，奔騰江水沸。孤超兀不讓，直拔
> 勇無畏。攀緣見神宇，憩坐就石位。巉巉隔江波，一一問廟
> 吏。遙觀神女石，綽約誠有以。俯首見斜鬟，拖霞弄修帔。
> 人心隨物變，遠覺含深意。野老笑我旁，少年嘗屢至。去
> 隨猿猱上，反以繩索試。石筍倚孤峰，突兀殊不類。世人
> 喜神怪，論說驚幼穉。楚賦亦虛傳，神仙安有是？次問掃
> 壇竹，云此今尚爾。翠葉紛下垂，婆娑綠鳳尾。風來自偃
> 仰，若為神物使。絕頂有三碑，詰曲古篆字。……神仙固有
> 之，難在忘勢利。貧賤爾何愛，棄去如脫屣。嗟爾若無還，
> 絕糧應不死。〔註76〕

〔註74〕中國書店編輯：《繪圖歷代神仙傳》（新華書店首都發行所，1991 年
　　　　3 月），卷 21，頁 1。

〔註75〕（宋）李昉等撰：《太平御覽》〈人事部四十·應夢〉（上海：上海古
　　　　籍出版社，2008 年 4 月），卷 399，頁 896～607。

〔註76〕蘇軾：《蘇軾詩集》〈巫山〉，卷 1，頁 33～36。

經過天斧神工崢嶸聳兀的巫山，連山深壑，江水奔騰的氣勢，仙霧瀰漫的氣氛，總隨著「人心隨物變，遠覺含深意。」的流轉。程地宇〈神女：質疑與認同——蘇軾詩詞中巫山神女題材和典故體現的文化心態及其哲學根源〉一文，認為此詩是：「將山川之『神巧』、『奇偉』、『幽邃』、『俊爽』、『可怪』描繪得極為生動逼真，讀此詩，恍若身臨其境。」〔註77〕有磅礴的山景江濤。借野老口述，「世人喜神怪，論說驚幼穉。楚賦亦虛傳，神仙安有是。」置身如仙境的巫山中，自可絕虎狼、坦無忌的悠然，洗盡塵俗風華。讓「神仙固有之，難在忘勢利。貪賤爾何愛，棄去如脫屣。」昂揚遄飛的神仙信念，充塞其中。當置身徘徊在有如仙鄉神境的神女廟時，神仙之思，確實是虔誠敬意的。

又〈神女廟〉詩云：

> 大江從西來，上有千仞山。江山自環擁，恢詭富神姦。深淵鼉鼇橫，巨壑蛇龍頑。旌陽斬長蛟，雷雨移滄灣。蜀守降老蹇，至今帶連環。縱橫若無主，蕩逸侵人寰。上帝降瑤姬，來處荊巫間。神仙豈在猛，玉座幽且閑。飄蕭駕風馭，弭節朝天關。倏忽巡四方，不知道里艱。古粧具法服，邃殿羅煙鬟。百神自奔走，雜沓來趨班。雲興靈怪聚，雲散鬼神還。茫茫夜潭靜，皎皎秋月彎。還應搖玉佩，來聽水潺潺。〔註78〕

紀昀評曰：「神女詩不作豔詞，亦不作莊論，是本領過人處。」〔註79〕蘇軾筆下的神女只是「玉座幽且閑」的形象。描述神女御風駕雲，以倏忽的動作巡視寰宇，到「百神自奔走」的遐想空間，又能「雲興靈怪聚，雲散鬼神還。」忽聚忽散，似有似無之間，將神女搖玉佩聽潺潺水流的形象，嶄新塑造。

程地宇〈神女：質疑與認同——蘇軾詩詞中巫山神女題材和典故

〔註77〕程地宇：〈神女：質疑與認同——蘇軾詩詞中巫山神女題材和典故體現的文化心態及其哲學根源〉，《重慶三峽學院學報》第18卷第1期（2002年），頁5。

〔註78〕蘇軾：《蘇軾詩集》〈神女廟〉，卷1，頁36。

〔註79〕曾棗莊、曾濤編：《蘇詩彙評》〈神女廟〉（臺北：文史哲出版社，1998年5月），卷1，頁27。

體現的文化心態及其哲學根源〉一文,曰:

> 在詩中,蘇軾賦予神女以新的神格即為荊巫之主,亦即巫山
> 地方保護神。……「神仙豈在猛,玉座幽且閑」,她以獨有
> 的風格和方式加強對其領地的巡視督察(「倏忽巡四方,不
> 知道里艱」);另一方面則建立制度、規定信號,使眾鬼神歸
> 順服從(「百神自奔走,雜沓來趨班。雲興靈怪聚,雲散鬼
> 神還」)。蘇軾筆下的神女統御眾鬼神的策略迥然異乎許遜
> 與李冰的「斬」和「鎖」,而是在建立秩序、令行禁止的基
> 礎上使之各得其所,各附所安。如此,神女自己也樂得既幽
> 且閑。詩中月夜潭邊來聽水潺潺的傳神描繪,就是對神女
> 「幽且閑」情態的寫照。〔註80〕

在這裡,蘇軾只寫神仙,只有神思而已。蘇軾能淡然觀世情,看破紅
塵,有一種時不我予的意識,只能進山求仙,追尋仙人之踪,仰慕仙
人之風。凡此人間種種,殘酷現實,歲月無情,這樣的氛圍,成了他
仰慕仙人,求仙學道的契機。

(四)王子喬

　　文學作品往往反映作者的思想情感〔註81〕,是詩人自我意識的認
知,顯露自身遭遇及理想的投射。「從〈巫山〉到〈神女廟〉實際上反
映了蘇學由「真」向「善」的推進,二者之間存在著內在的邏輯聯繫
和理念上的一致性。」〔註82〕蘇軾在仕途遭遇阻礙與難處,透過神仙

〔註80〕程地宇:〈神女:質疑與認同——蘇軾詩詞中巫山神女題材和典故體
　　　　現的文化心態及其哲學根源〉,頁7。

〔註81〕「我們要欣賞一個特定的『作品』,通常必須綜合分析作品的語言、
　　　　結構,以及擷取與其有關的種種資料,如作品之作者是誰?他為何創
　　　　造這個作品?在何種時空的環境下創造的?……等,這些各有指涉,
　　　　且表面上看來似與作品無關的因素,卻每每是讀者要能做到真正的
　　　　了解作品不可或缺的條件,而這些通常也都可以用『文學』一詞來籠
　　　　統地涵蓋。」見張雙英:《中國文學批評的理論與實踐》(臺北:國文
　　　　天地雜誌社,1990年10月),頁14～15。

〔註82〕程地宇:〈神女:質疑與認同——蘇軾詩詞中巫山神女題材和典故體
　　　　現的文化心態及其哲學根源〉,頁5。

詩作，冀望能像王喬、赤松子、安期生仙人般地在氤氳仙氣、虛無縹緲中逍遙地過生活。舉詩例以證之，說明蘇詩中藉由仰慕仙人之境而有所寄託。

仙人王子喬仙蹟，《後漢書・王喬傳》記載云：

> 王喬者，河東人也。顯宗世，為葉令。喬有神術，每月朔望，常自縣詣臺朝。帝怪其來數，而不見車騎，密令太史伺望之。言其臨至，輒有雙鳧從東南飛來。於是候鳧至，舉羅張之，但得一隻舄焉。乃詔尚方邙視，則四年中所賜尚書官屬履也。每當朝時，葉門下鼓不擊自鳴，聞於京師。後天下玉棺於堂前，吏人推排，終不搖動。喬曰：「天帝獨召我邪？」乃沐浴服飾寢其中，蓋便立覆。宿昔葬於城東，土自成墳。其夕，縣中牛皆流汗喘乏，而人無知者。百姓乃為立廟，號葉君祠。牧守每班錄，皆先謁拜之。吏人祈禱，無不如應。若有違犯，亦立能為祟。帝乃迎取其鼓，置都亭下，略無復聲焉。或云此即古仙人王子喬也。〔註83〕

《列仙傳》中的王子喬：

> 妙哉王子，神遊氣爽。笙歌伊洛，擬音鳳響。浮丘感應，接手俱上。揮策青崖，假翰獨往。〔註84〕

王子喬，喜好吹笙，模仿鳳凰鳴叫聲。常往游於伊水、洛水之間。受到道士浮丘公接引上嵩山，長達三十餘年之久。後來他會見了桓良，對他說在緱氏山巔等候。到了相約時分，王子喬果然騎乘白鶴，佇立在山頭。人們只能遙望於他，卻摸不著他。他舉手向人頻頻致謝，數日後離去。後來人們就在緱氏山下立祠，以及在嵩山山頂處，建立祭祀神臺。

初出茅廬的蘇軾，年少受到道教思想影響，來到雙鳧觀，欲訪仙人王喬蹤跡，以其事蹟入詩。〈雙鳧觀〉詩云：

〔註83〕（南朝宋）范曄著，楊家駱主編：《後漢書・方術列傳第七十二上》（臺北：鼎文書局，1987年元月），卷82上，頁2712。

〔註84〕（漢）劉向撰：《列仙傳》（臺北：藝文印書館，1967年，《百部叢書集成》影印《琳琅秘室叢書》本），卷上，頁12。

王喬古仙子，時出觀人寰。常為漢郎吏，厭世去無還。雙鳧
偶為戲，聊以驚世頑。不然神仙迹，羅網安能攀。紛紛塵埃
中，銅印紆青綸。安知無隱者，竊笑彼愚姦。〔註85〕

以古仙人王喬起筆。因王喬不喜為官，厭棄世俗，擁神仙術召喚雙鳧，
前來「偶為戲」，以「驚世頑」的態度震撼當時。蘇詩曰：「不然神仙
迹，羅網安能攀。」世網豈能羅織到如此的神仙踪迹？紀昀評曰：「解
脫得妙。」〔註86〕蘇軾如此追慕仙人，在年少時既已參悟神仙的思維，
欲脫世網，嚮往神仙的自得逍遙。

（五）赤松子

赤松子，劉向《列仙傳》記載的是服水玉成仙，成為掌管雨神的
仙人，云：

赤松子者，神農時雨師也。服水玉以教神農，能入火自燒。
往往至崑崙山上，帝止西王母石室中。隨風雨上下，炎帝少
女追之，亦得仙，俱去。至高辛時，復為雨師。今之雨師本
是焉。
眇眇赤師，飄飄少女，接手翻飛，泠然雙舉。縱身長風，俄
翼玄圃。妙達巽坎，作範司雨。〔註87〕

雨神赤松子，傳說中的仙人。他服食水玉後修練成仙，並教予神農，
能入火中自身燃燒而起。常到崑崙神山，棲止於西王母的石室中，隱
居修練。亦翱遊於長風中，倏乎地飛臨仙境，神通廣大地呼風喚雨，
雨神之職司。

蘇軾看透政壇上虞詐伎倆，當他自請外放來到杭州，與蘇轍謁師
歐公，暢遊西湖所寫的詩。〈陪歐陽公燕西湖〉藉由赤松子修煉成仙，
反映心情。詩云：

謂公方壯鬚似雪，謂公已老光浮頰，揭來湖上飲美酒，醉

〔註85〕蘇軾：《蘇軾詩集》〈雙鳧觀〉，卷2，頁82。
〔註86〕曾棗莊、曾濤編：《蘇詩彙評》〈雙鳧觀〉（臺北：文史哲出版社，1998
　　　年5月），卷2，頁55。
〔註87〕（漢）劉向撰：《列仙傳》，頁1。

後劇談猶激烈。湖邊草木新著霜，芙蓉晚菊爭煌煌。插花
起舞為公壽，公言百歲如風狂。赤松共遊也不惡，誰能忍
飢啖仙藥。已將壽天付天公，彼徒辛苦吾差樂。城上烏棲
暮靄生，銀缸畫燭照湖明。不辭歌詩勸公飲，坐無桓伊能
撫箏。〔註88〕

是時歐陽脩致仕，身體健朗「壯鬚似雪」，雖年邁仍「老光浮頰」紅頰
潤色。眾人湖上宴飲暢敘。但蘇軾卻想如「赤松共遊也不惡，誰能忍
飢啖仙藥。」似張良般棄絕人間事，與赤松子共遊，學學辟穀道引輕
身，漫遊仙境。蘇軾在此，用桓伊事典，暗指恩師因濮議為臺諫所攻。
當小人用事專道，蘇軾只有藉仙人赤松子的修道成仙，表達自己隱逸
心志，不也隱約透露崇仙慕道的心意。

當蘇軾再次歸返汴京，做翰林大學士，伴隨政爭黨鬥加劇，深根
柢固的崇道思維並未減低，歸隱山林愈加強烈，更加深追隨仙人赤松
子的身影，崇道崇仙有了新的思考。如〈金山妙高臺〉一詩，云：

我欲乘飛車，東訪赤松子。蓬萊不可到，弱水三萬里。不如
金山去，清風半帆耳。中有妙高臺，雪峰自孤起。仰觀初無
路，誰信平如砥。臺中老比丘，碧眼照窗几。巉巉玉為骨，
凜凜霜入齒。機鋒不可觸，千偈如翻水。何須尋德雲，即此
比丘是。長生未暇學，請學長不死。〔註89〕

神仙的蹤影縹緲自在，跳脫所有榮辱得失、嗔癡貪狂等意念，超乎世
俗權柄，凌駕於上的價值。葛洪〈論仙〉也說：「況仙人殊趣異路，以
富貴為不幸，以榮華為穢汙，以厚玩為塵壤，以聲譽為朝露，蹈炎飆
而不灼，躡玄波而輕步，鼓翩清塵，風駟云軒，仰凌紫極，俯棲崑崙，
行尸之人，安得見之。」〔註90〕清幽仙境，是令蘇軾所嚮往，也想
「乘飛車」可一訪赤松子，達登霞飛天的心願，怎奈蓬萊仙山，隔著
「弱水三萬里」不可企及的迢遠之途，不如就近到金山的妙高臺，何

〔註88〕蘇軾：《蘇軾詩集》〈陪歐陽公燕西湖〉，卷6，頁275～277。
〔註89〕蘇軾：《蘇軾詩集》〈金山妙高臺〉，卷26，頁1368～1369。
〔註90〕（晉）葛洪：〈論仙〉，頁17。

妨學嵇康《養生論》中的神仙「長生未暇學，請學長不死」，不死即可煉就成仙。

（六）安期生

仙人安期生的形象敘述，葛洪《抱朴子・極言》記載云：

> 安期先生者，賣藥於海邊，琅琊人傳世見之，計已千年。秦始皇請與語，三日三夜。其言高，其旨遠，博而有證，始皇異之，乃賜之金璧，可直數千萬，安期受而置之於阜鄉亭，以赤玉舄一量為報，留書曰，復數千載，求我於蓬萊山。如此，是為見始皇時已千歲矣，非為死也。……至於問安期以長生之事，安期答之允當，始皇悒悟，信世間之必有仙道，既厚惠遣，又甘心欲學不死之事，但自無明師也，而為盧敖徐福輩所欺弄，故不能得耳。向使安期先生言無符據，三日三夜之中，足以窮屈，則始皇必將烹煮屠戮，不免鼎俎之禍，其厚惠安可得乎？〔註91〕

《列仙傳》亦云：

> 安期先生者，瑯琊阜鄉人，賣藥於東海邊，時人皆言千歲翁。秦始皇東遊，請見，與語三日三夜，賜金璧度數千萬。出於阜鄉亭，皆置去，留書以赤玉舄一雙為報。曰：「後數年，求我於蓬萊山。」始皇即遣使者徐市、盧生等數百人入海，未至蓬萊山。輒逢風波而還，立祠阜鄉亭，海邊數十處云。
> 寥寥安期，虛質高清，乘光適性，保氣延生。聊悟秦始，遺寶阜亭，將遊蓬萊，絕影清冷。〔註92〕

安期生在東海邊賣藥，當時的人都說他是千歲老翁。始皇東游時與他對談三天三夜，最後賞賜他數千萬的黃金玉璧。但安期生並未接受重金厚禮，放棄賞賜，離開時留下一封信及一雙紅鞋作為回報。信中說：「數年後，可到蓬萊山找我。」後來始皇派了徐市、盧生等數百人

〔註91〕（晉）葛洪：《抱朴子內外篇》〈極言〉（臺北：臺灣商務印書館股份有限公司，1968年3月），卷13，頁238～239。

〔註92〕（漢）劉向撰：《列仙傳》（臺北：藝文印書館，1967年，《百部叢書集成》影印《琳琅秘室叢書》本），卷上，頁13。

到蓬萊東海尋找，未遇，卻碰上風浪而返。人們只好在阜鄉亭立祠，為安期生建了數十多處的祭台。

《史記‧孝武本紀》亦記載云：「臣嘗游海上，見安期生，食巨棗，大如瓜。安期生僊者，通蓬萊中，合則見人，不合則隱。」〔註93〕武帝遣李少君方士入海求蓬萊安期生。又《漢書‧蒯通傳》言：「初，通善齊人安其生，安其生嘗干項羽，羽不能用其策。而項羽欲封此兩人，兩人卒不肯受。」〔註94〕《史記》、《漢書》都有記載蓬萊仙山安期生不羨榮利、不貪金璧的清高事蹟。

蘇軾多首詩引用安期生的典故，無不期許或暗喻在昏暗混濁的政治環境中，亦如安期生的清高不受祿，坦然自適以對。〈次韻黃魯直見贈古風二首〉其二詩，云：

> 空山學仙子，妄意笙簫聲。千金得奇藥，開視皆豨苓。不知
> 市人中，自有安期生。今君已度世，坐閱霜中蒂。摩挲古銅
> 人，歲月不可計。閬風安在哉，要君相指似。〔註95〕

元豐元年（1078），蘇軾在徐州。黃庭堅當時為國子監教授，與蘇軾有唱酬和之。此詩首先言及朝廷誤用小人。有些淺薄之士在空靈山中，修行學道，就妄想學成，如仙人騎龍乘鳳，白日飛昇的仙術。朝廷卻花費千金，購得所謂的海中三神山的仙藥，開箱後卻是一堆平凡的豨苓。殊不知在鄉野市井中，亦有像安期生那樣的人才，不畏利誘，朝廷何需捨近求遠不予重用？蘇軾以安期生形象，肯定黃魯直的才華卓越，更是提醒朝廷要正確地識人用人，才是國家福祉。

蘇軾曾兩次歷經山東，第一次是熙寧七年（1074）五月移知密州之命，第二次是元豐八年（1085）復朝奉郎，起知登州軍州事。路過

〔註93〕（漢）司馬遷，楊家駱主編：《新校本史記三家注并附編二種》〈孝武本紀第十二〉（臺北：鼎文書局，1981年8月），卷12，頁455。

〔註94〕（漢）班固，楊家駱主編：《新校本漢書并附編二種》〈蒯伍江息夫傳第十五〉（臺北：鼎文書局，1983年10月），卷45，頁2167。

〔註95〕蘇軾：《蘇軾詩集》〈次韻黃魯直見贈古風二首‧其二〉，卷16，頁836～837。

密州已是十載之後。當他第二次往返於密州、登州途中，經萊州市寫下了〈過萊州雪後望三山〉的詩作，也引用安期生的典故。〈過萊州雪後望三山〉詩云：

> 東海如碧環，西北卷登萊。雲光與天色，直到三山回。我行適冬仲，薄雪收浮埃。黃昏風絮定，半夜扶桑開。參差太華頂，出沒雲濤堆。安期與羨門，乘龍安在哉。茂陵秋風客，勸爾麾一杯。帝鄉不可期，楚些招歸來。〔註96〕

因烏臺詩案後的貶謫與磨難，重新被朝廷起用，再回到自己心繫夢縈的密州，來此受到吏民百姓的熱烈歡迎。萊州如環形綠水的東海，連接著雪光天色，直到三神山。蘇軾到萊州，正值冬雪紛飛，參差錯落的三神山，出沒在雲濤煙浪間。太言地說見到安期生、羨門之屬，也想乘龍成仙，如今安在哉？只是如陶潛心境，不喜富貴，只因富貴非吾願。無拘無束的神仙，並非是妄求可得，若執意尋求反增苦惱，違反自己任真率得的個性。

　　然蘇軾晚年輾轉流徙，渡海到儋州昌化，不也希望自己能像千歲翁的安期生，可以修煉成仙。蘇軾在〈安期生〉引文曰：

> 安期生，世知其為仙者也。然太史公曰：「蒯通善齊人安期生，生嘗以策干項羽，羽不能用，羽欲封此兩人，兩人終不肯受，亡去。」予每讀此，未嘗不廢書而歎，嗟乎，仙者非斯人而誰為之。故意戰國之士，如魯連、虞卿，皆得道者歟？

詩云：

> 安期本策士，平日交蒯通。嘗干重瞳子，不見隆準公。應如魯仲連，抵掌吐長虹。難堪踞牀洗，寧抱扛鼎雄。事既兩大繆，飄然籋遺風。乃知經世士，出世或乘龍。豈比山澤臞，忍飢啖柏松。縱使偶不死，正堪為僕僮。茂陵秋風客，望祖猶蟻蜂。海上如瓜棗，可聞不可逢。〔註97〕

〔註96〕蘇軾：《蘇軾詩集》〈過萊州雪後望三山〉，卷26，頁1391。
〔註97〕蘇軾：《蘇軾詩集》〈安期生并引〉，卷43，頁2349～2350。

安期生本是策士，乘龍出世欲有一番作為，曾干謁項羽，卻不被受用。而漢武好大喜功，黷武嗜殺，於是齋戒求仙，遣方士親祠竈以致福。詩中用意甚明，「茂陵秋風客，望祖猶蟻蜂。」仙人安期生尚不肯見高祖，卻見了武帝，有薄視之意。蘇軾期望自己能如海上仙翁安期生，歸返蓬萊仙境，但終究是「可聞不可逢」。詩意投射當時的窘境與無奈，只好轉向仰慕於仙人的縹然自由之身。

（七）謫仙人李白

蘇軾與李白的宦遊近似，是一種緣情感物的內心消解，自我逐放於神仙世界。不論實境之遊，遊覽於峻嶺河海的觀物之賞，直接浸潤於大塊文章，沉澱雜念，用親身經歷，融入於感性創作。另一幻境之遊，欲與仙人攜手幻遊仙境，可以登霞飛天、可以馳騁萬里，足以解脫釋放身心。而李白的〈夢遊天姥吟留別〉云：「霓為衣兮風為馬，雲之君兮紛紛而來下。虎鼓瑟兮鸞回車，仙之人兮列如麻。忽魂悸以魄動，怳驚起而長嗟。惟覺時之枕席，失向來之煙霞。世間行樂亦如此，古來萬事東流水。」〔註98〕神仙世界的熱鬧，繽紛登場。用雲霓作成衣裳驅長風作馬，雲中君在瑞雲的簇擁下飄然而來。老虎彈琴瑟、鸞鳥拉回車駕，羣仙們列隊翩然起舞多如麻。夢中的美好帶來的是心縈驚悸，夢醒之後卻又不免惋惜長嘆。世間行樂之事不也是這樣的夢幻，自古以來，萬事都似東流水般消逝不已。這樣的夢中幻遊與現實之差，有相當程度的對比。透過天馬行空的想像，心凝神聚，遊於幻虛之境。

天上謫仙的李白，寧可任俠豪情，親近山川名流，也不願屈身侍權貴，灑脫不羈地走上尋仙求道。對屢次在現實受挫的蘇軾而言，是有相當程度的影響力。而詩人也頻頻在其創作上，藉著李白的浪漫，唱作出屬於蘇軾「遊」的方程式，自由輕鬆遊於神仙世界。李白濟世理想幻滅，不見用於世，「安能摧眉折腰事權貴，使我不得開心

〔註98〕安旗主編：《李白全集編年注釋》〈夢遊天姥吟留別〉（四川：巴蜀書社，1990 年 12 月），頁 770。

顏。」〔註99〕骨氣俊傑，瀟灑不羈。李白的急切用世之心，冀望能在有限的生命中，掙脫時間的框架，將現世的不得意，寄託於逍遙的神仙，轉向仙鄉詠懷。

　　然而蘇軾亦是如此。藉著謫仙人李白素材入詩，表達同樣都是對政治的熱情，卻又無情遭厄，政治風暴過後的雨霽天青，好不容易掙脫桎梏般的處境。例如，蘇軾離開黃州到筠州，讓兄弟倆難得有短暫的聚首敘舊。離開弟轍後，踏上渺茫未知，不禁襲上隱退求仙之念。然這階段最能反映他的神仙思想，寄託寓意濃厚，如〈和李太白〉詩云：

> 寄臥虛寂堂，月明浸疏竹。冷然洗我心，欲飲不可掬。流光發永歎，自昔非余獨。行年四十九，還此北窗宿。緬懷卓道人，白首寓醫卜。謫仙固遠矣，此士亦難復。世道如弈棋，變化不容覆。惟應玉芝老，待得蟠桃熟。〔註100〕

黃州時期曾來到天慶觀，爾今到筠州，又再次拜訪。所以詩的起首，一下筆就用「寄臥」說明在天慶觀，已是一種日常作息。月亮又常是詩人解脫的一種生命寓意，當明月皎然時，只想「飲」卻不可「掬」。宋胡仔《苕溪漁隱叢話》云：「大率東坡每題咏景物，於長篇中，只篇首四句，便能寫盡。」〔註101〕在虛寂堂流光咏歎，想起謫仙人李白，認真地採日月精華來。修仙成道的神仙思維，成了蘇軾著筆描繪的空靈意境。又追思憶起卓道人來，也一併地倒落出李白。〔註102〕繼而興發世道如棋，變化甚多，讓他對未來的不確定，更是忐忑憂慮。最後以胡道士「玉芝老」、「蟠桃熟」收束，歸隱的想念欲增濃厚。

　　元祐黨爭日益熾焰，罷然乞補外放，二次赴杭上任。這期間蘇詩〈次韻錢越州〉、〈送張嘉州〉仍有謫仙人李白詩作的投射作用。如

〔註99〕安旗主編：《李白全集編年注釋》，頁770。
〔註100〕蘇軾：《蘇軾詩集》〈和李太白并敘〉，卷23，頁1232～1233。
〔註101〕（宋）胡仔纂集：《苕溪漁隱叢話後集・東坡四》（臺北：臺灣商務印書館股份有限公司，1968年6月），卷29，頁627。
〔註102〕曾棗莊、曾濤編：《蘇詩彙評》〈和李太白〉（臺北：文史哲出版社，1998年5月），卷23，頁1028～1029。

〈次韻錢越州〉詩云：

> 髯尹超然定逸群，南遊端為訪雲門。謫仙歸侍玉皇案，老鶴
> 來乘刺史軒。已覺簿書哀老子，故知籩豆有司存。年來齒頰
> 生荊棘，習氣因君又一言。〔註103〕

在朝中，蘇軾恪遵職守掌二制，卻為洛、蜀、朔諸黨之語，言路多以
毀謗汙衊，然聖君察核蘇軾忠藎，不以為罪，諸公無以泄其怒，凡被
蘇軾引薦者如黃庭堅、王定國等多人被彈劾，無一倖免者。二次知杭
時，已認定為「自意本杭人」〔註104〕，而杭州一直是詩人極盼歸往之
處，當時錢穆父以京尹坐奏獄空事守越州。蘇、錢二人以氣類厚善，
性情投契。所以蘇軾稱讚好友錢髯尹是超群卓越，是「謫仙歸侍玉皇
案，老鶴來乘刺史軒。」言其信奉道家的無為而治，具有駕鶴乘軒的
風采，至於籩豆祭祀有專職掌管之人，就不必太在意身旁的荊棘之事。
在生有涯而知無涯的情況之下，人生如逆旅，勸勉好友亦是自勉，何
須在意世俗的名與利！

又〈送張嘉州〉詩云：

> 少年不願萬戶侯，亦不願識韓荊州。頗願身為漢嘉守，載酒
> 時作凌雲遊。虛名無用今白首，夢中却到龍泓口。浮雲軒冕
> 何足言，惟有江山難入手。峨眉山月半輪秋，影入平羌江水
> 流。謫仙此語誰解道，請君見月時登樓。笑談萬事真何有，
> 一時付與東巖酒。歸來還受一大錢，好意莫違黃髮叟。〔註105〕

此首勸勉嘉州張太守應有一番作為。不必像李白晉見荊州長史韓朝
宗，寫下那樣的謁見函，可以不封萬戶侯、可以不依權貴。勸張太
守於會計餘功，自放山水，游凌雲時載酒吟詠。

胡仔《苕溪漁隱叢話前集》卷四十二〈東坡五〉：

> 苕溪漁隱曰：東坡送人守嘉州古詩，其中云：「峨眉山月半
> 輪秋，影入平羌江水流。謫仙此語誰解道，請君見月時登

〔註103〕蘇軾：《蘇軾詩集》〈次韻錢越州〉，卷31，頁1645～1646。
〔註104〕蘇軾：《蘇軾詩集》〈送襄陽從事李友諒歸錢塘〉，卷36，頁1960。
〔註105〕蘇軾：《蘇軾詩集》〈送張嘉州〉，卷32，頁1709～1710。

樓。」上兩句全是李謫仙詩，故繼之以「謫仙此語誰解道，
請君見月時登樓」之句。此格本出於李謫仙，其詩云：「解
道澄江淨如練，令人還憶謝玄暉。」蓋澄江淨如練，即玄暉
全局也。後人襲用此格，愈變愈工。〔註106〕

將相軒冕的官爵，如浮雲易逝，唯有江山勝景取之不盡、用之不竭，
因此對虛名發出無用論，甚至連作夢都一遊龍泓口美景。「峨眉山月
半輪秋，影入平羌江水流。」乃引用李白《金陵城西樓月下吟》詩。
以「謫仙此語誰解道，請君見月時登樓」寫謫仙李白詩句誰能解說，
要領會其境，還需登高樓賞明月，慢慢品悟。最後，縱情豪邁一哂
置之！笑談間，不如觥籌在握，瀟灑地喝點家鄉東巖所釀製的清冽泉
酒。蘇軾在此詩意，除了讚嘆外，並期勉太守能有一番的建樹。

又〈書丹元子所示《李太白真》〉詩云：

天人幾何同一漚，謫仙非謫乃其遊，麾斥八極隘九州，化為
兩鳥鳴相酬，一鳴一止三千秋，開元有道為少留，縻之不可
矧肯求。西望太白橫峨岷，眼高四海空無人，大兒汾陽中令
君，小兒天台坐忘真。平生年不識高將軍，手污吾足乃敢瞋，
作詩一笑君應聞。〔註107〕

天才縱情的李白，蘇軾謂之「天人幾何同一漚，謫仙非謫乃其遊，麾
斥八極隘九州。」登青天攬明月，壯思逸飛的情懷，最為欣賞。李白
乃神仙下凡，可以「揮斥八極，神氣不變。」〔註108〕周遊寰宇，認為
九州是狹隘的而不被其圍限。典引李白〈大鵬賦序〉云：「予昔於江陵
見天臺司馬子微，謂余有仙風道骨，可與神遊八極之表，因著《大鵬
遇希有鳥賦》以自廣。」〔註109〕天臺司馬子微認為李白有仙風道骨，
可與神遊八極之表。他們化作雙禽彼此唱鳴，以三千歲春秋為一鳴一

〔註106〕（宋）胡仔纂集：《苕溪漁隱叢話前集·東坡五》（臺北：臺灣商務
　　　　印書館股份有限公司，1968年6月），卷42，頁286。

〔註107〕蘇軾：《蘇軾詩集》〈書丹元子所示《李太白真》〉，卷37，頁1994。

〔註108〕（清）郭慶藩編，王孝魚整理：《莊子集釋》〈內篇田子方第二十一〉，
　　　　（臺北：木鐸出版社，1988年元月），卷7下，頁725。

〔註109〕蘇軾：〈書丹元子所示《李太白真》〉，卷37，頁1994。

止。只因開元聖世，政治清明有道，李白只不過來此人間短暫歇息。再探李白是憑著一股翩然的仙風道骨，自適自得謂之天下無人。蘇軾把李白視作天人之際的神仙，兼融儒家的濟世與道家的放曠，短暫地遊戲人間。蘇軾在此，歌頌他的豪邁奇氣，不屑世故人情，隱約表達自己亦如謫仙人的灑脫至真。

二、營造仙境以求道

蘇軾除了仰慕仙人的求道學仙、崇道好仙之外，另對仙境中想像，營造有洞天福地的仙闕殿宇、有羣仙浪漫的飛昇幻境、有幽美仙界的蓬萊仙山、有夢中幻土的仇池仙境，茲以觀覽躋登，幻遊成仙。

（一）洞天福地仙人居所

仙境中縹緲，令人遐思幻遊，藉其美與善，暫可脫離現實的醜與惡，在仙境中營造屬於自己的心樂園。蘇軾從詩作的創作，尋找抒洩的津口。北宋崇道盛行，濃厚的信仰風潮，提供信仰者，有個逃離殘酷現實的神仙世界，在洞天福地裡，清明澄淨的空間，是安全自由的。

蘇軾於英宗治平二年（1065）在藏書祕閣〔註110〕之所，寫出呈見王敏甫的心情。〈夜直祕閣呈王敏甫〉詩云：

> 蓬瀛宮闕隔埃氛，帝樂天香似許聞。瓦弄寒暉鴛臥月，樓生晴靄鳳盤雲。共誰交臂論今古，只有閑心對此君。大隱本來無境界，北山猿鶴漫移文。〔註111〕

藏書秘閣就像仙境中的蓬瀛宮闕，與濁劣的塵俗相隔，在此仙闕中依

〔註110〕太平興國初，太宗因幸三館，顧左右曰：「若此之陋，豈可以蓄天下圖籍，延四方之士耶」詔經度左升龍門東北舊車輅院，別建三館，命中使督其役，制度皆上所規畫。二年三月，書院成，盡徙舊館之書以實之，凡八萬餘卷。端拱元年，詔分三館之書萬餘卷，別為書庫，目曰祕閣，以吏部侍郎李至兼祕書監，右司諫、直史館宋泌兼直祕閣，右贊善大夫、史館檢討杜鎬為校理，而直秘閣、秘閣校理之官始于此。見李攸撰：《宋朝事實》〈官職〉（臺北：臺灣商務印書館股份有限公司，1968年3月），卷9，頁146～147。
〔註111〕蘇軾：《蘇軾詩集》〈夜直祕閣呈王敏甫〉，卷5，頁225～226。

稀能聽聞宮闕傳來的仙樂和薰香。清冷的月光，在鴛鴦瓦上攪弄著，清朗雲氣，裊裊盤旋曲繞直上鳳凰殿柱。在此無法和知心好友，齊聚議論古今世事，僅能以閒適的心情相對。最後，寫出「大隱本來無境界，北山猿鶴漫移文。」真正的隱逸，素來是不被時局現況所囿限的。仕與隱，對列於真假隱士的虛實，揭櫫人性的醜陋。蘇軾在此，道出秘閣似蓬瀛仙闕的清幽寧靜，應是與世隔絕的，而非世間爭奪之地。

　　元豐元年（1078），蘇軾在徐州。「是年三月始識王迥子高，因作《芙蓉城》詩。」〔註112〕成功地取材當時崇道傳說，王子高的故事，有聲有色地描述傳說中浪漫的情調。〈芙蓉城〉一首，詩云：

芙蓉城中花冥冥，誰其土者石與丁。珠簾玉蕊翡翠屏，霞舒雲卷千娉婷。中有一人長眉青，炯如微雲淡疎星。往來三世空鍊形，竟坐誤讀《黃庭經》。天門夜開飛爽靈，無復白日乘雲軿。俗緣千劫磨不盡，翠被冷落淒餘馨。因過緱山朝帝廷，夜聞笙簫昇節聽。飄然而來誰使令，皎如明月入窗櫺。忽然而去不可執，寒衾虛幌風泠泠。仙宮洞房本不扄，夢中同躡鳳凰翎。徑度萬里如奔霆，玉樓浮空聲亭亭。天書雲篆誰所銘，遠樓飛步高玲瓏。仙風鏘然韻流鈴，蘧蘧形開如酒醒，芳卿寄謝空丁寧。一朝覆水不返瓶，羅巾別淚空熒熒。春風花開秋葉零，世間羅綺紛羶腥。此身流浪隨滄溟，偶然相值兩浮萍。願君收視觀三庭，勿與嘉穀生蝗螟。從渠一念三千齡，下作人間尹與邢。〔註113〕

敘述王子高與仙人周瑤英同遊芙蓉城，譜出人神共戀的浪漫故事。此首運用神仙思想的氛圍，瀰漫著仙風道骨，營造仙氣縹緲的情調。首先，對蓬萊仙山芙蓉城的描述，以雲舒霞卷的仙境，仙闕高閣中的珠簾、翡翠屏就是競妍如卉的仙女們所居住的仙殿。芙蓉城城主相傳是

〔註112〕　（宋）施宿編撰，四川大學中文系唐宋文學研究室：《東坡先生年譜》《蘇軾資料彙編·下編》（北京：中華書局，2004 年 1 月），頁 1668。
〔註113〕　蘇軾：《蘇軾詩集》〈芙蓉城并敘〉，卷 16，頁 807～811。

石曼卿、丁度羽化成仙飛昇入主。接續，說著一段仙女下凡的綺麗動人故事，芙蓉城中的仙女，因誤讀《黃庭經》，即使是煉形達三世之久，只因俗緣未了，夜開天門飛出芙蓉城尋找愛情而下凡。仙女如明月飄然而來，當離去時似寒衾被風吹得清脆聲響。蘇軾將芙蓉城形容似蓬瀛仙闕般的美麗，令人遐思。

接著述說兩人再度重逢聚首的歡樂，他們夢中共跨青鸞翼，同遊徑度萬里。所到之處都是瓊宇玉樓懸空、仙臺高聳。眼前所見的題銘都是天書雲篆，如龍飛步地縈繞仙闕。那裡的洞天，仙風鏘然有韻，如流鈴之聲。美好芙蓉城的仙境，歷歷在前。無奈一場夢醒，敲碎夢中不捨的離情，佳人遠去，相思無盡，淚霑濕巾。當夢中伊人遠颺，世間脂粉毫不戀棧，只恃春風花開、秋雨梧桐葉落時，對伊人思念無限。王子高雖身在人間，但心已隨芳蹤，流浪到滄溟的仙山。兩人處境，仍如大海中的兩葉浮萍，人神相戀的浪漫故事，終乎於禮義。蘇軾仍希望王子高心勿流連滄溟仙山，要回到現實，要留意民間農業，不讓倉穀生蝗螟。最後二句引用《神仙傳》中馬明生隨神女還岱的故事，以及《史記》漢武帝嬪妃尹夫人、邢婕妤的典故，終結人與仙的浪漫故事。蘇軾此首詩，不論是流麗；或有文有情，仙蹤縹緲；抑是餘意無窮，妙於莊論，都是運用融合神仙思想與崇尚自然之筆，一窺於洞天福地的美好仙境。

（二）羣仙飛昇幻境

仙境的幻遊美好，有羣仙畢至聚首，來去穿梭自如，優游自在。葛洪《抱朴子·明本》云：

> 夫得仙者，或昇太清，或翔紫霄，或造元洲，或棲板桐，聽
> 鈞天之樂，享九芝之饌，出攜松羨於倒景之表，入宴常陽於
> 瑤房之中，曷為當侶狐貉而偶猿狖乎？〔註114〕

能得道成仙者，有的飛昇天、有的翱翔於紫霄高空；或前往人煙罕至

〔註114〕（晉）葛洪：《抱朴子內篇》〈明本〉，（臺北：臺灣商務印書館股份有限公司，1968 年 3 月），卷 10，頁 180。

的玄洲仙島、或棲止於崑崙板桐山。聆聽天上宮闕的仙樂，品嚐享受靈芝所製成的仙饌。出則攜同仙人赤松子、羨門子高，致雲霧、乘飛龍，飄遊於高天倒景，入則與平常生、陵陽子明等，宴饗於瑤宮仙境，仙人豈是和狐貉、猿狄同類為伍？羣仙所至，吸風飲露，乘雲氣、御飛龍，遊於四海宕冥之外，逍遙自得。

　　仙人羣體的記載，莫過於八仙故事的傳播流布。八位仙人各具風貌及特殊事跡。他們經常出沒在人世間，與凡人溝通往來，有除暴安良、濟世助人、任誕狂放等事跡，這些仙人傳說大都詼諧逗趣，反映出各個階層人民生活的心聲和意志。而八仙故事的盛行，正顯示民間造神的隨意性。〔註115〕

　　蘇軾以八子羣仙的故事，作為詩作題材，用人們對八仙的景仰崇拜來改善生活方式與環境，如〈謝蘇自之惠酒〉詩云：

> 高士例須憐麴蘗，此語嘗聞退之說。我今有說殆不然，麴蘗未必高士憐。醉者墜車莊生言，全酒未若全於天。達人本自不虧缺，何暇更求全處全。景山沈迷阮籍傲，畢卓盜竊劉伶顛。貪狂嗜怪無足取，世俗喜異矜其賢。杜陵詩客尤可笑，羅列八子參羣仙。流涎露頂置不說，為問底處能逃禪。我今不飲非不飲，心月皎皎常孤圓。有時客至亦為酌，琴雖未去聊忘絃。吾宗先生有深意，百里雙罌遠將寄。且言不飲固亦高，舉世皆同吾獨異。不如同異兩俱冥，得鹿亡羊等嬉戲。

〔註115〕今天人們熟知的道教八仙，是指李鐵拐、鍾離權、張果老、何仙姑、藍采和、呂洞賓、韓湘子、曹國舅。他們的傳說故事先後見於唐宋文人的記載，但他們湊成一個班子是在元朝，而班子的人選也不是一下子就定好的。元代馬致遠的《呂洞賓三醉岳陽樓》中就沒有何仙姑，而多了個徐神翁。岳伯川《呂洞賓度鐵拐李岳》中，何仙姑還是缺席，卻又多了個張四郎。明代小說《三寶太監西洋記演義》中的八仙，缺少張果老、何仙姑，卻多了風僧壽、玄虛子。明代的《列仙全傳》又用劉海蟾頂替了張果老。一直到明代吳元泰寫了《八仙出處東遊記》，才確定了以上八位，並沿用至今。見馬書田：《華夏諸神──道教卷》（臺北：雲龍出版社，1995年8月），頁195。

決須飲此勿復辭，何用區區較醒醉。〔註116〕

當眾人皆醉我獨醒時，究竟是與世推移，淈泥揚波，還是堅守己志，心性明淨如月，蘇軾在此有所選擇。雖然「我今不飲非不飲，心月皎皎常孤圓。」藉著前人飲酒之例，也勸蘇自之拋開不得志的抑鬱，學學羅列八子參見羣仙，就像是杜子美〈飲中八仙歌〉云：「醉中往往愛逃禪」〔註117〕。即便是「醉者墜車莊生言，全酒未若全於天。達人本自不虧缺，何暇更求全處全。」發揮莊子所言醉者墜車，損害卻是與常人迥異，就在於「神全」〔註118〕上的精神凝聚。不因乘車或是墜車的外在因子，雖與外物有所摩擦，卻不足以影響心中。達生的人，是無所欠缺的。

蘇軾的仕宦，時而位居朝闕，時而身在鄉野，變化之多，也讓他懂得擬以神仙的思維，打通生活的困蹇與不安。登州，是處處特別充滿神仙氣氛之所。〈懷仁令陳德任新作占山亭二絕〉其二詩曰：

我是膠西舊使君，此山仍合與君分。故應竊比山中相，時作新詩寄白雲。〔註119〕

重遊膠西時，兼融《南史》敘說「山中宰相」〔註120〕陶弘景的典故，又憶及陶弘景詩：「山中何所有？嶺上多白雲，只可自怡悅，不堪持贈君。」〔註121〕潛意識希望自己能如山中相，復出重返政壇，能有一

〔註116〕蘇軾：《蘇軾詩集》〈謝蘇自之惠酒〉，卷6，頁226～227。

〔註117〕蘇軾：《蘇軾詩集》，卷6，頁226～227。

〔註118〕（清）郭慶藩編，王孝魚整理，《莊子集釋》〈達生第十九〉（臺北：木鐸出版社，1988年元月），卷7上，頁636。

〔註119〕蘇軾：《蘇軾詩集》〈懷仁令陳德任新作占山亭二絕·其二〉，卷26，頁1380。

〔註120〕《南史·隱逸下·陶弘景》：「陶弘景止于句容之句曲山。……自號華陽陶隱居。梁武帝既早與之游，及即位，恩禮愈篤，書問不絕，冠蓋相望。……國家每有吉凶征討大事，無不前以諮詢。月中常有數信，時人謂為山中宰相。」見（唐）李延壽撰，楊家駱主編：《新校本南史附索引》〈列傳第六十六·隱逸下〉（臺北：鼎文書局，1985年3月），卷76，頁1897～1899。

〔註121〕蘇軾：《蘇軾詩集》〈懷仁令陳德任新作占山亭二絕·其二〉，卷26，頁1380。

番作為。字面上雖有神仙思想，但仍具儒家淑世精神。

　　政治因素對蘇軾而言，是非常重大主要變因。讓一代文豪再三地流徙，忽而身在朝廷，似與羣仙笙簫樂舞，忽而抖落深壑冤獄；儘管外物如何善變，不變的是詩人堅定的心志與豁達。政途的上下，不管朝廷如何安排，蘇軾總能安時處順，以逆當下。

　　來到登州，上任僅五天旋即復歸京城，一首崇道求仙的〈登州海市〉詩，祝禱於海神廣德王之廟，求助於神仙之說也暗示著身不由己的無奈。敘文曰：

> 予聞登州海市舊矣，父老云：嘗出於春夏，今歲晚不復見矣。予到官五日而去，以不見為恨，禱於海神廣德王之廟，明日見焉，乃作此詩。

詩云：

> 東方雲海空復空，羣仙出沒空明中。蕩搖浮世生萬象，豈有貝闕藏珠宮。心知所見皆幻影，敢以耳目煩神工。歲寒水冷天地閉，為我起蟄鞭魚龍。重樓翠阜出霜曉，異事驚倒百歲翁。人間所得容力取，世外無物誰為雄。率然有請不我拒，信我人厄非天窮。潮陽太守南遷歸，喜見石廩堆祝融。自言正直動山鬼，豈知造物哀龍鍾。伸眉一笑豈易得，神之報汝亦已豐。斜陽萬里孤鳥沒，但見碧海磨青銅。新詩綺語亦安用，相與變滅隨東風。〔註122〕

登州海市蘇軾到任不到五天，旋即離任。短短幾天的仕運之變，猶如神龍忽隱忽現，若非神仙，孰能致之？神異般地倏忽遽變，反映蘇軾是處在緊張狀態，只能藉著神仙方式予以抒壓。

　　根據神話傳說中，崑崙神山裡的十二層玉樓是虛幻莫測的，受到雲霧繚繞，羣仙出沒其中，仙觀堂上畫有蛟龍之文，紫貝朱丹妝點仙闕。蘇軾想像中的海市情景，應似仙境之美。仕途的起落，猶如海市蜃樓的幻影，爾今又是東山再起，重返翰林。故曰：「率然有請不我拒，信我人厄非天窮。」那些如培塿般的羣小，欲扼殺我的政敵，因

〔註122〕蘇軾：《蘇軾詩集》〈登州海市并敘〉，卷26，頁1387～1389。

我祈助於龍王，連神仙亦忻悅承之。

接著引韓愈自比為證，說明遭久謫後的心情。韓愈謁見衡岳廟時，道出：「紫蓋連延接天柱，石廩騰擲堆祝融。」〔註123〕能喜見石廩、祝融等崇山峻嶺，只因誠心打動山神，亦是造物者憐恤你這位龍鍾老叟，讓你盡覽山川之美景。蘇軾用韓愈〈衡岳廟〉來自比，說明目前處境因為有神仙保佑與庇護。

終結以「新詩綺語」之筆以景入情。暮靄沈沈楚天闊，孤鳥沒入一抹斜陽中，海市蜃景，瞬變消匿，江靜無波的碧海，似新磨的青銅鏡。詩人寫了這些新詩綺語，營造出海市麗景之幻，但東風一來，隨之變滅。

崇道學仙的蘇軾，愈到晚年愈加虔誠。在政敵環伺，藉以神仙仙術，養生吐納，靜坐散步等舒緩緊張，可以獨正浩然，用神仙吟詠方式提昇自我免疫力，遠離禍端。用無入而不自得的超然灑脫，成為生活的註記。透過羣仙飛昇幻境的神仙題材，引入更豐富的詩作內容，形成浪漫主義。宏觀獨特的眼光，靈活的思維也借助了神仙意象，創造出與眾不同的神仙浪漫色彩。

（三）蓬萊、仇池仙山幻境

神仙仙境的美好，成為仙界獨特的符號，是凡人企求永恆的希望。「蓬萊」屬於神話中東方海上仙島，「蓬萊山在海中，大人之市在海中。」〔註124〕不外乎偏處海外，形成與世隔絕的海上聖域仙鄉。通過蓬萊仙山仙島「遠隔」〔註125〕的空間模式，讓士人心靈有所頓依，

〔註123〕蘇軾：《蘇軾詩集》，卷26，頁1389。

〔註124〕《山海經·海內北經》：郭璞云：「上有仙人宮室，皆以金玉為之，鳥獸盡白，望之如雲，在渤海中也。」另珂案：《大荒東經》云：「東海之外，大荒之中，有山名曰大言，日月所出。有波谷山者，有大人之國。有大人之市，名曰大人之堂」。見袁珂注：《山海經校注·海內北經》〈海經新釋第七〉（臺北：里仁書局，1981年11月），卷12，頁324～325。

〔註125〕蓬萊神話體系展開了兩種理想景觀的模式：一是眾水環山體「一池三山」、「一池三島」的模式，此一結構強調了海中神山的「遠隔」

其安然隱逸的仙境，淨化了人間的紛擾，重構一理想的仙鄉聖境。

士人渴求仙境的建構，其特殊氣息伴隨著不同時空而得以發揮。然夢境中的潛意識，就是滿足生活中無法實現的缺陷與意識化，也是詩人擷取創作靈感的泉源。仇池夢境，成為詩人嚮往的一種游仙、求仙的夢幻之旅，也是另種避世的寄託之所。〔註126〕

1. 蓬萊

對於蓬萊仙山的描述，東晉王嘉《拾遺記・蓬萊山》云：

> 蓬萊山亦名防丘，亦名雲來，高二萬里，廣七萬里。水淺，有細石如金玉，得之不加陶冶，自然光淨，仙者服之。東有鬱夷國，時有金霧。諸仙說此上常浮轉低昂，有如山上架樓室，常向明以開戶牖及霧滅，歌戶皆向北。其西有含明之國，綴鳥毛以為衣，承露而飲，終天登高，取水亦以金、銀、倉環、水精、火藻為階。有冰水、沸水，飲者千歲有大螺名躶步，負其殼露行，冷則復入其殼。生卵著石則軟，取之則

空間特殊性，以及其非常聖域的神秘性；二是壺形仙境的模式，突顯了「封閉」的空間性質以及「環狀」循環的時間觀，而此二空間結構模式又與世界樂園神話中的樂園空間特質隱然相合。不論是皇家宮苑中的人間微型的不死仙境，或是士人園林中隱逸自適的心靈樂園，做為不死仙境的壺形神山發展到南朝隋唐以後，在文人的園林書寫中失落了其神異特質。見高莉芬：《蓬萊神話：神山、海洋與洲島的神聖敘事》（臺北：里仁書局，2008 年 3 月），頁 161。又神仙仙境，予人無限憧憬，然而，事實上，「天國是『人間樂園』社會理想化。」蓬萊、瀛洲等傳說神山，只是先民的幻想。現實世界，只有無塵世擾攘的泉石丘壑，才與仙境近似。因此，「長生為了要使幻想成為事實，嚮往有所歸宿，於是把這些地方當為世上的樂地，現實中的蓬萊、瀛洲。」見林鍾勇：〈瀰漫求仙色彩的詞作——白玉蟾道教神仙詞析論〉，《世界宗教學刊》第 4 期（2004 年 12 月），頁 166。

〔註126〕成仙能夠解決有生之諸般苦惱，進而逍遙長樂，此為人們嚮往神仙的最大理由，甚至明知虛妄，卻在不知不覺中仍對它發生憧憬，亦為人之常情，這也是遊仙詩發生的主觀因素。而詩人既有求仙訪道之內心願望與生活活經驗，發而為詩以言其志，並作為生平之記錄彩頁，乃極自然之現象。參見顏進雄：《唐代遊仙詩研究》（臺北：文津出版社有限公司，1996 年 10 月），頁 364。

堅。明王出世則浮於海際焉。有葭，紅色可編為席，溫柔如
屬毳焉。有鳥名鴻鵝色，似鴻形如禿鷲，腹內無腸，羽翮附
骨而生，無皮肉也。雄雌相眄則生產。南有鳥名鴛鴦，形似
雁，徘徊雲間，棲息高岫，足不踐地，生於石穴中，萬歲一
交，則生雛。千歲銜毛學飛，以千萬為群，推其毛長者，高
翥萬里。聖君之世，來入國。郊有浮筠之簳，葉青莖紫，子
大如珠，有青鸞集其上下。有沙礰，細如粉柔，風至葉條翻
起，拂細沙如雲霧。仙者來觀而戲焉，風吹竹葉，聲如鐘磬
之音。〔註127〕

潛明茲《中國古代神話與傳說》認為東方的蓬萊仙山是：

蓬萊成為傳說中的仙山，出現在崑崙之後，純屬於秦漢以後
興起的神仙信仰的產物，人為色彩已經很濃，是形成道教的
先聲。神仙思想的核心是不老不死，它源於神話思維，正式
形成仙人、仙話却是在階級社會。〔註128〕

高莉芬〈壺象宇宙與神話樂園：蓬萊三壺神話及其宇宙思維〉一文，
認為蓬萊是：

浮於水中的葫蘆承載著人類生命的延續，是混沌大水之中
的神聖空間，一個封閉又具生命能量的空間；也是一個具有
強大再生生命的空間。而蓬萊三山也是一個浮於水中的聖
土，其間有不死仙人以及仙藥、不死仙草，它也是一個為眾
水環繞「唯飛仙能到爾」的封閉空間，具有「不死」的仙
境特質，這說明它也是一個具有強大生命能量的異質空間，
此一空間的神聖性正與「葫蘆」在洪水神話中的神聖性二者

〔註127〕（晉）王嘉：《拾遺記》〈蓬萊山〉（臺北：生生印書館股份有限公司，
1987 年 3 月），卷 10，頁 75。

〔註128〕秦、漢統一以後，最高統治者為了能永遠享受舒適的生活，更希望
長命，最好是不死，於是從上至下，掀起了狂熱的神仙信仰。由巫
士轉變而來的方士們，其中一部分當時對文化很有貢獻的知識分
子，也有一部分為了一己的名利，不惜去迎合最高統治者，大肆宣
傳傳聞中的海上蓬萊、方丈、瀛洲，這便是東方的「三仙山」，也有
「五神山」之說，總稱為東方的蓬萊仙境。見潛明茲：《中國古代神
話與傳說》，（北京：商務印書館，1996 年 12 月），頁 192。

　　功能相合。〔註129〕

蓬萊是自然光淨，風吹竹葉，聲如鐘磬之音的仙山，或是一種強大的
生命再生空間，其中有不死仙人、仙藥、仙草，是眾水圍繞的封閉空
間，唯有飛仙能到的仙域。然仙境是凡人追求的終極目標，成仙活動
就成為人們追求的欲念與理想，經人為色彩愈加濃厚，後漸演譯為神
仙信仰的產物，形成具人文精神與追求永恆生命的價值。蓬萊仙話核
心是求仙長生，反映的是對永生不滅的渴望。然蓬萊仙話與崑崙神話
依存不同的文化體系與宗教信仰，呈現出不一的特質與建構性。

　　孫元璋〈崑崙神話與蓬萊仙話〉對二者的分析論點，曰：

> 同神話歷史化的主流相比，崑崙神話和蓬萊仙話的出現不
> 過是旁逸斜出，不但為縉紳先生所不道，而且被視為邪說
> 異端。但它們終歸是在神話歷史化這個文化背景下的產物，
> 如果說崑崙神話是神話歷史的反撥，以排拒、疏離神話的歷
> 史化和保持、固守神話和宗教的原始性為其特徵的話，那麼
> 蓬萊仙話則是神話歷史化所體現的人文精神的進一步推
> 衍。企圖以超自然的物質求得人生價值的永恆，執著於生命
> 價值的實現。〔註130〕

蓬萊仙話既從神話歷史化，進一步推衍的人文精神表現，超越自然、
追求永恆的生命價值。而蓬萊仙話的主導為求仙長生，對現實的抽
離，尋找通往永生之道，凸顯了濃厚的人文主義。

　　美麗的三神山傳說，蘇軾的詩作有言，如〈驪山三絕句〉其三
詩，云：

> 海中方士覓三山，萬古明知去不還。咫尺秦陵是商鑑，朝元

〔註129〕而「壺」與「葫蘆」之外形與音義相通，故蓬萊三山在直觀感悟與
　　　　類比象徵思維模式的思考連結之下，浮於水中的聖土三山被賦以浮
　　　　於水中的神聖容器—葫蘆（壺）之外；以可避水而重生的葫蘆與不
　　　　死仙境的海中蓬萊，二者的宇宙結構模式相互對應，二者連結著原
　　　　初宇宙與再生宇宙，都是宇宙的通道開口。高莉芬：《蓬萊神話：神
　　　　山、海洋與洲島的神聖敘事》，頁147。
〔註130〕孫元璋：〈崑崙神話與蓬萊仙話〉，《民間文學論壇》第5期（北京：
　　　　中國民間文藝出版社，1989年9月），頁81。

何必苦躋攀。〔註131〕

蘇軾任鳳翔府節度判官廳公事之職，屬英雄出少年的風姿，卻不敵政客權弄而罷任。於是偕友游驪山，不禁發出也要像海中方士，尋覓三神山。求助仙人羨門子高，頓入神山仙鄉，又何必苦苦執著於朝元閣的庶務政事。

神宗元豐八年（1085）六月，復朝奉郎，起知登州軍州事。續又詔以禮部郎中召還，轉起居舍人。一連串政務更動，讓蘇軾再次重返政壇。在〈次韻陳賢良〉，詩云：

> 不學孫吳與《六韜》，敢將鴑馬並英豪。望窮海表天還遠，
> 傾盡葵心日愈高。身外浮名休瑣瑣，夢中歸思已滔滔。三山
> 舊是神仙地，引手東來一釣鼇。〔註132〕

不必學孫武用兵之方及研習《六韜》兵書，敢騎鴑馬與智出萬人的英豪並列。放眼望盡於海，思慕追尋，天依舊高、日依舊迢遠。何須用浮名伴此身，思歸的意念如同不止的江濤，勢不可擋。海上三神山原來是神仙所居之所，誠如李太白謁見宰相時，在板上題曰：「海上釣鼇客」希望能有番作為。蘇軾期勉陳賢良能像這位海上釣鼇客有作為，成就一番勳業。

蘇軾不得志時，只好寄予蓬萊仙鄉的想像，脫離現世苦楚，進入浪漫美好的仙境。林佳蓉〈宋代崇道風氣與詩歌創作初探〉提敘中，言：

> 歷代以來，中國士子都有一種「得志者儒，不得志者道」的
> 心態，我們看屈原、曹植或者李白、李賀這些遊仙詩作的能
> 手，即使他們所構築的神仙世界是如此多姿千彩，但是從字
> 裡行間仍可看出對於現實生活的不滿與宣泄。〔註133〕

「得志者儒，不得志者道。」儼然成為中國文人仕宦的格局。蘇軾仕

〔註131〕蘇軾：《蘇軾詩集》〈驪山三絕句・其三〉，卷5，頁224。
〔註132〕蘇軾：《蘇軾詩集》〈奉和陳賢良〉，卷26，頁1390。
〔註133〕林佳蓉：〈宋代崇道風氣與詩歌創作初探〉，《宋代文學研究叢刊》第2期（1996年9月），頁184。

隱的抉擇，來自對政治的不滿。在歷任皇帝欲興改革提振世風，身為知識分子，自有一股革命情感，當仁不讓的氣魄。但事與願違，一波波的逆潮無情地壓迫，迫使詩人渴望尋求一片淨土，得以歇息。唯有期待寄託蓬萊神仙，一解心中的鬱悶與不平。

　　從蘇軾神仙吟詠的詩作中，在熙寧、元祐、紹聖年間有多首對蓬萊仙境的憧憬與嚮往，一窺其神仙思想與求仙活動全貌。如〈送劉攽倅海陵〉詩云：

> 君不見阮嗣宗，臧否不挂口，莫誇舌在齒牙牢，是中惟可飲醇酒。讀書不用多，作詩不須工，海邊無事日日醉，夢魂不到蓬萊宮。秋風昨夜入庭樹，蓴絲未老君先去。君先去，幾時回。劉郎應白髮，桃花開不開。〔註134〕

作於熙寧三年（1070），在朝為官。隱含有嚮往蓬萊仙境，藉以脫離黨派爭禍。首言以阮籍為範，「臧否不挂口」不隨便議論人之好壞。以張儀典例，「莫誇舌在齒牙牢」最為安全可靠的就是舌在齒牙牢，表示勿隨意直言免禍罹災，逢逆可飲醇酒消消愁，最為明哲保身之法。接續，替劉攽辯說，有牢騷之意。書不必讀多，作詩勿過於求技巧，只要無事天天到海邊散心買醉，卻也夢不到蓬萊仙宮。昨夜秋風揚起，思起吳中菰菜蓴羹鱸膾的張翰，懷有思鄉歸故里之情。最後言劉攽與王安石爭言，為臺諫所劾。借引劉郎歸來時，應是白髮蒼顏。詩意託寓著像劉攽這樣的人才都流失遭貶，朝廷百官都是新面孔上任，暗指王安石新法是否仍應持續推行。蘇軾政治理念與王安石不合，受新黨排斥，皇帝又不能接納其諫言，情緒始終徘徊在惆悵中，在詩作中不免萌起避世愁緒。

　　元祐時期，再次復返京城任官，看似風光卻與舊黨違和，政治立場的糾結，只好申請外任，尋蓬萊之意更深、更明，唯有蓬萊仙鄉的寧靜美好，足以安頓詩人不安的心靈。如〈文登蓬萊閣下，石壁千丈，為海浪所戰，時有碎裂，淘灑歲久，皆圓熟可愛，土人謂此彈子渦也。

〔註134〕蘇軾：《蘇軾詩集》〈送劉攽倅海陵〉，卷6，頁242～244。

取數百枚，以養石菖蒲，且作詩遺垂慈堂老人〉詩，云：

> 蓬萊海上峰，玉立色不改。孤根捍濤天，雲骨有破碎。陽侯
> 殺廉角，陰火發光彩。纍纍彈丸間，瑣細成珠琲。閻浮一漚
> 耳，真妄果安在。我持此石歸，袖中有東海。垂慈老人眼，
> 俯仰了大塊。置之盆盎中，日與山海對。明年菖蒲根，連絡
> 不可解。倘有蟠桃生，旦暮猶可待。〔註135〕

元祐四年（1089）起，蘇軾職務更動迅速，從汴京到杭州，又返汴京以至嶺南地域，這和其政治熱情消滅，只求終老歸隱的崇道求仙有關。因此，蓬萊仙境的意象愈顯明朗，為的就想急流勇退、尋覓歸鄉、安頓居所。

此首作於二任杭州時期。蓬萊閣，相傳漢武在此望海中蓬萊山，山勢高聳陡峭，蓬萊閣下有碎石，狀如珠璣或如彈丸。「蓬萊海上峰」首四句言蓬萊山峰石壁千仞，壯觀之景，只要天地不毀滅，山川沒有改變時，所以說「玉立色不改」。用「孤根」、「雲骨」形容描寫山壁峭崖之高聳，破碎難行。

接續，「陽侯殺廉角」至「日與山海對」，波神陽侯砍殺棱角，這是常年沖激巖石所致的地貌，可見海象之威猛。海濤陰冷的閃光，有陰火潛然的樣貌，用以形容這些彈子渦在水裡的光彩，眾多顆顆彈丸，瑣細得如貫珠串成。閻浮提世界裡的區區泡沫，是微小空幻的。真妄二心如同海水波浪，一為海水常住，不變是為真；一為波浪起滅，無常是為妄，真妄二心，如今安在哉？灑脫的蘇軾持石歸，就讓「袖中有東海」集天下美景，皆攬於袖中蘊意。另則對石頭的喜愛乃「置之盆盎中」，故從詩意裡看出對山海的喜愛與眷戀。

終以「明年菖蒲根」至「旦暮猶可待」，用漢武西王母故事，蟠桃是三千年才生的一果實，說明蘇軾以石養菖蒲的心意，期許這樣的心情，是早晚可待的。就像蟠桃若生，是千載萬世之後。若遇聖人能

〔註135〕蘇軾：《蘇軾詩集》〈文登蓬萊閣下，石壁千丈，為海浪所戰，時有碎裂，淘瀝歲久，皆圓熟可愛，土人謂此彈子渦也。取數百枚，以養石菖蒲，且作詩遺垂慈堂老人〉，卷31，頁1651～1652。

知解大道理，旦暮都會相遇到的。

　　紹聖年間，惠儋的貶謫流徙，前後長達七年，生活艱苦不說，遭逢愛妾朝雲殞落，死於瘴疫，使蘇軾孤身清苦。但頑強的詩人並未被擊潰，安時處順始終未遠颺。還好有「仙人拊我頂，結髮受長生。」〔註136〕賴以神仙加持，度過惡劣的外在環境。在〈白水山佛迹巖〉一詩，言：

> 何人守蓬萊，夜半失左股。浮山若鵬蹲，忽展垂天羽。根株互連絡，崖嶠爭吞吐。神工自爐鞲，融液相綴補。至今餘隙罅，流出千斛乳。方其欲合時，天匠麾月斧。帝觴分餘瀝，山骨醉后土。峰巒尚開闔，澗谷猶呼舞。海風吹未凝，古佛來布武。當時汪罔氏，投足不蓋拇。青蓮雖不見，千古落花雨。雙溪匯九折，萬馬騰一鼓。奔雷濺玉雪，潭洞開水府。潛鱗有飢蛟，掉尾取渴虎。我來方醉後，濯足聊戲侮。回風卷飛電，掠面過強弩。山靈莫惡劇，微命安足賭。此山吾欲老，慎勿厭求取。溪流變春酒，與我相賓主。當連青竹竿，下灌黃精圃。〔註137〕

詩人放下抑鬱，縱情山水，往遊白水山佛迹巖，眼見山勢峭稜「若鵬蹲」、「垂天羽」，將白水山彷如擁有山靈的神仙作用，連綿數百里之遠。鬼斧神鑿的造化，如天神般將白水山化為奇境。

　　最後以「我來」、「戲侮」為鋪敘內心情緒，告知山中神靈，詩人已是垂老暮年，也無太多歲月可當賭注，嶺南將是安身命所。尤其置身白水山佛迹巖的仙境中，溪流都能當春酒，賓主盡歡。最終以《抱朴子》中的仙藥黃精〔註138〕，食其花果，大可得其益。從

〔註136〕蘇軾：〈過大庾嶺〉，卷38，頁2057。
〔註137〕蘇軾：《蘇軾詩集》〈白水山佛迹巖〉，卷38，頁2079～2081。
〔註138〕《抱朴子・仙藥》：「黃精一名兔竹，一名救窮，一名垂珠。服其花勝其實，服其實勝其根，但花難多得。得其生花十斛，乾之才可得五六斗耳，而服之日可三合，非大有役力者不能辦也。服黃精僅十年，乃可大得其益耳。」（晉）葛洪：《抱朴子內外篇》〈仙藥〉，（臺北：臺灣商務印書館股份有限公司，1968年3月），卷11，頁185～186。

「何人守蓬萊」、「潛鱗有飢蛟，掉尾取渴虎」、「山靈莫惡劇」、「下灌黃精囷」等詩句，端視神仙意象的鮮明。趙克宜《角山樓蘇詩評注彙鈔》評曰：「奇情異采，一氣噴薄而出，此為神來之筆，作者殆不自主。」〔註139〕

蘇軾掙扎於現實理想間，也深知「人生本無事，苦為世味誘。」〔註140〕的難處，於是企望「蓬萊」仙境作為歸鄉。仙境中的縹緲空靈，不就是凡人所追求的淨土，也是作為一種神仙的隱喻符號，世外桃源的理想象徵。

李豐楙《憂與遊：六朝隋唐遊仙詩論集》談及：

只在使用語言文字幻設神仙世界，當下顯現樂趣，是真是假，是幻抑虛，這種無關真實但求真趣的態度，正是以遊仙為抒情，寄託人類在以限時空中對他界的「迷思」（myth）。〔註141〕

凡人只能採取「遊」之姿，求真趣的意念，在有限時空中，對仙界遐想，肯定仙境迷人的氣氛，也黜惡現實中的黑暗。因此，蘇軾藉遊「蓬萊」仙境的遐思，有別於俗世的異質空間，是一種神話思維的情感投射〔註142〕，故蘇軾擬用文學藝術的創作格調，一遊快樂仙鄉仙境，饗宴美味的心靈雞湯。

2. 仇池

蘇軾詩中有所謂的「仇池」一語，「仇池」是他心目中理想的桃花源，單純的、美麗的夢中仙境。《後漢書·西南夷傳》對仇池的

〔註139〕曾棗莊、曾濤編：《蘇詩彙評》〈白水山佛迹巖〉（臺北：文史哲出版社，1998年5月），卷38，頁1623。
〔註140〕蘇軾：《蘇軾詩集》〈夜泊牛口〉，卷1，頁10。
〔註141〕李豐楙：《憂與遊：六朝隋唐遊仙詩論集》（臺北：臺灣學生書局，1996年3月），頁82。
〔註142〕蓬萊三山與三壺所圖繪出的仙境樂園，是「現實」生命的「理想」空間存在，也是「此界」與「他界」的中介空間，一個有別於俗世的異質空間。蓬萊與壺、葫蘆、渾沌、山、宇宙柱、神秘空間樂界的關聯，也即是神話思維中「生命一體化」的情感投射。高莉芬：《蓬萊神話：神山、海洋與洲島的神聖敘事》，頁163。

記載，云：

> 其西又有三河、槃于虜，北有黃石、北地、盧水胡，其表乃
> 為徼外。靈帝時，復分蜀郡北部為汶山郡云。
> 白馬氐者，武帝元鼎六年開，分廣漢西部，合以為武都。
> 土地險阻，有麻田，出名馬、牛、羊、漆、蜜。氐人勇憨
> 抵冒，貪貨死利。居於河池，一名仇池，方百頃，四面斗
> 絕。〔註143〕

木齋《蘇東坡研究》一文中，所謂的「仇池」是：

> 「仇池」可說是天上的人間，或說是人間的天上。他具有故
> 鄉山水的野趣「但見玉峰橫太白，便以鳥道絕峨嵋」仇池
> 由於夢中幻物而具有的理想所在。「秋風與作煙雲意，曉日
> 令涵草木姿」，詩人欲追尋這夢中理想所在：「一點空明是
> 何處，老人真欲往仇池」。然而醒來卻是充滿痛苦的現實世
> 界。詩人否定現實，追求理想，而理想卻只能在夢中實現，
> 所以詩人說：「夢時良是覺時非，汲水埋盆故自癡。」夢境
> 與現實，歸去與不得歸去，這是一系列的矛盾統一，便構成
> 蘇軾「野性」品格，詩人又進一步將其物化為「黃叶村」和
> 「仇池」。〔註144〕

據史籍記載的「仇池」是「山在倉洛谷之閒，常為水所衝激，故下石

〔註143〕仇池山在今與成州上祿縣南。《三秦記》曰：「仇池縣界，本名仇維，
山上有池，故曰仇池。山在倉洛谷之閒，常為水所衝激，故下石而
上土，形似覆壺。」《仇池記》曰：「仇池百頃，周回九千四十步，
天形四方，壁立千仞。自然樓櫓卻敵，分置調均，竦起數丈，有踰
人功。仇池凡二十一道，可攀緣而上。東西二門。盤道下至上，凡
有七里。上則崗阜低昂，泉流交灌。」酈元注《水經》云：「羊腸盤
道三十六回，《開山圖》謂之仇夷，所謂『積石峨嵯，嶻岑隱阿』者
也。上有平田百頃，煮土成鹽，因以百頃為號」也。（南朝宋）范曄
著，楊家駱主編：《新校本後漢書并附編十三種》〈南蠻西南夷列傳
第七十六‧西南夷〉（臺北：鼎文書局，1987年元月），卷86，頁
2859。

〔註144〕何謂「仇池」？道藏的《益州洞庭玄中記》：「崑崙山者，上通九天，
下通九州，萬靈所都。欲知其道，從仇池西南，出三十二里，見山，
一名天竺，一名仇池山。」見木齋：《蘇東坡研究》（北京：廣西師
範大學出版社出版，1998年8月），頁74。

而上土，形似覆壺。」〔註 145〕「仇池百頃，周回九千四十步，天形四方，壁立千仞。」〔註 146〕地景險阻高仞的人間仙境，是現實中無法實現的，只好轉往夢中的仇池幻境尋覓，在矛盾與掙扎中取得平衡，變成一種理想的遁世仙境聖地。

　　蘇軾「仇池」意象的運用，幾乎都運用在晚年的詩作。元祐七年（1092）外任與還朝間的反覆，揚州、開封時期。在揚州，無論為官、為詩文，深切地表達關心朝政及百姓的疾苦，對友人亦是如此。如〈次韻和晁無咎學士相迎〉詩，云：

> 少年獨識晁新城，閉門却掃卷旃旌。胸中自有談天口，坐却秦軍發墨守。有子不為謀置錐，虹霓吞吐忘寒飢。端如太史牛馬走，嚴徐不敢連尻脽。裴回未用疑相待，枉尺知君有家戒。避人聊復去瀛洲，伴我真能老淮海。夢中仇池千仞巖。便欲攬我青霞幮。且須還家與婦計，我本歸路連西南。老來飲酒無人佐，獨看紅藥傾白墮。每到平山憶醉翁，懸知他日君思我。路傍小兒笑相逢，齊歌萬事轉頭空。賴有風流賢別駕，猶堪十里卷春風。〔註 147〕

本首相言晁無咎與蘇軾交游之情，蘇軾為揚州守，晁無咎以詩相迎。先以「少年獨識晁新城」等四句，稱讚晁無咎之父，晁端友詩風出奇以自見，閉門却掃，高風捲起旗幟，莫有「無所交接、塞門不仕、未嘗交游、非德不交。」〔註 148〕的現象。後續讚晁端友口才如田駢之辯，其口如天。「坐却秦軍發墨守」典引《史記》魯仲連談笑却秦軍，以及魯班作攻宋城之械，而墨翟以九守拒之等事蹟，反映晁端友任新

〔註 145〕（南朝宋）范曄：《新校本後漢書并附編十三種·西南夷》，卷 86，頁 2859。

〔註 146〕（南朝宋）范曄：《新校本後漢書并附編十三種·西南夷》，卷 86，頁 2859。

〔註 147〕蘇軾：《蘇軾詩集》〈次韻和晁無咎學士相迎〉，卷 35，頁 1868～1870。

〔註 148〕蘇軾著，（清）馮應榴輯注，黃任軻、朱懷春校點：《蘇軾詩集合注》〈與周長官、李秀才遊徑山，二君先以詩見寄，次其韻二首·其二〉（上海：上海古籍出版社，2016 年 3 月），卷 10，頁 460～461。

城令有番治績作為。

接著，「有子不為謀置錐」至「伴我真能老淮海」，說明晁端友君子人也，不為其子謀一微小的之職，讓其子猶如日衝、日旁的虹霓般吞吐。晁端友就像是太史公牛馬之僕，也寄望能有嚴安、徐樂待詔的機會。如具馮衍的氣節高尚，能遵大路而裴回，履孔德之窈冥。也希望能像唐太宗選賢才，每暇日訪以政事，討論墳籍。能被其選中者，乃天下欽羨，謂之登瀛洲。蘇軾寫此詩，正好晁無咎尚官揚州，於是有感發，寫下「伴我真能老淮海」，仕途險惡，能有真誠友朋相伴，恐是這位老淮海的摯友。

再次從「夢中仇池千仞巖」迄「獨看紅藥傾白墮」，夢中仇池百頃，岩壁千仞之簪，天形四方，四面斗絕的仙境，非俗人能躋登。詩人雖然求仙欲念強烈，有欲攬青霞幰的想望，但仍須考慮到家人立場，寫下仇池是歸路連西南，直通幻境的。想想現況的自己，已是年邁老叟，孤獨飲酒無人相佐，只能獨自欣賞揚州盛產的紅芍藥。

終以「每到平山憶醉翁」等句意，總結全詩。來到揚州大明寺，憶起先師醉翁先生，歐公嘗知揚州。現在蘇軾想起恩師，日後晁無咎必然亦憶起蘇軾。最後既詼諧又富哲理地道出「路傍小兒笑相逢，齊歌萬事轉頭空。賴有風流賢別駕，猶堪十里卷春風。」百年過後往來中，皆是萬事轉頭空的虛象。還好身為元祐四學士之一的晁無咎，文章溫潤典縟，凌厲奇卓，品格亦勝過我這位餘杭別駕，丰采風靡於十里揚州路，正似「十里珠簾半上鉤」〔註149〕的現象，藉以讚嘆晁無咎風流形象及兩人好的交情。

〈雙石〉詩云：

夢時良是覺時非，汲水埋盆故自癡。但見玉峰橫太白，便從鳥道絕峨眉。秋風與作烟雲意，曉日令涵草木姿。一點空明是何處，老人真欲住仇池。〔註150〕

〔註149〕蘇軾：《蘇軾詩集》〈吉祥寺賞牡丹〉，卷7，頁331。
〔註150〕蘇軾：《蘇軾詩集》〈雙石并敘〉，卷35，頁1880～1881。

〈雙石〉一詩敘文曰：「至揚州，獲二石。其一，綠色，岡巒逶迤，有穴達於背。其一，正白可鑑。漬以盆水，置几案間。忽憶在潁州日，夢人請住一官府，榜曰仇池。覺而誦杜子美詩曰：『萬古仇池穴，潛通小有天。』乃戲作小詩，為僚友一笑。」〔註151〕蘇軾是很懂得生活藝術，對石頭鑑賞也不失雅趣。

「夢時良是覺時非」首四句，言二石的外貌形態之姿。以《圓覺經》之經文大意，道出體悟，將大千世界抹為微塵，夢醒後乃是了無所得。聊到汲水，將雙石置盆，好好地自我欣賞，可神游杳靄，極八荒之表。觀賞二石姿態，但見玉山高亙在太白山前；太白山有鳥道，橫絕峨眉山巔。蘇軾以玉峰、太白、峨眉山勢峻逸，形容雙石的特殊視覺質性。

「秋風與作烟雲意」末四句，言鑑賞雙石的觀感。雙石風姿獨特，有作烟雲意、涵草木姿。「一點空明是何處，老人真欲住仇池。」綠石上的洞穴彷若是仙境中的第二委羽之洞，名曰「大有空明之天」〔註152〕。年邁詩人真的欲往仇池幻境，神遊其中，以解疲累的心靈。

當蘇軾從揚州召還於汴京，「還朝如夢中」〔註153〕只是變成「勞生苦晝短，展轉不能夕。」〔註154〕昔日大志已消然黯淡，徒嘆「此生定向江湖老」〔註155〕〈次韻奉和錢穆父、蔣潁叔、王仲至詩四首·見和仇池〉云：「記取和詩三益友，他年弭節過仇池。」葛立方《韻語陽秋》言：「杜甫詩云：『萬古仇池穴，潛通小有天。』則仇池必真仙所舍之地。東坡在潁州，夢至一官府，顧視堂上，榜曰仇池。自後作詩，往往自稱仇池。」〔註156〕「仇池」一語，就成為詩人心中，那

〔註151〕蘇軾：《蘇軾詩集》，卷35，頁1880。

〔註152〕蘇軾：《蘇軾詩集》，卷35，頁1881。

〔註153〕蘇軾：《蘇軾詩集》〈次韻定國見寄〉，卷36，頁1920。

〔註154〕蘇軾：《蘇軾詩集》，卷36，頁1920。

〔註155〕蘇軾：《蘇軾詩集》〈淮上早發〉，卷35，頁1870。

〔註156〕曾棗莊、曾濤編：《蘇詩彙評》〈次韻奉和錢穆父、蔣潁叔、王仲至詩四首·見和仇池〉（臺北：文史哲出版社，1998年5月），卷36，頁1521。

塊天上人間的最後淨土依歸。當他來往汴京與外放，「火色上騰雖有數，急流勇退豈無人。」〔註157〕詩人深知必須抉擇，迴避矛盾。因此，崇道求仙是與日俱增。

　　蘇軾的神仙吟詠詩作裡，為何要仰慕仙人，營造仙境的氛圍？透過對神仙信仰與崇敬，發揮極致的想像。有仙人的登霞飛天，可以長生不老不死，壽命無窮，做個快活神仙，可以擺脫世俗煩惱與憂慮，得到真正自由與平等，又能懲惡除妖，濟世度人。在仙境中的蓬萊仙鄉、仇池夢土裡，尋找心靈中最為淳真、最不受外物羈絆，沒有毀謗和壓迫，能自由自在，恐是蘇軾久被俗世纏繞，最為渴慕避世的仙境入口。存在於神仙裡的虛幻感，可免無情歲月催迫、可袪現世之智累。這樣的神仙氛圍，不也折衷調和儒家濟世情懷，又兼道家崇尚自然平淡、幽獨虛靜的情境。崇道崇仙的神仙思維，替時代哲人引入最佳的精神狀態，度過一生的蔭谷。

第三節　煉丹長生、滌慮俗念

　　道教是中國傳統文化中重要的一部分，影響個個層面的文化發展。尤其在政治方面，如唐代及北宋，道教幾乎成為國教，呈現一種官方的意識形態，對社會及百姓生活有相當的影響力。〔註158〕道教中的神仙信仰是其基本思想，人可以透過修煉方式，得道成仙，讓自己活在當下，快樂逍遙似神仙，神通廣大變化無方。道教的神仙修煉方術，藉以導引、行氣、存思、吐納、辟穀等修練方法，以達追求長生以成仙的最終目標。所重視的是形神並重、身心兼顧的一種素質提升及生命狀態的昇華。葛洪《抱朴子・黃白》云：「我命在我不在天，還丹成金億萬年。」〔註159〕認為人的壽命長短，必須從修煉的方術

〔註157〕蘇軾：《蘇軾詩集》〈贈善相程傑〉，卷32，頁1689。
〔註158〕以儒守常，以道達變，以佛治心，三教合一，是歷代統治者從政治角度處理三教關係的基本原則。參見孔令宏：《宋明道教思想研究》（北京：宗教文化出版社，2002年4月），頁1。
〔註159〕（晉）葛洪：《抱朴子內篇・黃白》，（臺北：臺灣商務印書館股份有

中，達到自身的修道，富積極的生命意義。

一、黃庭丹丘以煉丹長生

　　北宋道教的主流派，都轉向內丹的修養。自道教興盛以來，內丹、外丹幾乎同時並存。內丹強調的是身心靈的內化過程，透過精、氣、神的修煉凝聚，是宋代重視的心性養氣的理學脈絡是相通的，對宋代的知識分子而言，是新的面對與領悟。

　　林佳蓉〈宋代崇道風氣與詩歌創作初探〉一文，提論到宋代道教風貌的現象為：

> 在宋代，佛教所開出的禪宗及儒學所振興起來的理學，都強調心性的修養，道教透過對儒釋二家的批判與吸收，自然也有一番新的面貌。其中最明顯的就是外丹的修煉轉向內丹的修養。〔註160〕

宋代崇道是從外丹修煉轉向內丹修養。張伯端《悟真篇》提出人人都可以長壽長生，只要透過修煉，具備固精、行氣、養神的方術，就能在人體內凝聚成丹，即得真仙。自《悟真篇》流傳後，文士流行煉閉息內觀等內丹方術，以悟道求仙，也因應了時勢崇道的趨向，奠定了內丹派在北宋的重要地位。

　　蘇軾浸染於內丹崇道的風氣使然，其神仙吟詠詩作中，也涉及到煉丹以長生的觀念，正和此趨勢有關。蘇軾的煉丹之學，是受弟轍影響，認為「欲事內，必調養精氣，及而後內丹成，內丹成，則不能死矣。……然內丹未成，內無以受之，則服外丹者多死，譬積枯草弊絮而實火其下，無不焚者。」〔註161〕所以蘇軾一生稍少服食外丹，如有言及丹砂，只是觀其燒煉的變化。如〈樓觀〉詩云：

　　　　限公司，1968 年 3 月），卷 16，頁 298。

〔註160〕林佳蓉：〈宋代崇道風氣與詩歌創作初探〉，頁 170。

〔註161〕《龍川略志·養生金丹訣》：「養生有內外。精氣，內也，非金石所能堅凝。四支、百骸，外也，非精氣所能變化。」（宋）蘇轍撰，俞宗憲點校：《龍川略志》〈養生金丹訣〉（北京：中華書局，1997 年 12 月），卷 1，頁 3。

門前古碣臥斜陽，閱世如流事可傷。長有幽人悲晉惠，強修遺廟學秦皇。丹砂久窖井水赤，白术誰燒廚竈香。聞道神仙亦相過，只疑田叟是庚桑。〔註162〕

「丹砂久窖井水赤」一詞，引用《抱朴子·仙藥》云：「余亡祖鴻臚少卿曾為臨沅令，云此縣有廖氏家，世世壽考，或出百歲，或八九十，後徙去，子孫轉多夭折。他人居其故宅，復如舊，後累世壽考。由此乃覺是宅之所為，而不知其何故，疑其井水殊赤，乃試掘井左右，得古人埋丹砂數十斛，去井數尺，此丹砂汁因泉漸入井，是以飲其水而得壽，況乃餌煉丹砂而服之乎。」〔註163〕得古人埋丹砂數十斛，廖氏世代壽考之因，乃飲丹汁入井而得長壽。

〈次韻致政張朝奉，仍招晚飲〉詩云：

掃白非黃精，輕身豈胡麻。怪君仁而壽，未覺生有涯。曾經丹化米，親授棗如瓜。雲蒸作霧楷，火滅噀雨巴。自此養鉛鼎，無窮走河車。至今許玉斧，猶事萼綠華。我本三生人，疇昔一念差。前生或草聖，習氣餘驚蛇。儒臒謝赤松，佛縛慚丹霞。時時一篇出，擾擾四座譁。清詩得可驚，信美辭多夸。回車入官府，治具隨貧家。萍虀與豆粥，亦可成咄嗟。〔註164〕

寫的是修道友人張朝奉煉丹養生如神仙一事。黃精是仙藥，算是救窮饑難之食物，花與果實如長期食用，能滋補強身。只要服食黃精與胡麻，都具有輕身不老的功效。然而張朝奉道人卻不依此養生，乃靠麻姑的丹化米、張楷的雲蒸作霧、欒巴的火滅噀雨等神仙事蹟，藉此養壽長生。有了這些神仙方術後，從此可以「養鉛鼎」、「走河車」。又藉著群仙降至許玉斧家中，得到女仙萼綠華青睞的傳說，用來說明張道人也是得到神仙的導引指點，而能仁壽，從不覺得生命的有限。

以上詩作，以論述修煉金丹術為主。但蘇軾追求的煉丹長生則以

〔註162〕蘇軾：《蘇軾詩集》〈樓觀〉，卷3，頁131。
〔註163〕（晉）葛洪：〈仙藥〉，卷11，頁205～206。
〔註164〕蘇軾：《蘇軾詩集》〈次韻致政張仙藥朝奉，仍招晚飲〉，卷34，頁1830～1831。

內丹的胎息（即閉息）、內觀（即《黃庭經》）為主，重視的是精、氣、神的修行，煉虛合道，以臻長生之道。

（一）胎息功（即閉息）

何謂「胎息」？即「呼吸之息，氤氳布滿於身中，一開一闔，遍身毛竅，與相應，而鼻中反不覺氣之出入，直到呼吸全止，開闔俱停，則入定出神之期，不遠矣。」〔註165〕口鼻呼吸不動氣息，呼吸停止，僅以丹田內之微弱起伏維持，猶似胎兒於母體內呼吸之狀態。看似無呼吸鼻息之態，若有若無，實乃氣息已流貫出入全身之毛孔，達到調息的真境界。

葛洪《抱朴子·釋滯》云：

> 其大要者，胎息而已。得胎息者，能不以鼻口噓吸，如在胞胎之中，則道成矣。初學行炁，鼻中引炁而閉之，陰以心數至一百二十，乃以口微吐之，及引之，皆不欲令己耳聞其炁出入之聲，常令入多出少，以鴻毛著鼻口之上，吐炁而鴻毛不動為候也。〔註166〕

行炁或可以治百病。胎息乃閉目養神，淨慮俗思，諸念不起，能吐炁而鴻毛不動，即閉定口鼻之法。胎息注重的是不動心，要固守虛無養神氣，神氣相守不分離〔註167〕，才能達到修煉長生的境界。

蘇軾勤練胎息功，在於行氣之理和煉功口訣，尤以謫居嶺南歲月，即以〈養生訣〉、〈龍虎鉛汞說〉、〈寄子由三法〉、〈學龜息法〉等篇章研究內丹的精、氣、神，合煉還虛以成道。相關於內丹胎息功的詩作，如

〔註165〕孫嘉鴻：〈道教胎息術今探〉，《嘉南學報人文類》第 34 期（2008 年 12 月），頁 482。

〔註166〕（晉）葛洪：《抱朴子內篇》〈釋滯〉（臺北：臺灣商務印書館股份有限公司，1968 年 3 月），卷 8，頁 136。

〔註167〕《胎息經》說：「胎從伏氣中結，氣從有胎中息。氣入身來為之生，神去離形為之死。知道神氣可以長生。固守虛無以養神氣。神行即氣行，神住即氣住，若欲長生，神氣相注。心不動念，無來無去，不出不入，自然常住。勤而行之，這是真道路。」見李剛：《中國道教文化》（吉林：長春出版社，2011 年 1 月），頁 184。

〈聞公擇過雲龍張山人，輒往從之，公擇有詩，戲用其韻〉詩云：

> 我生固多憂，肉食嘗苦墨。軒然就一笑，猶得好飲力。聞君
> 過雲龍，對酒兩靜默。急攜清歌女，山郭及未晨。一歡難力
> 致，邂逅有勝特。喧蜂集晚花，亂雀啅叢棘。山人樂此耳，
> 寂寞誰侍側。何當求好人，聊使治要襻。使君自孤償，此理
> 誰相值。不如學養生，一氣服千息。〔註168〕

蘇軾對神仙的憧憬，即使流放外任，仍舊是念茲在茲。此首作於知徐州軍州事仟時期，隨其好友李公擇，拜訪張天驥道士。張道士隱居雲龍山下，可登高一覽全州之勝，他懂得成仙之道，又是「急攜清歌女，山郭及未晨。一歡難力致，邂逅有勝特。喧蜂集晚花，亂雀啅叢棘。」亦不抗拒人間享樂。蘇軾與張道士亦是故交兼酒友，「慣與先生為酒伴，不嫌刺史亦顏開。」〔註169〕及最後還能「歸軒乞得滿瓶回」〔註170〕的暢快。勸勸好友應學許邁的養生之道，常服氣，就可以一氣千餘息。把氣當作身體的根本之源，運行「吹呴呼吸，吐故納新。」〔註171〕之法，只要吐納行氣得宜，則可養生延壽，得道長存。

蘇軾對內丹養生，自有修煉之方。每於子後披衣坐起，盤足、叩齒、握固、閉息等方式，甚至作夢，都夢到與人論述仙道之理。如〈十一月九日，夜夢與人論神仙道術，因作一詩八句。即覺，頗記其語，錄呈子由弟。後四句不甚明了，今足成之耳〉，詩云：

> 析塵妙質本來空，更積微陽一線功。照夜一燈長耿耿，閉門
> 千息自濛濛。養成丹竈無烟火，點盡人間有暈銅。寄語山神
> 停伎倆，不聞不見我何窮。〔註172〕

〔註168〕蘇軾：《蘇軾詩集》〈聞公擇過雲龍張山人，輒往從之，公擇有詩，戲用其韻〉，卷16，頁815～816。

〔註169〕蘇軾：《蘇軾詩集》〈遊張山人園〉，卷16，頁819。

〔註170〕蘇軾：《蘇軾詩集》，卷16，頁819。

〔註171〕（清）郭慶藩編，王孝魚整理，《莊子集釋》〈外篇·刻意第十五〉（臺北：木鐸出版社，1988年元月），卷6上，頁535。

〔註172〕蘇軾：《蘇軾詩集》〈十一月九日，夜夢與人論神仙道術，因作一詩八句。即覺，頗記其語，錄呈子由弟。後四句不甚明了，今足成之耳〉，卷39，頁2154。

蘇軾自言：「夢中於此句，若了然有所得者。」寫下了「析塵妙質本來空，更積微陽一線功。」想要煉丹長生，就要做到像許邁般地一氣千餘息。人在氣中，氣在人中，人與氣不相離，人因氣而生而亡，盡在於氣，足見煉氣對生命的歸依與重要。〔註173〕同時，運用《傳燈錄》中的軼聞，有關野人作多色伎倆，眩惑於人的傳說，說明煉丹時，應求道心守一，應不受外界干擾，自然足以養身以卻惡。蘇軾會通儒釋道三家精萃，又煉以胎息行氣為主，善通臟腑之理，以心齋清靜工夫來養生修習，使心性澄明。〔註174〕

（二）黃庭內觀功

內觀，指的是「在入靜的狀態，用意念或慧光，觀照天地萬物的本象及各種內景。」〔註175〕修煉過程中，用意念來觀照體內五臟的各種景象。而《黃庭經》是以七言歌訣形式，描述道教的修煉及養生學，是結合道教思想與古醫學的重要典籍。蘇軾一心崇道，以神仙思想為核心的內丹功，蘇軾所謂的「內觀」是：

內觀五臟，肺白、肝青、脾黃、心赤、腎黑。（當更求五藏圖，

〔註173〕李剛《中國道教文化》引《雲笈七籤》卷六十也點出，人都是具備天地的元氣而有身體，人在氣中，氣在人中，人不離氣，氣不離人，人人藉助於氣而生，因失其氣而死。死生的道理，盡在於氣。如果能把氣調節好，就可以不死。生命既由氣生化而構成，生命無氣便不能存在，煉氣對於生命之重要便可想而知。李剛：《中國道教文化》，頁164。

〔註174〕蘇軾的形神養生的思想建立在道家、道教基礎上，並無開拓，不過具體養生術則有進一步改良、創新，或利於服食的仙藥、藥膳，或簡便易行的內丹功法，多半親身驗證其療效，可以說具有實證性。陳元朋云：「隱身在宋代尚醫事士人背後的中心思想，其實是儒學的『入世精神』。」蘇軾生在北宋中期儒學復興時代，當時士人普遍具有濃厚的淑世情懷，子瞻學習、鑽研養生術，多半在中晚年謫居、閒居期間，除了個人療疾禦瘴、延年益壽外，乃懷抱醫者濟世救人的襟懷，秉持「簡要濟眾」的原則，使其普及化，達到一定療疾、養生的效果。見蓋琦紓：〈論蘇軾的形神養生〉，《高醫通識教育學報》第1期（2006年7月），頁49～62。

〔註175〕李遠國：〈存思、存神與內觀〉，《宗教哲學》第42期（2007年12月），頁71～80。

常掛壁上，使心中熟識五藏六腑之形狀。）次想心為炎火，光明洞徹，入下丹田中。待腹滿氣極，即徐出氣。（不得令耳聞。）候出入息勻調，即以舌接唇齒，內外漱煉津液，（若有鼻涕，亦須漱煉，不嫌其鹹，漱煉良久，自然甘美，此是真氣，不可棄之。）未得嚥下。復前法。閉息內觀，納心丹田，調息漱津，皆依前法。如此者三，津液滿口，即低頭嚥下，以氣送入丹田。須用意精猛，令津與氣谷谷然有聲，徑入丹田。〔註176〕

以心為炎火，下丹田。待腹氣滿，即徐徐出氣；俟氣息調勻，即以舌接唇；齒生津，如此反覆者三，方用以氣齊送津液入丹田。如此日行九閉息，三嚥津，百日後即有奇效。

詩作中，運用到《黃庭經》入詩，如〈聞正輔表兄將至，以詩迎之〉，詩云：

生逢堯舜仁，得作嶺海遊。雖懷莞然喜，豈免跕墮憂。暮雨侵重腿，曉烟騰鬱攸。朝盤見蜜唧，夜枕聞鵂鶹。幾欲烹鬱屈，固嘗饌鈎輈。舌音漸獠變，面汗嘗騂羞。賴我存《黃庭》，有時仍丹丘。目聽不任耳，踵息殆廢喉。稍欣素月夜，遂度黃芧秋。我兄清廟器，持節瘴海頭。蕭然三家步，橫此萬斛舟。人言得漢吏，天遣活楚囚。惠然再過我，樂哉十日留。但恨參語賢，忽潛九原幽。萬里倘同歸，兩鰷當對轇。強歌非真達，何必師莊周。〔註177〕

「賴我存《黃庭》，有時仍丹丘。目聽不任耳，踵息殆廢喉。」詩中引用《黃庭內景經·心神章第八》云：「脾神常在守魂停」〔註178〕內觀五臟的神氣精，日夜時時存養，自可長生。就黃庭內觀功修煉得當，

〔註176〕蘇軾：《蘇軾文集》〈養生訣上張安道〉，卷73，頁2335～2336。

〔註177〕蘇軾：《蘇軾詩集》〈聞正輔表兄將至以詩迎之〉，卷39，頁2142～2144。

〔註178〕《黃庭內景經·心神章第八》：「心神丹元字守靈，肺神皓華字虛成，肝神龍煙字含明，翳鬱導煙主濁清。腎神玄冥字育嬰，脾神常在守魂停，膽神龍曜字威明。六腑五臟神體精，皆在心內運天經，晝夜存之自長生。」〔王註〕魂停，即黃庭。見（唐）白履忠（梁丘子），（明）李一元秘著：《黃庭經秘註二種》〈心神章第八〉（臺北：自由出版社，1976年8月），卷上，頁50～54。

即可至眾仙所聚之丹丘，那裡晝夜常明，是天上仙境。在此，屏棄雜心諸念，不用耳目，返觀內臟通體明亮，妙不可喻。當耳目不用時，也能像傳說中仙人亢倉子，能耳視目聽的神迹，實則乃修煉到視聽不用耳目之神仙化境。又像《莊子・大宗師》云：「真人之息以踵，眾人之息以喉。」〔註179〕由「踵」通於「心」的踵息境界。真人呼吸，一呼真氣，過丹田直通腳後跟，吸了真氣過丹田，不用喉呼直入腦海。就開展而出，就是真人的奇經八脈，能脈絡相貫，真氣遍流全身，如同宇宙集真氣於一身使然。

　　雷曉鵬〈却後五百年，騎鶴返故鄉──論蘇軾的道教神仙審美人格理想〉言：

> 內丹實際上是用意念運氣的一種意識運動，修煉者達到一定境界後，真氣在人體內部運行，無滯無礙，出現一些神秘的感覺。在這種狀態下，修道者（審美主體）對自己與世界的各種關係進行重組，進入一種高度自由的精神狀態，如痴如醉的「神仙」境界，這實際上也就是我們說的高度審美快感。〔註180〕

蘇軾一心慕道，企求煉丹有成。他知曉欲為神仙，需勤煉內丹，通過閉息內觀，納心丹田，調息漱津等方式，進入高度的自由狀態，百念俱絕，不動心的化境。如〈次韻高要令劉湜峽山寺見寄〉詩，云：

> 新聞妙無多，舊學閑可束。猶當隱季主，未遽逃梅福。空腸吐餘思，靜似蠶綴簇。寸田結初果，秀若銅生綠。荊棘掃誠盡，梨棗憂不熟。高人寧鑄金，下士乃服玉。君看嶺嶠隘，我欲巾笥蓄。曾攀羅浮頂，亦到朱明谷。旋觀真歷塊，

〔註179〕《莊子・大宗師》：「何謂真人？古之真人，不逆寡，不雄成，不謨士。若然者，過而弗悔，當而不自得也。若然者，登高不慄，入水不濡，入火不熱。是知之能登假於道也若此。古之真人，其寢不夢，其覺無憂，其食不甘，其息深深。真人之息以踵，眾人之息以喉。」見（清）郭慶藩編，王孝魚整理：《莊子集釋》〈大宗師第六〉（臺北：木鐸出版社，1988年元月），卷3上，頁226～228。

〔註180〕雷曉鵬：〈却後五百年，騎鶴返故鄉──論蘇軾的道教神仙審美人格理想〉，《中國道教》第6期（2002年12月），頁32。

　　歸臥甘破屋。故人老猶仕，世味薄如穀。……人間無南北，
蝸角空出縮。仇池九十九，嵩少三十六。天人同一夢，仙
凡無兩錄。陋邦真可老，生理亦粗足。便回爇天焰，長作照
海燭。〔註181〕

所謂「空腸吐餘思，靜似蠶綴簇。」少食一些，閉息靜臥，即能暢氣，
祛除雜思，那麼梨棗自生，而成上簇結繭之蠶。梨棗，指的是體內精、
氣、神的凝結物，即內丹。既然要梨棗內丹修煉好，一切雜念的荊棘
掃盡，就可達到「寸田尺宅可治生」〔註182〕讓下丹田常伏氣，守其神
於身內，神氣相合，元氣暢身精神奕奕。即使是高人下士，寧鑄金、
像赤松子服水玉的情況，卻未若秀銅生綠的精華。

　　所以，蘇軾生動地描述他如何體悟內丹煉功之道。理解不多作他
想，在人間無需分南北之隔，或作無謂的蝸角之爭，只要做到氣定內
閑，心守氣海的修煉，那麼天人、仙凡都是無差別的。

　　〈辨道歌〉是蘇軾崇道煉丹的重要詩作，是蘇軾晚年重養生，闡
述道家內、外丹之理，參合眾說，詳加註解，將艱深道門化入詩訣，
使觀閱者瞭然於心。

　　北方正氣名袪邪，東郊西應歸中華。離南為室坎為家，先凝
白雪生黃芽。黃河流駕紫河車，水精池產紅蓮花。赤龍騰霄
驚盤蛇，姹女含笑嬰兒呀。十二樓瞰靈泉霪，華池玉液陰交
加。子馳午前無停差，三田聚寶真生涯。龜精鳳髓填谺谽，
天地駭有鬼神嗟。一丹休別內外砂，長修久餌須升遐。腸中
澄結無餘粗，俗骨變換顏如葩。哀哉世人爭齒牙，指偽為真
正為哇。輕肥甘美形驕奢，譎詭詐妄言矜誇。遊魚在網兔在
罝，一氣頓盡猶嘔啞。餘生所託誠棲槎，九原枯髏如亂麻。
胡不斷眾如鏌鋣，空與利名交撑挐。胡不騰踏如文駃，可惜

〔註181〕蘇軾：《蘇軾詩集》〈次韻高要令劉湜峽山寺見寄〉，卷40，頁2188
　　　　～2190。
〔註182〕（唐）白履忠（梁丘子），（明）李一元秘著者：《黃庭經秘註二種》
　　　　〈瓊室章第二十一〉（臺北：自由出版社，1976年8月），卷中，頁
　　　　113～119。

貪愛相漫洿。真心道意非不嘉，餐金閑暇非虛譁。何須橫
議相疵瘕，眾口並發鳴羣鴉。安知聚散同魚蝦，自纏如繭
居如蝸。日懷嗔喜甘籠笯，其去死地猶獵貁。吾恨爾見有
所遮，海波或至驚井蛙。烏輪即晚蟾影斜，吾時俱睹超雲
霞。〔註183〕

敘及善養元氣，保氣則得道長存，以氣作為修身的根基。〔註184〕人的
精神有賴氣而存，無氣則無神也。所以在養氣時，要注意平心靜神，
喜怒適中調和，心達靜，方能有成。

　　首先「北方正氣名祛邪」至「俗骨變換顏如葩」，此部分重在如
何煉內丹養生。接續「哀哉世人爭齒牙」至「九原枯髀如亂麻」止，
詩意一轉，回歸到現實，哀傷世人如爭齒牙般地不明是非，指偽為
真，為求輕肥甘美，不惜譎詭詐妄。這些自以為與眾不同的逐臭之
夫，卻似「遊魚在網兔在罝」作繭自縛，一氣頓盡，哀哉至極！蘇軾
在此哀嘆這些凡夫俗子不懂如何煉丹成仙，卻讓人間災難不停，九原
遍骨，孤塚連連。

　　再次，從「胡不斷眾如鏌鋣」至「眾口並發鳴羣鴉」，規勸世人
應以千古鏌鋣名劍，斬斷亂如麻的名與利；騎乘文騧千里馬，騰躍人
間是非。蘇軾認為真要修仙得道，壽命長久，就是要餐食金丹。真心
道意地修煉又何須如羣鴉發鳴，眾口橫議呢？

　　最後以「安知聚散同魚蝦」等數句，承上詩意，訾病那些不懂煉
丹修道者，安知自己像魚蝦、蝸居、纏繭度日，如同尺澤之鯢，不知
外面世界。人生聚散無常，你們就如籠中鳥、檻中豕、井底蛙，受縛
難逃悲劇。我替你們眼目被遮蔽有所遺憾，這番殷殷忠告猶如海波，

〔註183〕蘇軾：《蘇軾詩集》〈辨道歌〉，卷40，頁2211～2213。
〔註184〕《雲笈七籤‧諸家氣法部（一）》卷五十六《元氣論》：「夫元氣者，
　　　　乃生氣之源，則腎間動氣是也。此五藏六腑之本，十二經脈之根，
　　　　呼吸之門，三焦之源，一名守邪之神，聖人喻引樹為證也。此氣是
　　　　人之根本，根本若絕，則藏腑筋脈如枝葉，根朽枝枯，亦以明矣。」
　　　　（宋）張君房輯：《雲笈七籤》（北京：齊魯書社，1988年9月），
　　　　卷56，頁309。

也驚擾不了你們這些井蛙之見。當夕幕壟罩、瓊輪升起時，看我提煉丹藥，並餐食之，升遐飛天，穿越霞海，飛昇進入神仙之境。

　　此首是蘇軾煉丹道訣養生的體悟。大量參用道教內丹學的專有名詞及典故，如《參同契》、《黃庭經》、《雲笈七籤》、《玄奧集》等道籍，將深奧難懂、皆多隱喻的煉丹術語，用詩訣的方式，傳達修煉內丹時所蘊育的氣場、竅門，同時也規誡世人，勿逐名爭利，應超然生活格局。他以學仙道的立場，既哀傷又痛斥不知修道者，莫淪為作繭自囚的俗人。

（三）服日月華功

　　道教行氣的主流，是由服內氣所致成的內丹術。氣為神母，神氣備至，氣通神境，日月齊齡，所以長生不死。《黃庭經》、《雲笈七籤》、《太平經》等道籍皆有言及，如何煉就日月華功之方術。這些道籍皆言「吞日精，服月華」〔註185〕利用天地間陰陽補氣，使身體屏氣凝神，能靜心養身，吞食日月華功，修補人體真氣不足，得以調和陰陽。

　　蘇軾對此日月華功的修煉，頗有力行。在〈採日月華贊〉文曰：「瞳瞳太陽，凡火之雄。湛湛明月，眾水之宗。我爾法身，何所不充。……取予無心，唯道之公。各忘其身，與道俱融。」〔註186〕亦有詩作，如〈次韻和王鞏六首〉其三詩。云：

　　　　欲結千年實，先摧二月花。故教窮到骨，要使壽無涯。久已
　　　　逃天網，何須服日華。賓州在何處，為子上棲霞。〔註187〕

施註引《內景經》云：「吞日月華法，自有五色流霞入口中。」〔註188〕又《真誥》卷九云：「東華真人服日月之象上法。男服日象，女服月象，日一不廢，使人聰明朗徹，五藏生華，魂魄制鍊，六府安和，長

〔註185〕王明編：《太平經鈔合校·上》（北京：中華書局，1997 年 10 月），頁 8。

〔註186〕蘇軾：《蘇軾文集》〈採日月華贊〉，卷 21，頁 617。

〔註187〕蘇軾：《蘇軾詩集》〈次韻和王鞏六首·其三〉，卷 21，頁 1129。

〔註188〕蘇軾：《蘇軾詩集》，卷 21，頁 1129。

生不死之道。」〔註189〕道教就是以日代陽，月代陰，采日月精華，以天地陰陽之氣以補人體之真氣，則有助於內丹的修煉。蘇軾對日月華功的實踐，用意念存思的態度，將日月精華引入運行在日常的養生之道，以調節平衡體內行炁。

蘇軾重視內丹修煉的養生之術，從胎息，閉息不動心；到黃庭內觀五臟，使其精氣神，日夜存養，以達卻老年永延的境界；又采日月華功，可聰明朗徹，五臟生華的最佳狀態，以求長生。藉由內丹的修煉，秉持道家清靜無為的思想，使心明澄淨，不起雜思俗念，漸入人生佳境。透過煉丹修煉的體驗及生活的歷練，經他生動的描述，將深奧隱晦的道教術語，以文學意涵轉化成一種審美的意象。蘇軾的道教修煉理論，內丹的養生方術，也正是北宋道教，修煉養生之風盛行在文人中的縮影。他以文學形式，傳播宣揚道教內丹養生的思想、實踐和理論，對後世影響深鉅。

二、笑談萬事以滌慮俗念

修仙成道，是道教徒孜砭以求的理想。能修仙成真，追求至真、至善及生命永恆，也是道教徒存養本性，努力不懈的實踐目標。《漢書・藝文志》云：「神僊者，所以保性命之真，而游求於其外者也。」〔註190〕神仙特質，是不老不死、神通廣大，要達到「含德之後，比於赤子。」〔註191〕悟天人之理。在追求至真、至善中實現人生價值，而價值目標在於長生不死以成仙。

〔註189〕（南朝宋）陶弘景撰：《真誥一》，（臺北：臺灣商務印書館，1965 年
　　　　 12 月），卷 9，頁 117。

〔註190〕神僊者，所以保性命之真，而游求於其外者也。聊以盪意平心，同
　　　　 死生之域，而無怵惕於胸中。然而或者專以為務，則誕欺怪迂之文
　　　　 彌以益多，非聖王之所以教也。孔子曰：「索隱行怪，後世有述焉，
　　　　 吾不為之矣。」見（漢）班固著，楊家駱主編：《新校本漢書并附編
　　　　 二種・藝文志第十》（臺北：鼎文書局，1983 年 10 月），卷 30，頁
　　　　 1780。

〔註191〕陳鼓應註譯：《老子今註今譯》〈55 章〉（臺北：臺灣商務印書館股
　　　　 份有限公司，1997 年 1 月），頁 256。

（一）交游道友、煉丹悟道

蘇軾年代崇道氣氛濃厚，生活在印刷術普及的環境之下，閱讀道書，自然方便許多。他自己除了重視內丹的修煉之外，也重視日常生活的衛生保健。因此，蘇軾一生嚮往神仙之道，順勢潮流也以內丹修行為主，即使服食也只限於枸杞、靈芝、茯苓等草木類滋補養生之物。

然蘇軾屢貶再遷的境遇，幸賴崇道學仙之支撐，得悟於道家道教。這期間交道友，談論煉丹養生之道；在貶困時，解決排憂之法，得助於隨緣忘情，滌慮俗念。蘇軾交遊廣闊「自上可以陪玉皇大帝，下可以陪悲田院乞兒。」〔註192〕友朋不設限賢愚，都可把言歡聚。蘇軾崇道，與善於道術、養氣修道者交游，尤以道士居多。有徐黃時期的張雲龍道士、王景純道士，眉山道士。杭州至嶺南時期的錢白然道士、蹇道士、姚丹元道士、清汶老人。嶺南至北歸時期的羅浮山道士、海上道人、吳子野道士等，都在蘇軾各階段宦遊中，予以協助引導。

1. 張天驥（雲龍道士）

徐黃州時期，張天驥，出身冠蓋顯貴之門。才華洋溢，不願委身做官，卻醉心於道教修身養生之道。蘇軾與其往來，多在徐州時期。雲龍道士其人、其行，「上不違親，下不絕俗。」〔註193〕隱居求志，又通仙達情，與蘇軾交善。如詩作有〈過雲龍山人張天驥〉云：

郊原雨初足，風日清且好。病守亦欣然，肩輿白門道。荒田

〔註192〕「蘇子瞻泛愛天下士，無賢不肖，歡如也。嘗言：『自上可以陪玉皇大帝，下可以陪悲田院乞兒』子由晦默少許可，嘗戒子瞻擇交。子瞻曰：『吾眼前見天下無一箇不好人，此乃一病。』子由監筠州酒稅，子瞻嘗就見之。子由戒以口舌之禍，乃餞之。郊外不交一談，唯指口以示之。」（宋）高文虎：《蓼花洲閒錄·說纂》（臺北：藝文印書館，1966年，《百部叢書集成》影印《古今說海》本），頁7。

〔註193〕〈徐州與人一首〉：「州人張天驥，隱居求志，上不違親，下不絕俗，有足嘉者。近卜居雲龍山下，憑高遠覽，想盡一州之勝。當與君一醉，他日慎勿忽忽去也」蘇軾：《蘇軾文集》〈徐州與人一首〉，卷60，頁1845。

咽蚤蚓，村巷懸梨棗。下有幽人居，閉門空雀噪。西風高正厲，落葉紛可掃。孤童臥斜日，病馬放秋草。墟里通有無，垣墻任摧倒。君家本冠蓋，絲竹鬧鄰保。脫身聲利中，道德自濯澡。躬耕抱羸疾，奉養百歲老。詩書膏吻煩，菽水媚翁媼。飢寒天隨子，杞菊自擷芼。慈孝董邵南，雞狗相乳抱。吾生如寄耳，歸計失不早。故山豈敢忘，但恐迫華皓。從君好種秫，斗酒時自勞。〔註194〕

查註引〈題張希甫墓誌後〉云：「是時，希甫年七十，辟穀導引，飲水百餘日，其瘠而不衰，目瞳子炯然。」〔註195〕他善於「辟穀導引」的行氣法。又〈訪張山人得山中字二首〉云：「萬木鎖雲龍，天留與戴公。路迷山向背，人在瀼西東。薺麥餘春雪，櫻桃落晚風。入城都不記，歸路醉眠中。」〔註196〕雲龍道士應是自由自在，豈非能圍於萬木的束縛，與戴安道終生不仕相仿，足見張天驥曠達個性，亦是仙道之人。

2. 王景純（仲素）道士

王景純，晚年請老歸隱潛山，游彭城時已七十四歲，蘇軾曾招待他留三日。並作〈贈王仲素寺丞〉，詩曰：

養氣如養兒，棄官如棄泥。人皆笑子拙，事定竟誰迷。歸耕獨患貧，問子何所齎。尺宅足自庇，寸田有餘畦。明珠照短褐，陋室生虹霓。雖無孔方兄，顧有法喜妻。彈琴一長嘯，不答阮與嵇。曹南劉夫子，名與子政齊。家有《鴻寶書》，不鑄金裹蹄。促膝問道要，遂蒙分刀圭。不忍獨不死，尺書肯見梯。我生本強鄙，少以氣自擠。孤舟倒江河，赤手攬象犀。年來稍自笑，留氣下暖臍。苦恨聞道晚，意象颯已淒。空見孫思邈，區區賦《病梨》。〔註197〕

首先言明，對王道士的敬仰，因為他能「棄官如棄泥」。同時煉就「養氣如養兒」的煉丹養氣重要方法，說明王道士依《黃庭經》所言：「寸

〔註194〕蘇軾：《蘇軾詩集》〈過雲龍山人張天驥〉，卷15，頁748～749。
〔註195〕蘇軾：《蘇軾詩集》，卷15，頁748～749。
〔註196〕蘇軾：《蘇軾詩集》〈訪張山人得山中字二首‧其二〉，卷16，頁800。
〔註197〕蘇軾：《蘇軾詩集》〈贈王仲素寺丞〉，卷15，頁750～751。

田尺宅可治生」〔註198〕的養氣法，將三丹田，各方一寸，依存丹田以理生：上丹田為兩眉間；中丹田為絳官即心；下丹田為臍下三寸。故「尺宅足自庇，寸田有餘畦。」保一寸丹田，居一尺安宅，可聚氣凝神於心。用「明珠」、「虹霓」來比擬王道士精通內丹。下丹田已如璀璨明珠般大放光芒，連陋室生虹霓，即使棄官穿短褐，居陋室無孔方兄，又何妨！

　　末段從「我生本強鄙」起，蘇軾說明自己學道求道的情形。年少崇道煉氣的經驗，從學道修養的「氣自擠」、「倒江河」、「攬象犀」等口訣煉起，迄今苦於無成，以致「意象颯已淒」。最後二句「空見孫思邈，區區賦病梨。」引盧照鄰得惡疾，從孫思邈問養性延命之道，作《病梨賦》以自悲的典故。蘇軾希望自己莫如盧照鄰得惡病夭折，又欣羨孫思邈能高談止一；能深入不二；能度量乾坤等數術，如安期生之儔，合則見人，不合則隱，正似「棄官如棄泥」。由詩可證，蘇軾與王道士在徐州，互通煉氣養生的經驗，讓他決意修煉龍虎鉛汞之法，在「寸田」之下，生輝出璀璨之珠。

3. 陸惟忠（眉山道士）

　　謫居黃州，結識眉山道士陸惟忠。其人「好丹藥，通術數，能詩，蕭然有出塵之姿。久客江南，無知之者。」〔註199〕後又見陸惟忠於惠州，「江南人好作盤游飯，鮓脯膾炙無不有，然皆埋之飯中。」〔註200〕而〈陸道士墓誌銘〉曰：

　　　道士陸惟忠，字子厚，眉山人。家世為黃冠師。子厚獨狷潔

〔註198〕（唐）白履忠（梁丘子），（明）李一元秘著者：《黃庭經秘註二種》，頁113～119。

〔註199〕蘇軾：《蘇軾文集》〈書陸道士詩〉，卷67，頁2123。又《東坡志林・陸道士能詩》：「陸道士惟忠字子厚，眉山人，好丹藥，通術數，能詩，蕭然有出塵之姿，久客江南，無知之者。予昔在齊安，蓋相從游，因是謁子由高安，子由大賞其詩。會吳遠遊之過彼，遂與俱來惠州，出此詩。」蘇軾：《東坡志林》（臺北：木鐸出版社，1982年5月），卷2，頁37～38。

〔註200〕蘇軾：《蘇軾文集》〈書陸道士詩〉，卷68，頁2153。

精苦，不容於其徒，去之遠游。始見余黃州，出所作詩，論
內外丹指略，蓋自以為決不死者。然余嘗告之曰：「子神清
而骨寒，其清可以仙，其寒亦足以死。」其後十五年，復來
見余惠州，則得瘦疾，骨見衣表，然詩益工，論內外丹益
精。〔註201〕

言始見蘇軾於黃，論及內外丹「指略」，後見之於惠，再論內外丹「益
精」，層次境界上的精進。又陸道士由蜀不辭千里跋涉，攜天神甘露
桂酒與蘇軾共飲。蘇軾作〈桂酒頌〉讚揚，此酒久服之，能行水上，
具有輕身之效，可滌慮俗思，忘世以求道。

4. 錢自然道士

蘇軾任杭州太守，為送友人錢穆父將遠調瀛洲為太守，並詩作
〈聞錢道士與越守穆父飲酒，送二壺〉，云：

龍根為脯玉為漿，下界寒醅亦漫嘗。一紙鵝經逸少醉，他年
《鵬賦》謫仙狂。金丹自足留衰鬢，苦淚何須點別腸。吳越
舊邦遺澤在，定應符竹付諸郎。〔註202〕

通教大師錢自然道士，猶如仙境中的仙人，宴會時以龍根為脯、以玉
漿為飲的仙家上品酒餚，而蘇軾送去的二壺酒食卻似下界寒醅，不中
尊飲食。引《王羲之傳》及李白《大鵬賦序》皆用典故，說明王羲之
為山陰道士寫《道德經》籠鵝、李太白與司馬子微的好交情，以此襯
托自己和錢道士的交情，一如古人般相知相惜。最後道盡自己酒量雖
薄，摯友即將遠颺，但不傷彼此情誼，只因有錢道士提煉的金丹，具
有延年益壽的功效。

5. 蹇拱辰（蹇道士、葆光法師）

蹇拱辰，是成都道士。蘇軾描繪其人是「體無威容，口無文詞。
頭如蓬華，性如鹿麋。」〔註203〕淡薄寡欲，修煉功厚，深得老子之

〔註201〕 蘇軾：《蘇軾文集》〈陸道士墓誌銘〉，卷15，頁469。

〔註202〕 蘇軾：《蘇軾詩集》〈聞錢道士與越守穆父飲酒，送二壺〉，卷33，
頁1745～1746。

〔註203〕 蘇軾：《蘇軾文集》〈葆光法師真贊〉，卷22，頁637。

道，法力之大，竟可「陟降天門，睥睨帝所。」〔註204〕蘇軾於汴京任
翰林學士，曾為其寫《黃庭經》。當蹇拱辰由廬山至杭，賦詩〈留別蹇
道士拱辰〉，云：

> 黑月在濁水，何曾不清明。寸田滿荊棘，梨棗無從生。何時
> 返吾真，歲月今崢嶸。屢接方外士，早知俗緣輕。庚桑託雞
> 鵠，未肯化南榮。晚識此道師，似有宿世情。笑指北山雲，
> 訶我不歸耕。仙人漢陰馬，微服方地行。咫尺不往見，煩子
> 通姓名。願持空手去，獨控橫江鯨。〔註205〕

此首，先言當水清月就明，月現於水，以形相觀水月。繼而寫「寸田
滿荊棘，梨棗無從生」參用《黃庭經‧瓊室章第二十一》云：「寸田尺
宅」、《雲笈七籤》：「交梨火棗」道籍內煉用語。又引用《莊子‧庚桑
楚》：云「辭盡矣。曰：『奔蜂不能化藿蠋，越雞不能伏鵠卵，魯雞固
能矣』。」〔註206〕庚桑以雞鵠的比喻說明魯越雖異，但其禮義仁智勇
五德相同，只不過有能與不能、和才之大小之分。然我類如越雞，
才小不能化子，告訴弟子南榮何不往南行，以謁師老君。最後幾句，
說明蘇軾與蹇道士雖晚識，卻得宿世情。倆人可共隨地仙馬明生、
陰長生成仙去。

又〈送蹇道士歸廬山〉詩云：

> 物之有知蓋恃息，孰居無事使出入。心無天游室不空，六鑿
> 相攘婦爭席。法師逃人入廬山，山中無人自往還。往者一空
> 還者失，此身正在無還間。綿綿不絕微風裏，內外丹成一彈
> 指。人間俯仰三千秋，騎鶴歸來與子游。〔註207〕

此首，老莊思想的發揮極致。首句，典引莊子〈外物〉云：「物之有知
者恃息，其不殷，非天之罪。」〔註208〕用莊子闡述人的心靈是與自然

〔註204〕蘇軾：《蘇軾文集》，卷22，頁637。
〔註205〕蘇軾：《蘇軾詩集》〈留別蹇道士拱辰〉，卷33，頁1765。
〔註206〕（清）郭慶藩編，王孝魚整理：《莊子集釋》〈庚桑楚第二十三〉（臺
　　　　北：木鐸出版社，1988年元月），卷8上，頁779。
〔註207〕蘇軾：《蘇軾詩集》〈送蹇道士歸廬山〉，卷30，頁1597～1598。
〔註208〕（清）郭慶藩編，王孝魚整理：《莊子集釋》〈外物第二十六〉（臺北：

萬物息息相通的。第二句「孰居無事使出入」，亦用莊子〈天運〉云：
「孰居無事推而行是？……孰居無事淫樂而勸是？……孰居無事而
披拂是。」〔註209〕用設問法發端，是誰主宰了天地日月運轉？然寰宇
就是不需待轉且自發性的。三、四兩句，參酌莊子〈外物〉：「天之穿
之，日夜無降，人則顧塞其竇。胞有重閬，心有天遊。室無空虛，則
婦姑勃豀；心無天遊，則六鑿相攘。」〔註210〕蘇軾貫通了莊子意象而
寫成詩。有生命的物體，仰賴於氣息。方寸之心雖小，卻有如天游般
大的空曠，可通氣息，自然之道乃游其中。相對地，如果「心無天游
室不空」〔註211〕那麼六鑿間，則相互擾攘，就如婦人般爭喋不息。若
不游其心，六根違逆，則不順其理。

　　接著，「法師逃人入廬山」至「此身正在無還間」，仍典引莊子
〈寓言〉云：「其往也，舍者迎將，其家公執席，妻執巾櫛，舍者避
席，煬者避竈。其反也，舍者與之爭席矣。」〔註212〕以老子、陽子間
的對話，說明陽子已蒙教戒，應除其威容，摒其驕矜，宜混跡同塵，
和光順俗，使人有所親近。那麼，蹇道士非俗世之人，不戀棧紅塵，
喜與大自然相往還。最後以《道德經‧谷神不死》云：「綿綿若存，用
之不勤。」〔註213〕說明道的虛無微妙，是永不衰竭，它的體用關係，
是至幽至微，永續不絕；是愈動欲勤，無窮極盡的。

　　既然要以「孰居無事」〔註214〕、「心無天遊」〔註215〕、「綿綿不

　　　　　木鐸出版社，1988年元月），卷9上，頁939。
〔註209〕（清）郭慶藩編，王孝魚整理：《莊子集釋》〈天運第十四〉（臺北：
　　　　　木鐸出版社，1988年元月），卷5下，頁493。
〔註210〕（清）郭慶藩編：〈外物第二十六〉，頁939。
〔註211〕蘇軾：《蘇軾詩集》〈送蹇道士歸廬山〉，卷30，頁1597。
〔註212〕（清）郭慶藩編，王孝魚整理：《莊子集釋》〈寓言第二十七〉（臺北：
　　　　　木鐸出版社，1988年元月），卷9上，頁963。
〔註213〕陳鼓應註譯：《老子今註今譯》〈六章〉（臺北：臺灣商務印書館股份
　　　　　有限公司，1997年1月），頁72。
〔註214〕（清）郭慶藩編：〈天運第十四〉，頁493。
〔註215〕（清）郭慶藩編：〈外物第二十六〉，頁939。

絕」〔註216〕脫離俗塵，以虛靜淨明，涵養心性，彈指間即可煉就內外丹功。不管是龍虎胎息，吐故納新的內丹法，抑是陽龍陰虎，木液金精，二氣交會煉而成者的外丹法，以塞道士的修行，是沒問題的。在人世載浮間，輕鬆地像神仙般騎鶴歸來。藉由煉丹長生的概念，神仙不死的思想，貫串整個生命價值的延續。

6. 姚丹元道士

姚丹元名字即姚安世、王繹、王元誠等名。其人遍讀《道藏》，又得方術丹藥，有放浪奇譎的詩語，對煉丹修道自有其方，是當時汴京極有名的道士。〈次秦少游韻贈姚安世〉一詩，敘二人談仙論道的情況，云：

> 帝城如海欲尋難，肯揺漁舟到杏壇。剝啄扣君容膝戶，巍峨笑我切雲冠。問羊獨怪初平在，牧豕應同德曜看。肯把《參同》較同異，小窗相對為研丹。〔註217〕

首二句，施註引《莊子·漁父》云：「孔子休坐乎杏壇之上，弦歌鼓琴，奏曲木半，有漁父者，下船而來。」〔註218〕說明二人關係，姚丹元如同漁父，而得道者的漁父願意捨船到孔子的杏壇來。二人的互通來往是「容膝戶」、「切雲冠」，最後談到他們共同處，能談論《參同契》中的煉丹之理，只因姚丹元精熟《道藏》及方術丹藥的提煉。

蘇軾嘆的是浮生幾何，人生苦短，「但恐宿緣重，每為習氣昏。似聞梅子真，近在吳市門。未能肩拍洪，但欲目擊溫。」〔註219〕似乎聽聞到梅福（梅子真）這位九江神仙，因避禍，變姓名，隱於會稽，終為吳市門卒。另青城真人洪崖，曾隱居於豫章郡境內的西山。而蘇軾自認只因宿緣重，恐是難以遇見像梅子真、洪崖等仙人的仙跡蹤影。

〔註216〕陳鼓應註譯：〈六章〉，頁72。
〔註217〕蘇軾：《蘇軾詩集》〈次秦少游韻贈姚安世〉，卷36，頁1949～1950。
〔註218〕蘇軾：《蘇軾詩集》，卷36，頁1949～1950。
〔註219〕蘇軾：《蘇軾詩集》〈次丹元姚先生韻二首·其一〉，卷36，頁1951。

7. 清汝老人

蘇軾作〈次韻子由清汝老龍珠丹〉一詩，說明兄弟倆人與清汝老人的關係，詩云：

> 天公不解防癡龍，玉函寶方出龍宮。雷霆下索無處避，逃入
> 先生衣袂中。先生不作金椎袖，玩世徜徉隱屠酒。夜光明月
> 空自投，一鍛何勞緯蕭手。黃門寡好心易足，荊棘不生梨棗
> 熟。玄珠白璧兩無求，無脛金丹來入腹。區區分別笑樂天，
> 那知空門不是仙。〔註220〕

首句典引劉義慶《幽明錄》，有人墮穴中，經仙人指點，在中庭柏樹下有一羊，跪捋羊鬚，得三珠以維生。此乃崑崙下地仙九館，羊名為癡龍，吐三珠，食之能有與天地同壽、延長壽命、永不饑餓的功效。詩意說到不解天公未防癡龍吐珠，讓清汝老人得此龍珠，帶著《玉函寶方》，隱居在屠酒戶中，徜徉於俗世。這顆閃閃發亮的龍珠丹，連夜色中的明月都相形失色，比起莊子「千金之珠」〔註221〕彌足珍貴。所以，龍珠丹應是清汝老人贈送蘇軾昆仲二人的丹藥，故時有詩相贈往來。

8. 鄧守安（鄧道士、羅浮山道士）

鄧守安，羅浮山道士。是蘇軾在嶺南時期，認識的山中道者。蘇軾〈寄鄧道士并引〉一詩中引文說明，曾有人在他的庵前看見足跡長二尺許，神跡的傳說，非比常人。

> 羅浮山有野人，相傳葛稚川之隸也。鄧道士守安，山中有道
> 者也，嘗於庵前，見其足迹長二尺許。紹聖二年正月二日，
> 予偶讀韋蘇州《寄全椒山中道士》詩云：今朝郡齋冷，忽念
> 山中客。澗底束荊薪，歸來煮白石。遙持一樽酒，遠慰風雨
> 夕。落葉滿空山，何處尋行迹。乃以酒一壺，依蘇州韻，作

〔註220〕蘇軾：《蘇軾詩集》〈次韻子由清汝老龍珠丹〉，卷37，頁2006～2007。

〔註221〕《莊子‧列禦寇》：「河上有家貧恃緯蕭而食者，其子沒於淵，得千
金之珠。其父謂其子曰『取石來鍛之！夫千金之珠，必在九重之淵
而驪龍頷下，子能得珠者，必遭其睡也。使驪龍而寤，子尚奚微之
有哉！』」（清）郭慶藩編，王孝魚整理：《莊子集釋》〈列禦寇第三
十二〉（臺北：木鐸出版社，1988年元月），卷10上，頁1061。

詩寄之。

> 一杯羅浮春，遠餉采薇客。遙知獨酌罷，醉臥松下石。幽人
> 不可見，清嘯聞月夕，聊戲庵中人，空飛本無迹。〔註222〕

蘇軾以「幽人」稱之，常常是「空飛本無迹」如飛鳥無遺迹，來去自如是個道行高深的修行者。蘇軾與蘇過、何宗一道士等一行人，同遊羅浮道院，就說住處是「淒涼羅浮館，風壁頹雨砌，黃冠常苦飢，迎客羞破袂。」〔註223〕生活上常是苦飢破袂的窘狀，算是苦行修煉。

鄧道士道行深妙，德性高潔。常挹注關心民瘼，其事蹟深獲嶺南惠州、廣州百姓的肯定。鄧道士修苦行，為人潔廉。曾用引澗水法，改善廣州這一帶飲水問題。利用粵東盛產巨竹萬竿製成竹管，以「以五管大竹續處，以麻纏之，漆塗之，隨地高下，直入城中。又為一大石槽以受之，又以五管分引，散流城中，為小石槽以便汲者。」〔註224〕每竹節鑽洞，竹釘塞牢，隨時分段檢修，城外數里遠外的山泉引入大石槽蓄水，再分段引流的方式，讓城內不論貧富皆同飲甘涼，利便於民。

表兄程正輔視察惠、廣時，關心浮橋之事，蘇軾向其推薦鄧道士。「但鄧君肯管，其工必堅久也。」〔註225〕如能助修浮橋，必是堅固恆久。又言「此士信能力行，又篤信不欺，常欲損己濟物，發於至誠也。」〔註226〕可見蘇軾對鄧道士人品的尊敬與能力的信賴肯定。

蘇軾亦曾向鄧道士學道，且於惠州同住兩月，發現「鄧道士州中住兩月，已歸山。究其所得，亦無他奇。」〔註227〕究其得，卻無奇術。兩人時常談論養生之論，如〈跋嵇叔夜養生論後〉一文，曰：

〔註222〕蘇軾：《蘇軾詩集》〈寄鄧道士并引〉，卷39，頁2097〜2098。
〔註223〕蘇軾：《蘇軾詩集》〈正月二十四日，與兒子過、賴仙芝、王原秀才、僧曇穎、行全、道士何宗一同遊羅浮道院及棲禪精舍，過作詩，和其韻，寄邁、迨一首〉，卷39，頁2099〜2100。
〔註224〕蘇軾：《蘇軾文集》〈與王敏仲十八首·十一〉，卷56，頁1692〜1693。
〔註225〕蘇軾：《蘇軾文集》〈與程正輔七十一首·二十七〉，卷54，頁1599。
〔註226〕蘇軾：《蘇軾文集》〈與程正輔七十一首·三十八〉，卷54，頁1605。
〔註227〕蘇軾：《蘇軾文集》，卷54，頁1605。

東坡居士以桑榆之末景，憂患之餘生，而後學道，雖為達者
所笑，然猶賢乎已也。以嵇叔夜《養生論》頗中余病，故手
寫數本，其一贈羅浮鄧道師。紹聖二年四月八日書。〔註228〕

桑榆淒景，憂患餘生，當然令風波不斷的蘇軾所擔憂，所以必須借
助學道以滌慮俗念。因此，他手抄《養生論》贈與鄧道士。

9. 海上道人

海上道人，姓名無可考。其行蹤不定，杳然神秘。蘇軾作〈海上
道人傳以神守氣訣〉一詩，談海上道人。詩云：

但向起時作，還于作處收。蛟龍莫放睡，雷雨直須休。要會
無窮火，嘗觀不盡油。夜深人散後，惟有一燈留。〔註229〕

蘇軾來往交遊的友朋、方外道士等眾多，唯獨「海上道人」是未知曉
姓氏者。隱者道人教他的胎息功法，勸蘇軾平日宜煉之，可惜他未能
付諸行動，而是「吾有大患，平生發此志願百十回矣，皆繆悠無成。」
〔註230〕儘管用捐軀、刳心盡命的方式，亦不能有成的結果。

本詩參照對應〈龍虎鉛汞說〉一文，觀之「但向起時作」吻合了
「一更便臥，三更乃起，坐以待旦。有日採日，有月採月，餘時非數
息煉陰，則行今所謂龍虎訣爾。」〔註231〕三更乃起，即以龍虎口訣行
之，以煉胎息。「還于作處收」參用《抱朴子·釋滯》云：「得胎息者，
能不以鼻口噓吸，如在胞胎之中，則道成矣。」〔註232〕胎息，強調的
是呼吸深沉，吸之以踵，體內的呼吸循環，如同嬰兒在母體中的呼吸
狀態。所以透過呼吸的鍛鍊，吐故納新的過程，讓氣息調勻，達到胎
息修道的目的。因此，要能意念專一守一，滌慮雜思塵念，達到淨與
靜，超俗境界。始終從一，煉守丹田，讓神氣聚攏體內，精神光彩。

〔註228〕蘇軾：《蘇軾文集》〈跋嵇叔夜養生論後〉，卷66，頁2056。
〔註229〕蘇軾：《蘇軾詩集》〈海上道人傳以神守氣訣〉，卷40，頁2209～2210。
〔註230〕蘇軾：《蘇軾文集》〈龍虎鉛汞說寄子由〉，卷73，頁2332。
〔註231〕蘇軾：《蘇軾文集》，卷73，頁2332。
〔註232〕（晉）葛洪：《抱朴子內篇》〈釋滯〉（臺北：臺灣商務印書館股份有
限公司，1968年3月），卷8，頁136。

海上道人慣用道教之術法，顛倒陰陽，將龍腎互聯而起。莫讓蛟龍睡，使其生氣勃發，並不准許蛟龍吐出雷雨。此乃謂道教煉丹術中的「煉氣化神」使精氣神合一，於體內循環不已。以神守氣的道訣，來煉道以修身。《雲笈七籤》及《黃帝內經・靈樞》均有論證。

「要會無窮火，嘗觀不盡油。夜深人散後，惟有一燈留。」等數句，說明當夜深靜謐，人散盡去，要給予燈油不滅不盡，只要把握住龍虎口訣，勤煉胎息功，凝神氣、持真功，自可臻於長生。

10. 吳子野（吳道上）

潮州人吳子野與蘇軾交情，是「與子野先生游，幾二十年矣。」〔註233〕視出二人友好關係。二人在京師、南遷過真、揚間，嶺南這二階段交游，贈物慰之，情誼深厚。如下階段，探究彼此的互動分析：

其一、為京師。當時吳子野已任朝廷官職，卻追隨藍喬仙履，求長生不老之仙術。在〈和陶雜詩十一首〉其七詩，云：

> 藍喬近得道，常苦世禍迫。西遊王屋山，不踐長安陌。爾來寧復見，鳥道度太白。昔與吳遠遊，同藏一瓢窄。潮陽隔雲海，歲晚儻見客。伐薪供養火，看作棲鳳宅。〔註234〕

吳子野在京師與仙道藍喬交遊學道。道成，某日宮中傳來歷歷笙簫聲，躡風雲而上征，好像長吟著李太白詩。始以李師中之言，才知其人。二人初見時，吳子野給予蘇軾學道要訣：「子野一見僕，便諭出世間法，以長生不死為餘事，而以練氣服藥為士苴也。僕雖未能行，然喜誦其言，嘗作《論養生》一篇，為子野出也。」〔註235〕教他煉氣服藥，出世間法。蘇軾喜誦其言，而作《論養生》。甚至，當蘇軾詩案入獄，後釋為黃州地方閒職，吳子野亦曾寄贈酒麵、海物、荔子等物品，給予他精神上的支持與慰藉。

其二、蘇軾南遷過真州、揚州間。二人又見面，吳對蘇言：「邸

〔註233〕蘇軾：《蘇軾文集》〈與吳秀才三首・二〉，卷57，頁1737。

〔註234〕蘇軾：《蘇軾詩集》〈和陶雜詩十一首・其七〉，卷41，頁2276。

〔註235〕蘇軾：〈與吳秀才三首・二〉，卷57，頁1737。

鄲之夢，猶足以破妄而歸真，子今目見而身履之，亦可以少悟矣。」
〔註236〕人生苦短，盛衰榮枯寂滅，世間猶如一場夢，勸蘇軾破妄歸
真，宜對俗塵釋懷，反璞歸真，足以安然求仙。

其三、吳子野特地從桂州到惠州，專訪蘇軾。有〈和陶歲暮作和
張常侍并引〉詩云：

> 我生有天祿，玄膺流玉泉。何事陶彭澤，乏酒每形言。仙人
> 與道士，自養豈在繁。但使荊棘除，不憂梨棗怨。我年六十
> 一，頹景薄西山。歲暮似有得，稍覺散亡還。有如千丈松，
> 常苦弱蔓纏。養我歲寒枝，會有解脫年。米盡初不知，但怪
> 飢鼠遷。二子真我客，不醉亦陶然。〔註237〕

蘇軾、吳子野、再加上陸惟忠眉山道士三人，在嶺南瘴癘之地，處境
雷同相知相惜，因酒罄水竭，即使無米飯炊之，仍共學《黃庭經》以
煉丹修道。因舌下玄膺是在肺氣管上，舌根下，承受住陰陽二氣。而
吐納陰陽二氣合宜，則煥然著明，若善用吐納之理，則能成仙。蘇軾
學道有得，詩作敢此一說，用到「天祿」、「玉泉」之詞，表口中津液，
煉內丹既成，即便生活困窘無炊爨，亦可度日。不必像淵明「乏酒每
形言」盡是牢騷之語。

當時吳子野正煉辟穀術，有〈吳子野絕粒不睡，過作詩戲之，芝
上人、陸道士皆和，予亦次其韻〉詩云：

> 聊為不死五通仙，終了無生一大緣。獨鶴有聲知半夜，老
> 蠶不食已三眠。憐君解比人間夢，許我時逃醉後禪。會與
> 江山成故事，不妨詩酒樂新年。〔註238〕

這種不飲不食，只喝一種「真一酒」的養生法。這種酒，是以四時氣
候的小麥釀製而成的，猶如仙界的瓊漿玉飲，飲此可不進食，以煉辟
穀，致修身煉道。

〔註236〕蘇軾：〈與吳秀才三首・二〉，卷57，頁1737。
〔註237〕蘇軾：《蘇軾詩集》〈和陶歲暮作和張常侍并引〉，卷40，頁2217。
〔註238〕蘇軾：《蘇軾詩集》〈吳子野絕粒不睡，過作詩戲之，芝上人、陸道
　　　　士皆和，予亦次其韻〉，卷40，頁2213～2214。

吳子野雖出入人間，恬然淡泊不見其所求。個性是不喜不憂，不剛不柔，不惰不修，真正的修道者。蘇軾對吳子野相當敬重，交游數十載，也「願從子而遠遊」〔註239〕可見蘇軾將其視為仙人，願意追隨從之，學學仙道之法術。

以上諸道士均與蘇軾密切的往來交游，給予他在各仕隱的階段中，有道教的煉丹基礎原理，以煉精化氣，用意識導引，推動凝結。或是煉氣化神，聚合精、氣、神，運於體內。最後煉神還虛，內丹煉成從腦戶出入，化作身外身，而能永世長存，做個長生不死的神仙。蘇軾藉著與道士、道友，煉丹煉道，以提升精神層次，化開俗外塵緣，借神仙吟詠之作，不但能滌慮俗念，更使心靈清淨、清明。

（二）歸田絕世、逍遙游仙

蘇軾政治上的不遂，並未衝擊生活，用崇道求仙的態度看待一切。《東坡志林·樂天燒丹》云：「迺知世閒、出世閒事，不兩立也。」〔註240〕處在仕與隱間的矛盾。尤在中年，正是體力、經歷的鼎盛黃金期。若要作官，則要入世；若是學道求仙，得出世，這樣的矛盾始終牽繫著他。

年少蘇軾，得自隱者教導，隱者教其要「少思寡欲」〔註241〕，尤其不能多思，因為思慮對人的賊害，是從不間斷的。蘇軾悟得其理，按隱者話語去實行。在生命的窮困顯達，死生禍福，命中已然注定，焉須多思慮以繭縛。所以，他日後能隨緣忘情，不汲汲於思慮之苦，能滌慮俗念，從神仙世界中，尋求快樂之源。

1. 歸田絕世

順著滌慮俗念的想法，欲隱成仙，一圓他夢寐以來的歸隱之思，正符合道家莊子「達生」、「逍遙遊」的意境。如〈除夜病中贈段屯田〉

〔註239〕蘇軾：《蘇軾文集》〈遠遊庵銘幷敘〉，卷19，頁568。
〔註240〕蘇軾：《東坡志林·樂天燒丹》（臺北：木鐸出版社，1982年5月），卷1，頁11。
〔註241〕蘇軾：《蘇軾文集》〈思堂記〉，卷11，頁363。

詩，云：

> 龍鍾三十九，勞生已強半。歲暮日斜時，還為昔人歎。今年
> 一線在，那復堪把玩。欲起強持酒，故交雲雨散。惟有病相
> 尋，空齋為老伴。蕭條燈火冷，寒夜何時旦。倦僕觸屏風，
> 飢鼠嗅空案。數朝閉閣臥，霜髮秋蓬亂。傳聞使者來，策杖
> 就梳盥。書來苦安慰，不怪造請緩。大夫忠烈後，高義金石
> 貫。要當擊權豪，未肯覷衰懦。此生何所似，暗盡灰中炭。
> 歸田計已決，此邦聊假館。三徑鱸成資，一枝有餘暖。願君
> 留信宿，庶奉一笑粲。〔註242〕

神宗熙寧七年（1074），作於密州。蘇軾認為一生勞生過半，歲暮日斜
不遂，猶如「暗盡灰中炭」，是一段艱辛坎坷的心路。尤其病臥中，那
種「蕭條燈火冷，寒夜何時旦。」淒冷蕭條，更興起「歸田計已決」
的心意，欲歸田絕世，過儉樸生活。

又〈送李公恕赴闕〉詩云：

> 君才有如切玉刀，見之凜凜寒生毛。願隨壯士斬蛟蜃，不願
> 腰間纏錦絛。用違其才志不展，坐與胥吏同疲勞。忽然眉上
> 有黃氣，吾君漸欲收英髦。立談左右皆動色，一語徑破千言
> 牢。我頃分符在東武，脫略萬事惟嬉遨。盡壞屏障通內外，
> 仍呼騎曹為馬曹。君為使者見不問，反更對飲持雙螯。酒酣
> 箕坐語驚眾，雜以嘲諷窮詩騷。世上小兒多忌諱，獨能容我
> 真賢豪。為我買田臨汶水，逝將歸去誅蓬蒿。安能終老塵土
> 下，俯仰隨人如桔槔。〔註243〕

神宗元豐元年（1078），作於徐州。李公恕時為京東轉運判官，召赴
闕。蘇軾讚美李公恕「君才有如切玉刀」，其才如同《漢武故事》中建
造華殿時，四方夷狄贈送火浣布、切玉刀等珍寶。既讚美才如切玉
刀之珍寶，使人「見之凜凜寒生毛」，又嘆息「坐與胥吏同疲勞」有謀
略卻不為朝廷所用，其志未展。

詩中說李公恕願像澹臺滅明、周處等古代斬蛟壯士，也不願做

〔註242〕蘇軾：《蘇軾詩集》〈除夜病中贈段屯田〉，卷12，頁607～608。
〔註243〕蘇軾：《蘇軾詩集》〈送李公恕赴闕〉，卷16，頁787～788。

腰纏錦綵的文官。明示替友人不受用抱屈；實指己身遭遇再三受挫，「斬蛟」暗喻著己之才幹未能展現。一席送別間話語，嘲諷、忌諱相雜，吐露真豪傑是被小兒壓迫的窘境。最後，當蘇軾送別李公恕時，誠心感謝他為己買了臨近汶水之地，逝將歸去，除蓬蒿叢處，能安然地終老於塵土。蘇軾引用《莊子‧天運》云：「且子獨不見夫桔槔者乎？引之則俯，舍之則仰。」〔註244〕說明李公恕為人就像桔槔的俯仰受人牽引似的，委順無心，能虛己不得罪人，具寬容兼備的德恕之行。

〈梭筍〉詩云：

> 贈君木魚三百尾，中有鵝黃子魚子。夜叉剖瘿欲分甘，擘龍藏頭敢言美。願隨蔬果得自用，勿使山林空老死。問君何事食木魚，烹不能鳴固其理。〔註245〕

哲宗元祐六年（1091），作於二次赴杭。梭筍狀如魚，剖之得魚子，味如苦筍而加甘芳。時令節後可食，蜜煮酢浸料理，香氣致千里外。詩中指出「願隨蔬果得自用」自視其況，不要讓己無用無益等到老死。蘇軾推究為何可以食木魚之理，就和烹煮不能鳴的雁是一樣的。故言處世要懂得避免禍害，諷刺在無可奈何中的不悅。當志不得伸，力求無為而行，無欲而用。能夠歸田隱世，就是最佳化解的模式。

2. 逍遙遊仙

蘇軾對政途的起落，有所厭倦與逃避，除了興發歸田隱世之思，更有尋求遊仙之夢。神仙是凡人所傾羨，逍遙自樂的仙境，凡能得道昇仙者，就能脫離人世苦海，擺脫形載桎梏，來去自如地穿梭仙山仙國。蘇軾，年少任俠慕仙；中年迂迴起落，學道求仙；晚年謝罪避禍，歸隱成仙。在其神仙吟詠的詩作，流露出逍遙遊仙、成仙的想念期望。如〈楊康功有石，狀如醉道士，為賦此詩〉，詩云：

> 楚山固多猿，青者點而壽。化為狂道士，山谷恣騰蹂。誤入

〔註244〕（清）郭慶藩編：〈天運第十四〉，頁 514。
〔註245〕蘇軾：《蘇軾詩集》〈梭筍并敘〉，卷 33，頁 1756～1757。

華陽洞，竊飲茅君酒。君命囚巖間，巖石為械杻。松根絡其
足，藤蔓縛其肘。蒼苔眯其目，叢棘哽其口。三年化為石，
堅瘦敵瓊玖。無復號雲聲，空餘舞杯手。樵夫見之笑，抱賣
易升斗。楊公海中仙，世俗那得友。海邊逢姑射，一笑微俯
首。胡不載之歸，用此頑且醜。求詩紀其異，本未得細剖。
吾言豈妄云，得之亡是叟。〔註246〕

作於元豐八年（1085），從常州至密州至開封。朝政大變動，神宗崩，
幼子哲宗立，進入元祐更化期。蘇軾從貶臣身分旋即入閣肩負重任，
並未因此減弱他的崇道思想，而是採用新的方式深入學道求仙。

此首，以楊康功有石，狀如醉道士為例。以「楊公海中仙，世俗
那得友。海邊逢姑射，一笑微俯首。」詩句，寫楊康功曾出使高麗，
搭舟船來往，似海中仙，人間無友。在海邊遇到的神仙，都以一笑微
俯首地相認。「姑射」一語，參引《莊子‧消遙遊》云：「藐姑射之山，
有神人居焉。」〔註247〕神仙本領通天，乘雲御龍，遨遊於四海之外，
蘇軾欽羨神仙來去自如的自由。

又〈次韻王定國書丹元子寧極齋〉，詩云：
仙人與吾輩，寓迹同一塵。何曾五漿饋，但有爭席人。寧極
無常居，此齋自隨身。人那識郗鑑，天不留封倫。誤落世網
中，俗物愁我神。先生忽扣戶，夜呼祁孔賓。便欲隨子去，
著書未絕麟。願掛神虎冠，往卜飲馬鄰。王郎濯紈綺，意與
陋巷親。南游苦不早，儻及蓴鱸新。〔註248〕

蘇軾自己認為和神仙是「寓迹同一塵」。常置身於寧極齋，秉持寧靜
的本性而作詩，能近乎神仙之道，而自適恬然，說著己欲求仙成仙之
意，自然隨身，靜淨得全。典引《莊子》說明窮違之際，以「深根寧

〔註246〕蘇軾：《蘇軾詩集》〈楊康功有石，狀如醉道士，為賦此詩〉，卷26，
頁1375。
〔註247〕（清）郭慶藩編，王孝魚整理：《莊子集釋》〈消遙遊第一〉（臺北：
木鐸出版社，1988年元月），卷1上，頁28。
〔註248〕蘇軾：《蘇軾詩集》〈次韻王定國書丹元子寧極齋〉，卷36，頁1969
～1970。

極而待」〔註249〕持之，就是存身之道。蘇軾悟得此理，不論是「大行乎天下」〔註250〕，抑「大窮乎天下」〔註251〕都有其保身之鑰。

元祐汴京時期，雖增加不少的政治活動，相對地崇道學仙時間減少。但在這階段他學習了《黃庭經》和《莊子》，在其神仙吟詠的詩作中，有所典引。尤其以《莊子》逍遙齊物的修養觀，融入詩作，使歸隱成仙、逍遙遊仙轉化成一番自我脫而無待，得全神遊的思慮模式。

蘇軾明白「此身江海寄天遊，一落紅塵不易收。」〔註252〕身處人間卻冀望同天遊，可惜一落俗世紅塵，不易收拾。需用莊子玄理打通悟得，所求的是超然遺世，飄忽自由，盡意逍遙的出世觀，讓逍遙遊仙的意念，能進一步具有更縹緲深忽的神仙境地。

蘇軾採以神仙方式，擺脫人生憂慮。期盼煉丹有成，成仙遨遊，得到絕對的自由與無限的幸福，可以超然情累、起滅須臾，忘卻煩慮，隨緣自適。從莊子美學，悟得揚棄物外，「物無非彼，物無非是。」〔註253〕宇宙萬事萬物都是相對的，隨時更替流動的。反觀人的世界裡，生死、壽夭、窮達、禍福、榮辱等也相對的，何不以「安時而處順，哀樂不能入也。」〔註254〕的精神面對，排除所有困塞與橫逆。

他一生習道修煉，認為煉內丹可祛病養身健體，延年益壽以致長生，因此樹立神仙的價值觀。所以，他用道家思想來滌慮俗念，解脫煩憂。用交道友、煉丹悟道的方式，打通任督，重養生。用歸田絕世、逍遙遊仙的作法，使己之心思意念，得以滌除雜念，神遊馳騁於神仙世界。

〔註249〕（清）郭慶藩編：〈繕性第十六〉，頁 555。

〔註250〕（清）郭慶藩編：〈繕性第十六〉，頁 555。

〔註251〕（清）郭慶藩編：〈繕性第十六〉，頁 555。

〔註252〕蘇軾：《蘇軾詩集》〈次韻王定國倅揚州〉，卷 29，頁 1535。

〔註253〕（清）郭慶藩編，王孝魚整理：《莊子集釋》〈齊物論第二〉（臺北：木鐸出版社，1988 年元月），卷 1 下，頁 66。

〔註254〕（清）郭慶藩編，王孝魚整理：《莊子集釋》〈養生主第三〉（臺北：木鐸出版社，1988 年元月），卷 2 上，頁 128。

第四節　托喻神物、寄託情志

　　蘇軾神仙吟詠的作品，是生活及思想的投射。在詩作中，多以神物的形象出現，不正源自生活的顛沛流離及起落跌宕的遭遇。因此，在神物的象徵詩中，用喻意的手法來寄託情志，嚮往神仙的逍遙自由，不惑於俗世，而能灑然開闊以對。

一、托喻神物的象徵

　　神靈之物的象徵，往往是文學作品假託物喻意，以達作者投射的目的。蘇軾用托喻神物，抒發心中鬱積，借吟詠感懷，宣洩對現實的不滿與暗喻，言志以明生命的真諦。

　　探討蘇軾神仙吟詠的詩作，以神物議題入詩，分為兩大部分來論述，一為以龍為主題，另一以其他神物為軸。而龍之主題，分述為二：仁宗朝從出川至入仕，以及哲宗朝再次入閣任要職，顯現蘇軾為君王器重。不僅如此，尚能替民請命，發揮儒家濟世的理想，有伸展的平台，猶如飛天乘龍，翱翔天際。另外，就他外放地方官職，此刻心情猶如深淵蟄伏的潛蛟，空有才情卻窒礙難行。在此，蘇軾擬用神物喻意來傳達他內心的苦樂。詩人是懂得生活藝術，懂得生活美學。

（一）龍的象徵意涵

　　龍是原始初民的圖騰符號，是一種只存在圖騰中而現實世界並不存在的虛幻生物。然而龍的形象，綜合了各種生物的特徵：蛇身、獸腿、鷹爪、馬頭、蛇尾、鹿角、魚鱗等徵象。經過不斷發展變化，在漫長的歷史長河中經過戰爭的洗禮和熔爐，信奉龍圖騰的民族漸為領導，因此，龍圖騰就漸趨成為整個中華民族文化信奉的標幟。

　　龍是遠古各氏族普遍信仰的圖騰神，歷史上各朝代的始祖帝王，也謂己為「龍天子」乃真命天子，龍就此成為具有權威性的代表。因此龍所賦予的意義，成為各族和各朝代共同的象徵，是豐富多變的。

　　當龍的圖騰意識被各朝帝王始祖，框架於政治意識形態內，龍神話的思維屬性自然薄弱了，而龍本身圖騰的界定，尚龍及尊龍的意

義，便成為政治歷史的附加價值。龍雖經歷代的發展變化，對其認識的累積與瞭解，仍是許多文人喜以龍為其題材及書寫內容。

　　蘇軾詩作中龍神話的象徵意涵，龍的出現雖非實體實物，而是一種觀念意象的反映。就實質而言，龍只是觀念形態而非物質屬性。〔註255〕蘇軾假以龍之姿，透過龍的虛幻與想像，讓人對自然界中非實有的動物感到好奇，即使龍是「變化無日，上下無時。」〔註256〕因其多變，或為香燭、或為藏諸天下、或是凌雲霄，潛深淵，龍還是從神話思維產生的一種印象酵素。

1. 飛天乘龍──凌雲壯志

　　蘇軾以英雄少年之姿，對前途充滿憧憬，希望為君皆用，為民請命。究其文學作品中，投射以龍神話的素材，有似凌雲壯志的飛天乘龍，不可一世的豪情，入題為詩。如〈竹枝歌〉詩云：

> 蒼梧山高湘水深，中原北望度千岑。帝子南遊飄不返，惟有蒼蒼楓桂林。楓葉蕭蕭桂葉碧，萬里遠來超莫及。乘龍上天去無蹤，草木無情空寄泣。水濱擊鼓何喧闐，相將扣水求屈原。屈原已死今千載，滿船哀唱似當年。海濱長鯨徑千尺，食人為糧安可入。招君不歸海水深，海魚豈解哀忠直。吁嗟忠直死無人，可憐懷王西入秦。秦關已閉無歸日，章華不復見車輪。君王去時簫鼓咽，父老送君車軸折。千里逃歸迷故鄉，南公哀痛彈長鋏。三戶亡秦信不虛，一朝兵起盡歡呼。當時項羽年最少，提劍本是耕田夫。橫行天下竟何事，棄馬

〔註255〕總之，今人所知的龍，是經世幾千年發展變化，積累了不同時代的人的認識和想像的觀念性複合體。或者，以一種更簡單的方式來陳述，龍就像中國文化傳統中的「天」、「道」、「仁」一樣是一種觀念而非物質實體。因此，引入時間因素，像研究思想史上任何一個範疇、一種觀念那樣，從歷史發展角度考察作為觀念形態的龍之變化，當是科學地探索龍之奧秘的關鍵。參見閻雲翔：〈試論龍的研究〉，《中國神話學百年文論選下冊》（陝西：陝西師範大學出版總社有限公司，2013年10月），頁723。

〔註256〕王冬珍，徐文助，陳郁夫，陳麗桂校注：《新編管子上下冊》〈水地第三十九〉（臺北：國立編譯館，2002年2月），卷14，頁950。

烏江馬垂涕。項王已死無故人，首入漢庭身委地。富貴榮華豈足多，至今惟有冢嵯峨。故國淒涼人事改，楚鄉千古為悲歌。〔註257〕

〈竹枝歌〉本楚聲，其聲幽怨哀傷，深思緣楚人，疇昔之意。詩句「蒼梧山高湘水深」、「帝子南遊飄不返」言及舜的遺跡故事。蘇軾傷舜之二妃，寫下「草木無情空寄泣」詩句。舜崩於蒼梧，二妃啼，泣淚竹斑。又「乘龍上天去無蹤」寫黃帝採首山銅，鑄鼎於荊山下。鼎成，有龍垂鬚下迎黃帝。百姓仰望黃帝上天，抱其弓與龍鬚號的神話故事。接著，以屈原故事，訴其抑鬱不得志。再續寫「秦關已閉無歸日，章華不復見車輪。」、「橫行天下竟何事，棄馬烏江自垂涕。」思懷王而憐項羽的史蹟，如今卻是故國淒涼，人事已非，不勝唏噓。

又〈隆中〉詩云：

諸葛來西國，千年愛未衰。今朝游故里，蜀客不勝悲。誰言襄陽野，生此萬乘師。山中有遺貌，矯矯龍之姿。龍蟠山水秀，龍去淵潭移。空餘蜿蜒迹，使我寒涕垂。〔註258〕

〈隆中〉以諸葛孔明為題。蘇軾在此詩，以龍之意象，希望自己如諸葛般，具矯龍之姿，被君王重用。故言「千年愛未衰」表明諸葛忠耿之心，昭矣。以「誰言襄陽野，生此萬乘師。」言劉備屈尊就教，隆中以對，相談國家世局。用「矯矯龍之姿」形容諸葛，就像蛟龍騰飛而起，輔佐劉備赤壁定江山，造成三國鼎立。襄陽隆中是「龍蟠山水秀，龍去淵潭移」具龍蟠水秀的寶地，孕蘊人才。爾今遊故里，緬懷古人遺風史蹟。紀昀曰：「寫來脫灑。」〔註259〕

蘇軾政途幾經外放貶謫的波折，於元祐初期又再次回到朝廷宮闕，情緒上跌宕又騰升，讓他驚喜地接下任務返朝，又似先前乘龍騰飛的心情相彷。如〈次韻王覿正言喜雪〉詩作，云：

聖人與天通，有詔寬獄市。好語夜喧街，濕雲朝覆砌。紛然

〔註257〕蘇軾：《蘇軾詩集》〈竹枝歌〉，卷1，頁24～26。
〔註258〕蘇軾：《蘇軾詩集》〈隆中〉，卷2，頁76～77。
〔註259〕蘇軾：《蘇軾詩集》，卷2，頁76～77。

退朝後，色映宮槐媚。欲誇剪刻工，故上朱藍袂。我方執筆
侍，未敢書上瑞。君猶伏閣爭，高論亦少慰。霏霏止還作，
盎盎風與氣。神龍久潛伏，一怒勢必倍。行當見三白，拜舞
謹萬歲。歸來飲君家，酣詠追《既醉》。〔註260〕

　　此首，以仙人陶安公冶爐與天通，騎赤龍飛天的仙話故事起筆。蘇
軾入朝時，值朋黨禍熾。朝臣們紛紛追求朱藍加金帶，有士林之榮的
服飾，代表身分的顯貴。從「我方執筆待，未敢書上瑞。君猶伏閣
爭，高論亦少慰。霏霏止還作，盎盎風與氣。」看出蘇軾時為起居舍
人，雪落究為祥瑞抑是災禍？不敢斷然上書言之。因元祐更化，時局
朝政的風向，詭譎不一。

　　於是寫出「神龍久潛伏，一怒勢必倍，行當見三白，拜舞謹萬
歲。」新帝就朝，群臣拜舞，歡呼萬歲。帝尊猶神龍，但蘇軾參政理
念與君不合，勢必觸龍顏。所以萌生歸隱的念頭。寧可與君暢飲，
吟詠著《詩經‧大雅‧既醉》所云：「既醉以酒，既飽以德。君子萬
年，介爾景福。既醉以酒，爾殽既將。君子萬年，介爾昭明。」〔註261〕
既蒙君子醉之以美酒、佳餚，亦敬祝君子萬年長壽，永保無疆的福氣
與光明。

　　龍的尊顯，在於它是中國信仰中最具神奇的神獸。它那神異騰
空非凡的矯然氣勢，詼奇詭譎，奧妙莫測的威猛，往往成為人們崇拜
及欣賞的神物。蘇軾用龍的魅力入題，無非想提振自己的氣勢，彷如
乘龍在天，騰雲漫遊，氣勢不凡。追尋古人流風遺跡，如屈原、諸葛
的忠貞，項羽的威猛；又如黃帝乘龍鬚登天的神話等事蹟，在在張揚
年少的他，不正似古人精神，忠貞耿耿於朝廷。或於屢貶流放後，再
次返朝闕，盼終朝一日，乘龍飛天，被器重而發揮濟世的抱負，一展
長才。

〔註260〕蘇軾：《蘇軾詩集》〈次韻王覿正言喜雪〉，卷27，頁1424～1426。
〔註261〕（清）阮元校勘：《詩經‧大雅生民之什‧既醉》《十三經注疏》（臺
　　　　北：藝文印書館股份有限公司，2001年12月），卷17-2，頁603～
　　　　604。

2. 潛蛟蟄伏──勿用保身

熙寧年間的詩作，多做於外任地方官職，多遊於山水之間，釋放不得意之情，在「世事漸艱吾欲去」〔註262〕及「人事多乖迕」〔註263〕情況下外任，「却笑蛟龍為誰怒」〔註264〕藉由托喻神物的意象，龍的形象傳達內心猶有一顆蒼龍的遒勁與傲骨。如〈遊徑山〉詩作，云：

> 眾峰來自天目山，勢若駿馬奔平川。中途勒破千里足，金鞭玉鞚相迴旋。人言山住水亦住，下有萬古蛟龍淵。道人天眼識王氣，結茅宴坐荒山巔。精誠貫山石為裂，天女下試顏如蓮。寒窗暖足來朴朔，夜缽呪水降蜿蜒。雪眉老人朝叩門，願為弟子長參禪。爾來廢興三百載，奔走吳會輸金錢。飛樓湧殿壓山破，朝鐘暮鼓驚龍眠。晴空仰見浮海蜃，落日下數投林鳶。有生共處覆載內，擾擾膏火同烹煎。近來愈覺世路隘，每到寬處差安便。嗟余老矣百事廢，却尋舊學心茫然。問龍乞水歸洗眼，欲看細字銷殘年。〔註265〕

杭州，素有「地有湖山美，東南第一州。」〔註266〕的美稱。在北宋，是京城人眼中的第一繁榮之地。蘇軾外放至此，一遊杭州山水勝境，洗去他積壓已久鬱悶，道出「水清石出魚可數，林深無人鳥相呼。」〔註267〕地景的悠閒。

杭州美景深深吸引著詩人，遊徑山之見聞有感。徑山是天目之頂，有龍居焉，中常出水，四方而下。故言「人言山住水亦住，下有萬古蛟龍淵。」山水清幽。道人具天眼，見諸色，無所不照的，在此結茅宴坐修煉。在有飛樓湧、有朝鐘暮鼓的徑山能仁禪院，其山空

〔註262〕蘇軾：《蘇軾詩集》〈風水洞二首和李節推·其二〉，卷9，頁432。
〔註263〕蘇軾：《蘇軾詩集》，卷20，頁1028。
〔註264〕蘇軾：《蘇軾詩集》〈大風留金山兩日〉，卷18，頁943。
〔註265〕蘇軾：《蘇軾詩集》〈遊徑山〉，卷7，頁347～350。
〔註266〕見李一冰：《蘇東坡新傳》(臺北：聯經出版事業公司，1983年6月)，頁188。
〔註267〕蘇軾：〈蘇軾詩集〉，〈臘日遊孤山訪惠勤惠思二僧〉，卷7，頁317～318。

靈，敲響驚擾著龍眠。典引《莊子》說明山木、膏火都以有用之用，反而拿來砍伐、燃苗相煎自己。既然是共處覆載內，又何須膏火同相煎？無怪乎，蘇軾要講「近來愈覺世路隘，每到寬處差安便。」自己就如蒼龍西沒，誰又能預料明朝人事上的動盪。

又〈哭王子立，次兒了迨韻三首〉其三詩，云：

> 龍困嘗魚服，羊儇或虎蒙。息息成鬼錄，憒憒到天公。偶落
> 藩墻上，同遊羿彀中。回看十年事，黃葉卷秋風。〔註268〕

蘇軾二度杭州去來，真有「龍困嘗魚服，羊儇或虎蒙」人世滄桑，龍困淺灘，雖有建樹，仍受限如羊質虎蒙般，難以施展。蘇軾引潛淵中的白龍，化作魚，終究被豫且射中眼睛，上訴天帝的神話故事。又引《揚子》云：「羊質而虎皮，見草而悅，見豺而戰，忘其皮之虎也。」〔註269〕羊雖披上虎皮，見到草就喜悅，遇到豺狼就警覺畏懼，但它的本性依舊沒變。說明二人交游，從元豐二年（1079）蘇軾守湖州時，從先生於吳興時，迄今十載光陰。蘇軾曾與弟轍從王子立遊學一事，再「回看十年事，黃葉卷秋風。」爾今憶起，境遇人事均非，只能同傷憒憒了。

〈以雙刀遺子由，子由有詩，次其韻〉一詩，作於元豐二年（1079），詩云：

> 寶刀匣不見，但見龍雀環。何曾斬蛟蛇，亦未切琅玕。胡為
> 穿窬輩，見之要領寒。吾刀不汝問，有愧在其肝。念此力自
> 藏，包之虎皮斑。湛然如古井，終歲不復瀾。不憂無所用，
> 憂在用者難。佩之非其人，匣中自長歎。我老眾所易，屢遭
> 非意干。惟有王玄通，堦庭秀芳蘭。知子後必大，故擇刀所
> 便。屠狗非不用，一歲六七刉。欲試百鍊剛，要須更泥蟠。
> 作詩銘其背，以待知者看。〔註270〕

〔註268〕蘇軾：《蘇軾詩集》〈哭王子立，次兒子迨韻三首‧其三〉，卷31，頁1658～1659。

〔註269〕蘇軾：《蘇軾詩集》，卷31，頁1658～1659。

〔註270〕蘇軾：《蘇軾詩集》〈以雙刀遺子由，子由有詩，次其韻〉，卷18，頁929～930。

徐州，是蘇軾、蘇轍倆分離多年後，於此相會。兄弟難得聚首，以詩作唱和為多。弟轍向兄長介紹學道學仙的養生道法，蘇軾認為其弟從小資質近道，心懷澹遠，已得「至人養生長年之訣」〔註271〕。雙刀光澤耀目，有蛟龍盤踞。而蘇軾的次韻詩就言：「何曾斬蛟蛇，亦未切琅玕。」就如漢高祖拔劍斬蛟的英勇傳奇神話故事。

　　蘇軾任地方官，親力親為，希望自己能具漢高祖斬蛟的英勇，對吏治有所貢獻。故言「吾刀不汝問，有愧在其肝。」藉雙刀之用意，詆責當時朝中邪佞小人，搬弄是非。不擔憂雙刀無用處，憂的是使用者的技法，難以用正確的方式持之以對。使用方法不當，就像是「族庖月更刀，折也」〔註272〕技法不純熟，將損智傷神。無法「恢恢乎其於遊刃必有餘地矣」〔註273〕寬綽地運轉自如，無法達到至妙之悟，遊虛空之境，就變成是「一歲六七刓」的結果下場。然「欲試百鍊剛，要須更泥蟠」要百鍊利器，以避不祥。龍蟠於泥，飛天而昇。

　　龍，在中國傳統文化中是富有魅力的形象。它那矯健不凡，騰空凌厲的氣勢，出沒無間的威力，永遠都是吸引凡人的注目。蘇軾以龍為素材入詩，藉著龍的意涵及對龍的崇拜，以文學的價值肯定自己的素養。大丈夫在仕隱間的抉擇，能屈能伸的泰然，表現出智慧的人生。無論是乘龍在天，是伸，有開展的空間；而潛龍蟄伏，是屈，有「勿用」〔註274〕的境界。然勿用的目的在於大用，在於要守道專一而

〔註271〕 蘇軾：《蘇軾詩集》〈子由將赴南都，與余會宿於逍遙堂，作兩絕句。讀之殆不可為懷，因和其詩以自解。余觀子由，自少曠達，天資近道，又得至人養生長年之訣，而余亦竊聞其一二。以為今者宦遊相別之日淺，而異時退休相從之日長，既以自解，且以慰子由云〉，卷15，頁745。

〔註272〕 （清）郭慶藩編：〈養生主第三〉，卷2上，頁119。

〔註273〕 （清）郭慶藩編：〈養生主第三〉，卷2上，頁119。

〔註274〕 「龍德而隱者也。不易乎世，不成乎名；遯世無悶，不見是而無悶；憂則違之，確乎其不可拔，『潛龍』也。」為什麼要「潛龍勿用」？因為初九陽氣剛生，位卑力微，必須養精蓄銳，等待時機，求得將

堅忍不拔，要存養能量，等候契機，乘勢而出。所以，蘇軾的仕與隱，就如龍之飛天或潛淵，伸屈取捨，是濟世理想抑明哲保身，道出「明月本自明，無心孰為境。」〔註275〕的意念，取決於智慧的深思與熟慮。

（二）鳳、鶴、龜、鯨的象徵意涵

鳳的美名，僅次於龍。因尊龍鳳隨的定位，使其處於第二，尤其在神話的界定範疇。鳳的傳說與考證，神話學學者潛明茲引何新的理論，說法有：

> 到西周早期金文中關於「生鳳（中鼎）的最後記載，到漢代讖緯學家關於重新發現鳳鳥傳說之間，有著近兩三千年的一段空白。」他還說「也正是在這個時期內，鳳凰的傳說，由上古以一種真實鳥類為原型的動物圖騰，演變為既有宗教意義，又具有政治意義的一種靈鳥神話。」〔註276〕

西周至漢，鳳鳥成為神鳥的傳說與型態。它是能飛的大鳥，是大而美的神鳥，能飛到太陽宇宙上。其特徵能辨音善舞，脖頸細而柔長，背部隆起，羽毛有花紋，善鳴勁跑，正是傳說中那種能自歌自舞的五彩鳥。鳳鳥經過不同時期的演變，最後形成一種富含吉祥、美麗、幸福等多種文化綜合體的形象代表。

1. 鳳

鳳鳥有多重名稱，古書載籍有《山海經·西山經》云：「有鳥焉，其狀如翟而五采文，名曰鸞鳥。」〔註277〕又《大荒西經》云：「有五

來進一步的發展，以達「飛龍在天」的境界。否則火候未到，急於求成，反而壞事。見洪丕謨：《中國方術的大智慧》（臺北：林鬱文化事業有限公司，2000 年 11 月），頁 38。
〔註275〕蘇軾：《蘇軾詩集》〈和黃秀才鑑空閣〉，卷 44，頁 2399。
〔註276〕見潛明茲：《中國神話學》（上海：上海人民出版社，2008 年 5 月），頁 332。
〔註277〕袁珂注：《山海經校注》〈西山經·山經東釋卷二〉（臺北：里仁書局，1981 年 11 月），卷 2，頁 35。

采鳥三名，一曰皇鳥，一曰鸞鳥，一曰鳳鳥。」〔註278〕《南山經》則言：「有鳥焉，其狀如雞，五采而文，名曰鳳皇。」〔註279〕然近代學者郭沫若在《鳳凰涅槃》的小序，論敘言：

> 天方國古有神鳥名「菲尼克司」（Phoenix），滿五百年後，集香木自焚，復從死灰中更生，鮮美異常，不再死。
> 按此鳥殆即中國所謂鳳凰：雄為鳳，雌為凰。《孔演圖》云：「鳳凰火精，生丹穴。」《廣雅》云：「鳳凰……雄雞曰即即，雌雞曰足足。」〔註280〕

鳳凰就被視作火之精，鳳、火、太陽是相通同一的。《山海經・大荒東經》云：「湯谷上有扶木，一日方至，一日方出，皆載於烏。」〔註281〕保存紀錄了金烏載日的神話，說明日與烏的神秘關係。所以鳳鳥的演化，從三足鳥到朱雀，再到鳳，似乎與日和火有相當的關聯性。經由神話「變形」〔註282〕的概念，生命本質上的延續，漸次從多元的角色演化為一統的象徵，鳳鳥就成為人們心目中吉兆祥瑞、幸福美麗的特徵代表。

　　蘇軾善用鳳鳥這樣祥瑞的徵象，以鳳凰入詩，讓人與神物與自然之間相通一氣，相信神靈之物是有生命、存在於神靈信仰。如〈送

〔註278〕袁珂注：《山海經校注》〈大荒西經・海經新釋卷十一〉（臺北：里仁書局，1981年11月），卷16，頁396。

〔註279〕袁珂注：《山海經校注》〈南山經・山經東釋卷一〉（臺北：里仁書局，1981年11月），卷1，頁16。

〔註280〕見潛明茲引郭沫若《鳳凰涅槃》一文前的小序。潛明茲：《中國神話學》（寧夏：寧夏人民出版社，1996年5月），頁345。

〔註281〕袁珂注：《山海經校注》〈大荒東經・海經新釋卷九〉（臺北：里仁書局，1981年11月），卷14，頁354。

〔註282〕宇宙間的萬事萬物無時無刻都在變化，如果單就生命個體而言，「變化」可以簡單用三種基本的理解方式來說明：第一種是內在精神的變化，即「生」、「滅」之間生命個體的種、類（生物屬性）本質不變，但是精神內涵產生不同的情感與認知；第二種是外在形態的變化，即生命個體的種、類（生物屬性）本質改變，實體可見的形態也隨之改變，但是內在的精神卻可能不變；第三種是單純生命個體的老化現象。而神話學中的「變形」，就是以上述第二種的外在形態變化作為分類上判斷的基礎。鍾宗憲：《中國神話的基礎研究》（臺北：洪葉文化事業有限公司，2006年2月），頁278～279。

張安道赴南都留臺〉詩云：

> 我公古仙伯，超然羨門姿。偶懷濟物志，遂為世所縻。黃龍
> 遊帝郊，簫韶鳳來儀。終然反溟極，豈復安籠池。出入四十
> 年，憂患未嘗辭。一言有歸意，闔府諫莫移。吾君信英睿，
> 搜士及茅茨。無人長者側，何以安子思。歸來掃一室，虛白
> 以自怡。游於物之初，世俗安得知。我亦世味薄，因循鬢生
> 絲。出處良細事，從公當有時。〔註283〕

此詩讚美張安道的賢明、賢才，當朝宜予以重用留任。詩的起筆，以
「我公古仙伯，超然羨門姿。」將張安道比做大茅君、羨門子高之屬
的太極仙伯及古仙人。雖偶而懷抱濟世理想，仍為俗世所繫縛。以
「黃龍遊帝郊，簫韶鳳來儀。終然反溟極，豈復安籠池。」說明黃龍
是四龍之首，神靈之精。舜東巡狩，黃龍負圖置舜前。〔註284〕以黃
龍負圖於舜帝前，以及鳳來儀祥端之兆的神話故事，表示張安道的作
風，有如神仙仙影的兆象，終極還是回到仙境中的宕溟之山，非池魚
籠鳥。又典引《莊子》，說明道是物之初。遊心物初，就是凝神妙本。
世俗中的凡夫，豈無雜念，能悟道而生智慧，清明之境。蘇軾將赴杭
州時，張安道上陳乞得南都留臺，蘇軾用吟詠鳳來儀的祥兆，強化他
的政績，朝廷應該必須留置好人才。

　　哲宗元祐二年（1087），作於開封時期的題畫詩，以鳳鳥之姿，語
豪而意工之境。多屬應酬之作，〈趙令晏崔白大圖幅徑三丈〉詩曰：

> 扶桑大繭如甕盎，天女織絹雲漢上。往來不遺鳳銜梭，誰能
> 鼓臂投三丈。人間刀尺不敢裁，丹青付與濠梁崔。風蒲半折
> 寒雁起，竹間的皪橫江梅。畫堂粉壁翻雲幕，十里江天無處
> 著。好臥元龍百尺樓，笑看江水拍天流。〔註285〕

蘇軾言畫工崔白的畫風，是「扶桑大繭如甕盎，天女織絹雲漢上。往

〔註283〕蘇軾：《蘇軾詩集》〈送張安道赴南都留臺〉，卷6，頁269～271。
〔註284〕蘇軾：《蘇軾詩集》，卷6，頁269～271。
〔註285〕蘇軾：《蘇軾詩集》〈趙令晏崔白大圖幅徑三丈〉，卷28，頁1482～
　　　　1483。

來不遣鳳銜梭，誰能鼓臂投三丈。」畫筆神力，是令人激賞。有如神
女養蠶，大如甕，又像是織女在雲河中織綃，也不派遣鳳鳥銜梭來往。
誰有神力，能具鼓臂投三丈寬遠的勁道？如此磅礴非世間的畫布，人
間尺刀根本不敢剪裁，只好賦予丹青手，濠梁人崔白來著墨。畫中三
雲殿有如仙境中的美，一如元龍百尺樓的高聳，笑看著滾滾春江拍天
流，江水長逝的視野，令人屏息讚嘆。

　　〈送錢承制赴廣西路分都監〉詩云：

> 當年我作《表忠碑》，坐覺江山氣未衰。舞鳳尚從天目下，
> 收駒時有渥洼姿。踞牀到處堪吹笛，橫槊何人解賦詩。知是
> 丹霞燒佛手，先聲應已懾羣夷。〔註286〕

此首為送別錢暉，赴廣西路任兵馬都監武職。蘇軾當年作《表忠觀
碑》，有人拿它給王安石端詳，荊公讚為奇文，卻仍遭人詆訾。蘇軾針
對錢暉此行，認為他就是如「舞鳳尚從天目下，收駒時有渥洼姿。」
鸞飛鳳舞而下天目山的教馳攻駒，時有渥洼之姿。又像是「踞牀到處
堪吹笛，橫槊何人解賦詩。」蔡邕踞牀吹笛迎徽之，曹操橫槊賦詩的
氣魄。雖是應酬之作，仍以吟詠神仙的舞鳳為題，希望友人如鳳鳥
相鳴，翻飛而去。即使是「大千在掌握，寧有離別憂。」〔註287〕期望
他有番好作為。

　　　鳳的源流、形體多變，不影響它的美盛，予人舒適祥和的氣氛。
無論何種禽鳥的起源變化，諸如鳳皇傳說、具政治意義的靈鳥神話、
從鳳鳥反映出民族心理及審美意識，形成了火、太陽、鳥類結合而成
的族群圖騰等現象，其豐富多元的形象表徵，就是一種文化源流的綜
合體，無不展現鳳鳥的藝術特徵與持久魅力。

〔註286〕蘇軾：《蘇軾詩集》〈送錢承制赴廣西路分都監〉，卷28，頁1486～
　　　　1488。
〔註287〕蘇軾：《蘇軾詩集》〈辯才老師退居龍井，不復出入，余往見之。當
　　　　出，至風篁嶺。左右驚曰：「遠公復過虎溪矣。」辯才笑曰：「杜子
　　　　美不云乎：與子成二老，來往亦風流。」因作亭嶺上，名之曰過溪，
　　　　亦曰二老，謹次辯才韻賦詩一首〉，卷32，頁1716。

2. 鶴

鶴在中國文化的意涵，有吉祥長壽的象徵。鶴的素材運用於文學中，有直陳敘述法，有加以神仙化的形象，將其屬性予以神秘化、仙道化，象徵其仙人風骨的隱喻之意，也呈現出多元鶴風仙骨之樣貌。

〔註288〕象徵鶴之長壽健康、情義報恩、君子高潔、奇偉志向及神仙、隱逸、離別等不同的文化意涵，並影響文學創作的藝術領域。

蘇軾運用鶴的象徵意義，以鶴題材入詩，表達生活的好壞並非由自己掌握，也需要有神靈之物的力量保佑。採神仙思維的角度，戰勝生活上的磨難和命運，滿足心靈寄託的需求。〈宿望湖樓再和〉詩作，云：

> 新月如佳人，出海初弄色。娟娟到湖上，瀲瀲搖空碧。夜涼人未寢，山靜聞響屧。騷人故多感，悲秋更慘慄。君胡不相就，朱墨紛颭赤。我行得所嗜，十日忘家宅。但恨無友生，詩病莫訶詰。君來試吟詠，定作鶴頭側。改罷心愈疑，滿紙蛟蛇黑。〔註289〕

熙寧年間的作品。首次赴杭，傳達的是從朝廷紆降為地方通判之官。惘然出京，變化之大，用「巨筆屠龍手，微官似馬曹，迂疏無事業，醉飽死遊遨。」〔註290〕烘雲托月之法，表面上讚杜甫詩，實為自己心情的投射寫照。杭州西湖之美，不禁呼出「我本無家更安住，故鄉無此好湖山。」〔註291〕令蘇軾陶醉旎旋風光。再和望湖樓時，心情就無似先前恬適，而是「君來試吟詠，定作鶴頭側。改罷心愈疑，滿紙

〔註288〕白鶴與白蛇、大鳥之間有密切的關係。在變化神話中人物互變，固然有精衛鳥，也可化為靈獸、靈木等，神仙傳說則以化鳥為生，尤其是黃鶴、白鶴，證之於漢代器物上的圖案，白鶴的動物屬性顯然已被神秘化、仙道化，所以晚近出土秦漢墓的帛畫中有鶴圖，作為昇仙圖中的隱喻物。靈禽的仙道化，表現在變化傳說中，就是這類化鶴歸來的構想。見李豐楙：〈不死的探求——從變化神話到神仙變化傳說〉，《中外文學》第15卷第5期（1986年10月），頁50。

〔註289〕蘇軾：《蘇軾詩集》〈宿望湖樓再和〉，卷7，頁351～352。

〔註290〕蘇軾：《蘇軾詩集》〈次韻張安道讀杜詩〉，卷6，頁267。

〔註291〕蘇軾：《蘇軾詩集》〈六月二十七日望湖樓醉書五絕·其五〉，卷7，頁341。

蛟蛇黑。」新詩改罷自長吟的情形。蘇軾以鶴的高潔,象徵如君子之德風,足式典範。

〈富陽妙庭觀董雙成故宅,發地得丹鼎,覆以銅盤,承以琉璃盆,盆旣破碎,丹亦為人爭奪持去,今獨盤鼎在耳,二首〉其一詩,云:

> 人去山空鶴不歸,丹亡鼎在世徒悲。可憐九轉功成後,却把
> 飛昇乞內芝。〔註292〕

此首說明道士鄧太玄於藥院中煉丹,丹成,疑轉功未竟,儲佇院內,有追隨者乘鶴歸天的故事。追隨者侯道華從其徒周悟先學道,然侯道華乘鶴飛天,留下偈語曰:「帖裏大還丹,多年色不移。前宵盜喫却,今日碧空飛。慚愧深珍重,珍重鄧法師。他年煉得藥,留著與內芝。吾師知此術,速鍊莫為遲。三清專相待,大羅的有期。」〔註293〕以富陽妙庭觀董雙成事迹,寫下「人去山空鶴不歸,丹亡鼎在世徒悲。」如仙人歸鄉,化鶴飛天。故宅中發地得丹鼎,其鼎具有療效之益。借鶴的形象,翱翔於廣袤天地,超越了世俗時空,振翅飛天,一舉萬里,志向遠大。對「身行萬里半天下」〔註294〕的蘇軾而言,借鶴的高潔德行及一飛衝青天的振舉,能忘却不受重用的療效。

來到密州,依舊以鶴的主題入詩,象徵君子德行高潔之意涵,〈次韻周邠寄《雁蕩山圖》二首〉其二詩,云:

> 西湖三載與君同,馬入塵埃鶴入籠。東海獨來看出日,石橋
> 先去踏長虹。遙知別後添華髮,時向樽前說病翁。所恨蜀山
> 君未見,他年攜手醉郇筒。〔註295〕

先前蘇軾通守杭州,周邠是錢塘知縣。蘇軾來到密州,周邠時為樂清縣令,數次從遊西湖,因此蘇軾言「西湖三載與君同」。然蘇軾對密州

〔註292〕蘇軾:《蘇軾詩集》〈富陽妙庭觀董雙成故宅,發地得丹鼎,覆以銅盤,承以琉璃盆,盆旣破碎,丹亦為人爭奪持去,今獨盤鼎在耳,二首·其一〉,卷9,頁435～436。

〔註293〕蘇軾:《蘇軾詩集》,卷9,頁435～436。

〔註294〕蘇軾:《蘇軾詩集》〈龜山〉,卷6,頁291。

〔註295〕蘇軾:《蘇軾詩集》〈次韻周邠寄《雁蕩山圖》二首·其二〉,卷14,頁699～700。

的治理，有蝗災、盜賊橫行，更多饑饉的民生問題及棄嬰現象，讓蘇軾深感如「馬入塵埃鶴入籠」地方吏治棘手難為，恰似籠中鶴，被拘謹束縛無所施展的空間。雁蕩山位溫州樂清縣，天下奇秀之景，上有石橋，長七丈，龍形龜背。經過時要忘身濟渡，始得平路，纔見台州天台山上的瓊樓玉宇，天堂翠林的深秀佳景。擬用神話的故事「東海獨來看出日，石橋先去踏長虹。」說秦始皇築石橋，渡海觀日出，有神能驅石下海，石去不速，神輒鞭之，石皆流血的神話色彩。在〈雁蕩山圖〉的詩畫中，呈現雁蕩、天台二山的氣勢，奇偉高峻貌已然早現畫中。

　　同樣以鶴為素材入詩，於元祐期間，汴京返朝、再啟貶途經潁州、惠州時又是不同的心情與寄託。〈次韻子由送家退翁知懷安軍〉詩云：

> 吾州同年友，粲若琴上星。當時功名意，豈止拾紫青。事既喜遂願，夭戕不假齡。今如圖中鶴，俯仰在一庭。退翁守清約，霜菊有餘馨。鼓笛方入破，朱弦微莫聽。西南正春旱，廢沼黏枯萍。翩然一麾去，想見靈雨零。我無謫仙句，待詔沈香亭。空騎內廄馬，天仗隨雲軒。竟無絲毫補，眷為誰汝令。永愧舊山叟，憑君寄丁寧。〔註296〕

重返政權核心的蘇軾，此刻是戰戰兢兢，如履薄冰。在詭譎多變的朝中，能擁有如霜菊馨德者並不多。「吾州同年友，粲若琴上星。」肯定少時結識至今的家鄉好友家定國、安國昆仲，並為西社同門友。其才華品行燦爛如琴上星。當時家定國顯赫之尊，已得功名，冠蓋如雲，豈止限於金紫銀青的位階。如今事與願違，當時同年十三友人，僅存六位，一如畫鶴名匠薛稷畫中的屏風六扇鶴貌。蘇軾用鶴的高風亮節，讚美家定國擁有守清約、傲霜菊的馨香品德。

　　元祐八年（1093）九月，是政局關鍵期，也是人事震盪衝擊。先是太皇太后高氏殂逝，哲宗親政，蘇軾遭到落兩職，追一官的降格對待。從出京到定州任。然此首定州之作，以〈鶴歎〉暗示著受盡政治

〔註296〕蘇軾：《蘇軾詩集》〈次韻子由送家退翁知懷安軍〉，卷28，頁1496～1497。

迫害，流露出無心問政之情，如「我今身世兩相違」〔註297〕、「俯仰
了此世」〔註298〕等心聲。沿用鶴的意象主題，強烈兼暗寓手法，表示
己身進退兩難的處境。〈鶴歎〉詩云：

> 園中有鶴馴可呼，我欲呼之立坐隅。鶴有難色側睨予，豈欲
> 臆對如鵬乎？我生如寄良畸孤，三尺長脛閣瘦軀。俯啄少許
> 便有餘，何至以身為子娛。驅之上堂立斯須，投以餅餌視若
> 無。戛然長鳴乃下趨，難進易退我不如。〔註299〕

此首重點以側寫筆調，鶴的擬人口吻，描述詩人立場。作者有如籠中
鶴，既受圈養又盼有機會一沖青天，卻毫無自由。紀昀曰：「純是自
托，末以一語點睛，筆墨特為奇恣。」〔註300〕身不由己的情況下，被
詢問之餘，當然是「有難色側睨」，鶴也想像鵬鳥可以舉首奮翼，然口
卻不能言，只能臆對。直接寫下「我生如寄良畸孤，三尺長脛閣瘦軀。
俯啄少許便有餘，何至以身為子娛。」代鶴做臆對語，瘦軀、啄少，
胸有凌雲壯志，何須受人牽制，怎肯在耳目間被把弄？即便有「餅餌」
誘惑，也視若無睹。最後，「戛然長鳴乃下趨，難進易退我不如。」講
出他的心聲，觀其一生的志忑，進退與仕隱，事君難進易退，對蘇軾
而言，極大的折磨與挑戰。蘇軾以鶴歎的代言法，極盡訴求他的苦楚，
亦暗喻自己仍具鶴般的高尚志潔。

　　蘇軾顧盼所來徑，思索著「我生飄蕩去何求」〔註301〕，面對渺
渺不定的未來，尤其是桑景暮年，興起了「人間俯仰三千秋，騎鶴歸
來與子游。」〔註302〕俯仰人間，騎鶴仙遊。藉由神物之詠，有了鶴
鳴德馨、鶴壽無疆、仙鶴騏驥、隱逸志向等不同層面文化的表徵，
傳達詩人欲求仙風鶴鳴之志，「白鶴返故廬」〔註303〕騎鶴歸仙鄉，

〔註297〕蘇軾：《蘇軾詩集》〈寓居合江樓〉，卷38，頁2072。
〔註298〕蘇軾：《蘇軾詩集》〈遷居〉，卷40，頁2196。
〔註299〕蘇軾：《蘇軾詩集》〈鶴歎〉，卷37，頁2003。
〔註300〕蘇軾：《蘇軾詩集》，卷37，頁2003。
〔註301〕蘇軾：〈龜山〉，卷6，頁291。
〔註302〕蘇軾：〈送蹇道士歸廬山〉，卷30，頁1598。
〔註303〕蘇軾：《蘇軾詩集》〈和陶始經曲阿〉，卷43，頁2356。

隱逸山林。

3. 龜

《禮記‧禮運》云：「麟、鳳、龜、龍，謂之四靈。」〔註304〕古
代將龜與麒麟、鳳凰和飛龍這些傳說中神靈動物並列，顯見其地位之
尊。龜在傳統文化中被視為祥瑞之神靈之物。龜也有多重的文化象
徵，諸如吉祥長壽、預卜吉凶、帝權象徵〔註305〕、避邪消災、鎮宅納
財之寶等多元面向。

神龜既賦予神話之能，可預卜興衰存亡，當作吉凶問卜之吉祥
物。蘇軾亦以此化入題材為詩。如〈濠州七絕‧浮山洞〉詩，云：

> 人言洞府是鼇宮，升降隨波與海通。共坐船中那得見，乾坤
> 浮水水浮空。〔註306〕

從開封仕杭州途徑，經濠州，遊歷山水所寫下七絕之一。寫浮山在泗
州，下有石穴，每淮水氾濫時，不能淹沒其穴。擬用神話色彩，傳說
中有十五巨鼇受命於天帝，舉首戴五山的故事。將浮山洞描寫像大神
龜的宮闕，升降起伏間是隨海流相通的。浮山洞彷若水浮天載地的地
景，猶如仙境中飄渺空靈的宮闕。

朝政人事的動盪，讓蘇軾自熙寧四年（1071）離開東京至元豐元

〔註304〕「何謂四靈？麟鳳龜龍，謂之四靈。故龍以為畜，故魚鮪不淰；鳳
以為畜，故鳥不獝；麟以為畜，故獸不狘；龜以為畜，故人情不失。」
孔穎達疏：「何謂四靈，麟鳳龜龍，謂之四靈者，問答四靈名也，謂
之靈者。謂神靈以此四獸，皆有神靈，異於他物，故謂之靈。」見
（清）阮元校勘：《禮記‧禮運第九》《十三經注疏》（臺北：藝文印
書館股份有限公司，2001年12月），卷22，頁436。

〔註305〕《國語‧周語》曰：「我姬氏出自天黿，及析木者，有建星及牽牛焉，
則我皇姒大姜之姪伯陵之後，逄公之所憑神也。」三國吳韋昭注：
「姬姓，周姓。天黿即玄枵，齊之分野。周之皇姒王季母太姜者，
逄伯陵之後，齊女也，故言出於天黿。」《傳》曰：「有逄伯陵因之，
蒲姑氏因之，而後太公因之。」又曰：「有星出於須女，姜氏、任氏
實守其祀。」（春秋）左丘明作，（三國吳）韋昭注：《國語》《周語
下‧景王問鍾律於伶州鳩》（臺北：九思出版有限公司，1978年11
月），卷3，頁138～140。

〔註306〕蘇軾：《蘇軾詩集》〈濠州七絕‧浮山洞〉，卷6，頁288～289。

年（1078），有八年之久，不禁令詩人道出「去國已八年，故人今有誰。」的感嘆。〈次韻王鞏留別〉詩曰：

> 去國已八年，故人今有誰。當時交游內，未數蔡克兒。豈無
> 知我者，好爵半已麋。爭為東閣吏，不顧北山移。公子表獨
> 立，與世頗異馳。不辭千里遠，成此一段奇。蛾眉亦可憐，
> 無奈思餅師。無人伴客寢，惟有支牀龜。君歸與何人，文字
> 相娛嬉。持此調張子，一笑當脫頤。〔註307〕

此詩意借此說明王鞏是「與世頗異馳」，不肯屈節而用，就像是寧王宅左賣餅妻，難忘舊日恩。又引用《史記・龜策列傳》云：「南方老人用龜支牀足，行二十餘歲，老人死，移牀，龜尚生不死。龜能行氣導引。」〔註308〕因神龜能行氣導引，有益於抗衰防老，延年益壽。用支牀龜比喻王鞏壯志未酬，蟄居而待。

蘇軾引用神龜為題，尚有在嶺南瘴癘之所，不屈於環境，藉神龜的吉兆，讓困厄之情有所依託，如〈葛延之贈龜冠〉詩曰：

> 南海神龜三千歲，兆協朋從生慶喜。智能周物不周身，未免
> 人鑽七十二。誰能用爾作小冠，岣嶁耳孫創其製。君今此去
> 寧復來，欲尉相思時整視。〔註309〕

此首說明蘇軾在海南儋州，有位名叫葛延之，從江陰擔簦萬里，渡海訪見。蘇軾教其作文之法，葛延之聽後，特別書諸紳，送給蘇軾一個親手製成的龜冠，蘇軾欣然接受並回贈了此首詩。又典引《史記・龜策列傳》云：「龜千歲乃滿尺二寸。王者發軍行將，必鑽龜廟堂之上，以決吉凶。今高廟中有龜室，藏內以為神寶。」〔註310〕神龜長壽，又能占吉凶。藉動物神靈之物，彰顯生活智慧，是需要成熟精慮的。

〔註307〕蘇軾：《蘇軾詩集》〈次韻王鞏留別〉，卷17，頁878～879。
〔註308〕（漢）司馬遷著，楊家駱主編：《新校本史記三家注并附編二種》〈龜策列傳第六十八〉（臺北：鼎文書局，1981年8月），卷128，頁3228。
〔註309〕蘇軾：《蘇軾詩集》〈葛延之贈龜冠〉，卷43，頁2354。
〔註310〕（漢）司馬遷：《史記・龜策列傳第六十八》，卷128，頁3227。

《爾雅·釋魚》云:「龜,俯者靈,仰者謝。前弇諸果,後弇諸
獵。左倪不類,右倪不若」〔註311〕而神龜之背甲隆起似天,腹坦平之
恰如大地,其負載著天地,象徵寰宇的圓方,它是能上知天文、下通
地理的神靈之物。蘇軾參酌運用神龜的素材為題,有長壽吉祥的象徵
意味,暗示著蘇軾的人生,要像神龜般吸納大地間的靈氣,可以養生
長壽,卜吉凶以避禍。

4. 鯨

鯨是大型哺乳類動物。《爾雅翼·釋魚二》載籍曰:

> 鯨,海中大魚也。其大橫海吞舟,穴處海底,出穴則水溢,
> 謂之鯨潮。或曰出則潮下,入則潮上,其出入有節,故鯨潮
> 有時。《江賦》曰:介鯨乘濤以出入。

> 崔豹《古今注》:稱鯨大者長千里,小者數丈一。生數萬了,
> 常以五六月就岸生子。至七八月,導從其子,還大海中。鼓
> 浪成雷,濆沫成雨。水族驚畏一,皆逃匿,莫敢當者。其雌
> 曰鯢,大者亦長千里,蓋鯨鯢有力,能驅食小魚,故以喻夫
> 彊豢而凌弱者。如獸之有豻貐,如蟲之有長蛇,如鳥之有鴟
> 鴞,然京觀之喻不取於彼,而獨言鯨鯢者,蓋鯨鯢導從數萬
> 子,跋扈大海中有渠魁之義。〔註312〕

《莊子》中記載有:

> 北冥有魚,其名為鯤。鯤之大,不知其幾千里也。化而為
> 鳥,其名為鵬。鵬之背,不知其幾千里也。怒而飛,其翼
> 若垂天之雲。是鳥也,海運則將徒于南冥。南冥者,天池
> 也。〔註313〕

班固《東都賦》載曰:

> 於是發鯨魚,鏗華鐘,登玉輅,乘時龍。鳳蓋颯麗,和鑾玲

〔註311〕（清）阮元校勘:《爾雅·釋魚第十六》《十三經注疏》(臺北:藝文
印書館股份有限公司,2001 年 12 月),卷 9,頁 166。

〔註312〕（宋）羅願撰,洪焱祖釋:《爾雅翼·釋魚三》(臺北:藝文印書館,
1965 年,《百部叢書集成》影印《學津討原》本),卷 30,頁 1～2。

〔註313〕（清）郭慶藩編:〈逍遙遊第一〉,頁 2。

瓏。天官景從，寢威盛容。〔註314〕

從載籍上記錄推估鯨的名稱有數種之稱，如「鯤」、「鯢」、「鯨鯢」、「鯨魚」等異稱。總之，鯨就是海中大魚。如此體型巨大的魚種，對當時人們而言，是不可思議的，於是借乎神話的色彩，多所揣摩與寄寓。

蘇軾善用文學意境與作法，託物言志的手法，用鯨的體型龐大，表態己志及政治的立場處境，讓意之隱顯有所呈現。如元豐時期的作品，如〈和王斿二首〉其一詩，云：

> 異時長怪謫仙人，舌有風雷筆有神。聞道騎鯨游汗漫，憶嘗捫蝨話悲辛。氣吞餘子無全目，詩到諸郎尚絕倫。白髮故交空掩卷，淚河東注問蒼旻。〔註315〕

作於元豐七年（1084），從金陵至常州。蘇軾經歷了詩案風暴後，對政治有所警覺，戰兢為詩。於是寫下「異時長怪謫仙人，舌有風雷筆有神。」記王安國夢靈芝官一事。而王安國舉茂材異，於辭無所不工，下筆有如神助。用「鯨」與「蝨」相對，大小氣勢不等，說明王安國自負不凡才情，亦如騎鯨漫游，懷佐世之志，使事無痕，巧妙運用，也嘉勉其子王斿要做「尚絕倫」優於同儕。

又〈送楊傑〉詩云：

> 天門夜上賓出日，萬里紅波半天赤。歸來平地看跳丸，一點黃金鑄秋橘。太華峰頭作重九，天風吹灩黃花酒。浩歌馳下腰帶鞓，醉舞崩崖一揮手。神遊八極萬緣虛，下視蚊雷隱污渠。大千一息八十返，笑屬東海騎鯨魚。三韓王子西求法，鑿齒彌天兩勍敵。過江風急浪如山，寄語舟人好看客。〔註316〕

作於元豐八年（1085），揚州之作。楊傑自號無為子，元祐二年

〔註314〕（南朝梁）昭明太子蕭統撰，（唐）李善，呂延濟，劉良，張銑，李周翰，呂向註：《增補六臣註文選》（臺北：華正書局，1981 年 5 月），頁 36。

〔註315〕蘇軾：《蘇軾詩集》〈和王斿二首・其一〉，卷 24，頁 1290～1291。

〔註316〕蘇軾：《蘇軾詩集》〈送楊傑并敘〉，卷 26，頁 1374～1375。

（1087），有高麗僧義天航海來到明州，詔以楊傑為館伴。楊傑奉詔與高麗僧統遊錢塘一事，蘇軾作詩送之。

　　以「天門夜上賓出日，萬里紅波半天赤。歸來平地看跳丸，一點黃金鑄秋橘。」詩句說明楊傑登頂太山，觀日出的情景，有「萬里紅波」、「平地跳丸」、「黃金秋橘」旭日乍現，光芒萬里壯景波瀾。登頂後，神遊八極氣概非凡，能力鉅大，可以是「大千一息八十返，笑厲東海騎鯨魚。」在廣大遼闊的大千世界裡，極短的時間瞬息萬變，笑著連衣涉水騎鯨渡東海。高麗義天王子西向前求佛法「鑿齒彌天兩勍敵」蘇軾用騎鯨魚的氣魄，勉楊傑「寄語舟人好看客」要善待嘉賓。

　　鯨魚體型巨大，往往是詩人透過物象作為取義之用的素材。元符二年（1099）三月，聞過誦書，聲節閑美。緬懷少時先君宮師遺意，乃和淵明〈酬郭主簿〉詩，隨意所寓。詩云：

> 雀鷇含淳音，竹萌抱靜節。誦我先君詩，肝肺為澄澈。猶為鳴鶴和，未作獲麟絕。願因騎鯨李，追此御風列。丈夫貴出世，功名豈人傑。家書三萬卷，獨取《服食訣》。地行即空飛，何必挾日月。〔註317〕

此詩首以「雀鷇含淳音，竹萌抱靜節。」寫先君少年詩，其遺風對蘇軾有影響。如今吟誦先君詩，以鶴鳴子和來形容追憶之思。用「願因騎鯨李，追此御風列。丈夫貴出世，功名豈人傑。」以謫仙李白騎鯨自比，說明自己雖遭貶謫，依舊有毅然剛勁的節操。最後再以「家書三萬卷」等句，找出先君軼句，從中生出「服食訣」，與前述「貴出世」意縐合。詩人自己之窘境，如地行空飛，又何必挾著日月之光乎？海南生活處處不便，蘇軾只能採言隱方式傳意表達。畢竟終是「可憐倦鳥不知時，空羨騎鯨得所歸。」〔註318〕

〔註317〕蘇軾：《蘇軾詩集》〈和陶郭主簿二首并引·其二〉，卷43，頁2351。
〔註318〕蘇軾：《蘇軾詩集》〈次韻郭功甫觀予畫雪雀有感二首·其二〉，卷45，頁2455。

　　蘇軾神仙吟詠的詩作中，擬用動物類神話〔註 319〕的方式，有龍、鳳、鶴、龜、鯨等神靈之物的寄託，表達詩人高風亮節的情志。呈現曲達隱志，對政治立場、民瘼關注、家國情感、個人際遇等，將詩人內在的真善，藉著神仙吟詠的訴求，呈現表達在作品裡，有寓意真義。

二、寄託情志的啟示

　　蘇軾「天生健筆一枝」〔註 320〕雄視百代。詩作中，以神仙吟詠為素材，記錄自己坎坷一生，起伏跌宕的經歷，投射於內在心靈的補償與超越現實的作用。神仙吟詠擬以寄託情志的方式，呈現出一種「不然神仙迹，羅網安能攀。」〔註 321〕的情境。有隨緣處逆，「游於物之初，世俗安得知。」〔註 322〕的寓情寄性，和「人事無涯生有涯，逝將歸釣漢江槎。」〔註 323〕的曠達襟懷。

（一）隨緣處逆

　　「東坡一生，以才得名，亦以才得禍。」〔註 324〕從考上進士後，入閣為官，總和當權者發生摩擦，使他無立足之處，就請求外任，先後歷任地方知州。先是做了杭州通判及密州、徐州、湖州的知州，後又再次做潁州、揚州、定州等知州。在外任地方官，漸與朝廷權位疏離，正好給予蘇軾嚮往仙鄉國境的憧憬與追求，勘破俗世紅塵的苦悶，以達求仙之樂。

〔註 319〕在「神話學」的研究上，已有所謂「廣義神話」與「狹義神話」的區別，於是，有些神話學者，是把這些類似神話的概念或形式（類神話），都歸屬在「廣義神話」的領域中思考。見傅師錫壬：《中國神話與類神話研究》（臺北：文津出版社有限公司，2005 年 11 月），頁 26。

〔註 320〕（清）趙翼撰：《甌北詩話・蘇東坡詩》（臺北：廣文書局，1991 年 3 月），卷 5，頁 1。

〔註 321〕蘇軾：〈雙鳧觀〉，卷 2，頁 82。

〔註 322〕蘇軾：〈送張安道赴南都留臺〉，卷 6，頁 269～271。

〔註 323〕蘇軾：《蘇軾詩集》〈次韻陳海州乘槎亭〉，卷 12，頁 595。

〔註 324〕（清）趙翼：《甌北詩話》，卷 5，頁 10。

　　政治的是非紛擾，打擊著蘇軾。但真正使蘇軾能屹立不朽，卻是他的文學生命。致君堯舜的儒家理想與釋道的入世表現，相互衝突，隨緣處逆的思維則充盈在蛻變的過程中。從神仙吟詠的詩作中觀察出，蘇軾乃具備善於處逆的堅毅。

　　熙寧年間，生活遭遇時而處朝闕、時而外任地方官，這樣的仕途跌撞，讓他興起了唯有悠遊於神仙國度裡，讓神仙思想的逍遙與至真至善，轉為生命之美。如〈遊金山寺〉詩云：

> 我家江水初發源，宦游直送江入海。聞道潮頭一丈高，天寒尚有沙痕在。中泠南畔石盤陀，古來出沒隨濤波。試登絕頂望鄉國，江南江北青山多。羈愁畏晚尋歸楫，山僧苦留看落日。微風萬頃靴文細，斷霞半空魚尾赤。是時江月初生魄，二更月落天深黑。江心似有炬火明，飛焰照山棲鳥驚。悵然歸臥心莫識，非鬼非人竟何物。江山如此不歸山，江神見怪警我頑。我謝江神豈得已，有田不歸如江水。〔註325〕

作於熙寧四年（1071）發潤洲，赴太常博士直史館杭州通守任。金山澤心寺，在潤洲城東南楊子江畔，因頭陀開山得金，故名稱之。

　　此詩起筆於思鄉之情。從出蜀離鄉至進京應考，走入仕宦，屈指十載餘。這過程從蜀江上游，宦遊萬里來到楊子江畔，焉能不令人湧起鄉情？從「我家」至「宦遊」在時間長河中洄泳，是挑戰也是心靈的呼喚。接著，對長江景緻虛實交錯的描繪，跨越時空，來到江畔，想像著巨石受到濤波沖激出沒之景。此刻，對家鄉之思、對宦海之慨，誠如眼前江濤起伏、江石若隱的現象。

　　蘇軾到金山寺，嘗試登頂望向故鄉，然眼前卻被橫亙綿綿的青山給阻斷，惟見江南江北的水流滔滔不息。日暮薄近，「畏晚」情緒使然，無心再戀美景，卻因寺院僧侶苦留，用時間轉換器推移著「羈愁」。

　　「微風萬頃靴文細，斷霞半空魚尾赤。是時江月初生魄，二更月

〔註325〕蘇軾：《蘇軾詩集》〈遊金山寺〉，卷7，頁307～308。

落天深黑。」狀寫眼前的長江絢麗燦爛之景，天光江水一色，譬諸靴文、魚尾之設，想像奇特生動。旋即轉入江上夜景，是時月初一彎新月，不到二更月落漆黑，江面是朦朧神秘、蕭然的氣氛。突然江心明亮，出現一團火炬，照亮整個金山，連山中棲息的鳥兒都受驚。悵然究為何物？非鬼非人的臆想，只有是神仙的瑰麗，似真夢幻神奇的出現。

最後以「江山如此不歸山」等句，寄託神仙方式，用江神示警，告誡詩人不應再冥頑、棧戀仕途。以「江山如此不歸山」、「有田不歸如江水」詩句，無不暗示蘇軾受政治打壓，仕途的不遂與愁悵。透過壯麗江景抒發苦悶，用隨緣處逆的態度，沖淡了內心澎湃不滿的情緒。《詩話總龜》云：「東坡遊金山，結四句蓋與江神指水為誓耳。」〔註326〕以神仙色彩作最好的收束與寄託。

在蘇軾最後貶謫流徙的日子，他深自檢討不再求仕榮，保持緘默。人世間要能撥開紛擾競逐，心要靜，勿慌勿驚，自然塵埃落定。蘇軾自己如是說，如〈司命宮楊道士息軒〉詩云：

> 無事此靜坐，一日似兩日。若活七十年，便是百四十。黃金幾時成，白髮日夜出。開眼三千秋，速如駒過隙。是故東坡老，貴汝一念息。時來登此軒，目送過海席。家山歸未能，題詩寄屋壁。〔註327〕

在儋州，要懂得調整步伐，排除種種不適，能做的就是一種自我的排遣。此詩先言，靜坐冥思的好處，一日似兩日，猶似仙人百歲，超越生死。接著，再言時間飛快奔馳，人生黃金歲月，稍縱即逝，徒增絲絲白髮。靜坐時，一睜眼已三千秋，如白駒過隙般倏忽不已。詩人自己想一想，感嘆年事已高，故道出：「是故東坡老，貴汝一念息。」的慨歎。

蘇軾與楊道士往來於元豐時期。當蘇軾貶謫於黃州，楊道士曾訪

〔註326〕蘇軾，（清）馮應榴輯注，黃任軒、朱懷春校點：《蘇軾詩集合注》〈遊金山寺〉（上海：上海古籍出版社，2014年6月），卷7，頁276。
〔註327〕蘇軾：《蘇軾詩集》〈司命宮楊道士息軒〉，卷43，頁2352。

東坡。曾言「楊生自言識音律，洞簫入手清且哀。」〔註328〕識音律且善次簫。從「誰能伴我田間飲」〔註329〕到「萬里隨身惟兩膝」〔註330〕，終至「時來登此軒，目送過海席。家山歸未能，題詩寄屋壁。」探出蘇軾與楊道士方外之士的交情，是真切誠摯的。

蘇軾載浮於宦海，中年以後幾與患難為伍，當他受盡命運擺弄，亦曾感慨說出「人間何處不巉巖」〔註331〕的心聲，百感交集的思緒，促使詩人必須透過神仙思想的轉化，得以超然自適，隨緣處逆。

（二）閑情曠達

蘇軾受到道教文化的浸染，悠遊於神仙的人文信仰裡，認為神仙實有、神仙可學，而致長生之道，使其精神有所依托，將苦悶的人生得以過渡幻化。雖然際遇有時是「雅志未成空白歎」〔註332〕或是「浮雲軒冕何足言」〔註333〕，只要持守志誠信仙，秉持仙氣的意念，追隨「仙人與吾輩，寓迹同一塵。」〔註334〕與仙跡同塵，想必日後是「他年許綴蓬萊班」〔註335〕。然困厄的環境，反轉了頹喪的意念，用以閑情曠達以對，實賴學道求仙之鑰，得以寄託釋放。

從文學詩作中探究，蘇軾將如何用閑情曠達的態度，面對生活？如元豐時期，謫黃之作，體悟人世無常的遞變。除了在此興起消災避禍，閉門思過之外，更是將得失、榮辱轉換為超乎世俗，且持守寧靜淡泊的心境。當驀然回首時，也無風雨也無晴的灑脫，確實無人

〔註328〕 蘇軾：《蘇軾詩集》〈次韻孔毅父久旱已而甚雨三首·其三〉，卷21，頁1124。

〔註329〕 蘇軾：《蘇軾詩集》〈次韻孔毅父久旱已而甚雨三首·其二〉，卷21，頁1123。

〔註330〕 蘇軾：〈次韻孔毅父久旱已而甚雨三首·其三〉，卷21，頁1124。

〔註331〕 蘇軾：《蘇軾詩集》〈慈湖夾阻風五首·其五〉，卷37，頁2035。

〔註332〕 蘇軾：《蘇軾詩集》〈次韻陳海州書懷〉，卷12，頁594。

〔註333〕 蘇軾：〈送張嘉州〉，卷32，頁1709。

〔註334〕 蘇軾：〈次韻王定國書丹元子寧極齋〉，卷36，頁1969。

〔註335〕 蘇軾：《蘇軾詩集》〈追餞正輔表兄至博羅，賦詩為別·再用前韻〉，卷39，頁2111。

所及，蘇軾做到了這樣瀟灑曠達的意識形態與感悟人生。〈和蔡景繁海州石室〉一詩，言：

> 芙蓉仙人舊遊處，蒼藤翠壁初無路。戲將桃核裹黃泥，石間散擲如風雨。坐令空山出錦繡，倚天照海花無數。花間石室可容車，流蘇寶蓋窺靈宇。何年霹靂起神物，玉棺飛出王喬墓。當時醉臥動千日，至今石縫餘糟醨。仙人一去五十年，花老室空誰作主。手植數松今偃蓋，蒼髯白甲低瓊戶。我來取酒酹先生，後車仍載胡琴女。一聲冰鐵散巖谷，海為瀾翻松為舞。爾來心賞復何人，持節中郎醉無伍。獨臨斷岸呼日出，紅波碧巘相吞吐。徑尋我語覓餘聲，挂杖彭鏗叩銅鼓。長篇小字遠相寄，一唱三歎神悽楚。江風海雨入牙頰，似聽石室胡琴語。我今老病不出門，海山巖洞知何許。門外桃花自開落，牀頭酒甕生塵土。前年開閣放柳枝，今年洗心歸佛祖。夢中舊事時一笑，坐覺俯仰成今古。願君不用刻此詩，東海桑田真旦暮。〔註336〕

蔡景繁與蘇軾同為嘉祐二年（1057）進士登第。元豐五年（1082），蔡景繁出使淮南轉運副使，置司楚州。楚州與海州相距不遠，駕一扁舟即至，蔡景繁曾往遊賦詩，蘇軾和韻之，敘述海州朐山臨海石室的海上奇觀。從「芙蓉仙人舊遊處」的前八句始，以芙蓉城主石曼卿成仙的事跡說起。仙人舊遊之地，初始無路，處處蒼藤翠壁，人煙罕至。石曼卿用黃泥裹桃核如彈丸的方法，擲其懸崖峭壁上，翌年春，萌芽開花結實，燦爛如錦。

　　其次，從「何年霹靂起神物」至「蒼髯白甲低瓊戶」，以《後漢書王喬傳》仙人王喬，天降玉棺於堂前，吏人推移不動。以及《博物志》劉玄石酒家酤酒千日，忘其節度醉臥，家人以為卒，權葬之。後酒家計千日滿，開棺始醒。然石曼卿猶如黃鶴一去不復返，前所栽植的花，滿山爛如錦的情況，如今隨著花飄落零，石室空蕩誰來做主？而手親植的松樹，如今亦亭亭如蓋，蒼髯老翁低迴於畫堂瓊戶中。

〔註336〕蘇軾：《蘇軾詩集》〈和蔡景繁海州石室〉，卷22，頁1178～1180。

　　再者，以「我來取酒酹先生」至「海為瀾翻松為舞」，說明蘇軾以酒灑地用祭神方式，祭拜著石曼卿。當蔡景繁一遊海州石室，時有胡琴婢，彈奏聲如兵車鐵馬鏗鏘有力，所以蘇軾寫出「一聲冰鐵散巖谷，海為瀾翻松為舞。」為之讚頌。

　　進而，「爾來心賞復何人」至「一唱三歎神悽楚」，言蔡景繁時漕淮南，故以「持節中郎」名之。蔡景繁來到海州石室，獨臨岸邊欲呼日出之象，想學學始皇過海看日出。此處投射出神話色彩，始皇作石橋，是當初欲過海看日出之處。有神能驅石下海，石去不速，神鞭石，皆流血。石橋處，波瀾壯觀，登崎嶇碧巇和波濤相互吞吐的氣象。小徑中尋覓著聲響，就像拄杖的彭鏗擊叩銅鼓，喧天震響。此刻謫黃的蘇軾，深感被文字所累，卻依然秉持高風亮節的情操，堅持不作媚上通俗之佞臣。在此以長篇文字遙相寄，詩意委婉且寓意深遠。

　　接續，再「江風海雨入牙頰」至「今年洗心歸佛祖」，外面時局就像是江風海雨般詭譎不定，他一如世外漁樵，不聞世事。然蔡景繁能一遊海州石室、聽胡琴語。蘇軾訴說目前處境，是老病不出門，海州石室的巖洞，怎知佳期在何許？唏噓著門外的桃花，逕自開起開落，而床頭酒甕也塵埃覆滿。以「前年開閣放柳枝」對照著「今年洗心參佛祖」，時間上用白居易〈不能忘情吟〉樊素的故事，道出此刻的心情。而今年是「胸中自有洗心經」〔註337〕，以虔誠洗心歸向於佛祖。

　　最後，以「夢中舊事時一笑」等四句，道出詩人內心真正的曠達寓意。引《楞嚴經》云：「卻來觀世間，猶如夢中事。」〔註338〕世間虛幻，生死如朝暮，如能擁有乘風馭雲，才能超然獨立，只因變化驚速，坐覺俯仰，已成今古往事。蘇軾希望蔡景繁不必在意此詩，因為

〔註337〕蘇軾：《蘇軾詩集》〈贈治易僧智周〉，卷11，頁522。

〔註338〕〔施註〕引《楞嚴經》。見（宋）蘇軾著，（清）馮應榴輯注，黃任軒、朱懷春校點：《蘇軾詩集合注》〈送蔡冠卿知饒州〉（上海：上海古籍出版社，2014年6月），卷7，頁300。

世事真如夢寐。終以「東海桑田真旦暮」詩句，添加神仙氛圍，及莊子〈齊物論〉的思想，東海都可以三為桑田的情況下，相信千秋萬世後，也能遇到一聖人，解開這樣難解的道理。但人間行路艱難，希望聖人能如仙人海中復揚塵的神奇，解決疑難世事。

　　蘇軾對生活持以澹泊曠達的理念，才能走過風雨不歇的人生。哲宗元符三年（1100），蘇軾終於如願，對一放逐老臣，能北歸返鄉是何等歡愉及榮幸。〈和黃秀才鑑空閣〉如是云：

> 明月本自明，無心孰為境。挂空如水鑑，寫此山河影。我觀大瀛海，巨浸與天永，九州居其間，無異蛇盤鏡。空水兩無質，相照但耿耿。妄云桂兔蟆，俗說皆可屏。我遊鑑空閣，缺月正淒冷。黃子寒無衣，對月句愈警。借君方諸淚，一沐管城穎。誰言小叢林，清絕冠五嶺。〔註339〕

鑑空閣，在廣州崇福寺，其閣能枕江流。首先，從「挂空如水鑑，寫此山河影。」等四句，先鋪陳鑑空閣居高臨下的地勢。一輪明月，倒影江面如水鏡，望著皎潔明月，興起了空山鳥飛絕、空靈本無迹的意境。接著「我觀大瀛海」至「無異蛇盤鏡」四句，寫出詩人內心澎湃的思潮，看看環繞整個世界的大海，巨大到與天相並，然九州就在大瀛海中，好似蛇盤境般。

　　再者，「空水兩無質」迄「俗說皆可用」，說明皎皎月華，映照促織相鳴。《史記・龜策列傳》云：「日為德而君於天下，辱於三足之烏。月為刑而相佐，見食于蝦蟆。」〔註340〕桂宮中有蟾蜍、玉兔、蝦蟆之說，對玉輪有著「妄云」、「俗說」的揣測臆想。接續，言詩人遊覽鑑空閣時，連娟缺月正淒冷著，想到「句法本黃子」〔註341〕的原則。想到黃魯直用字工穩而新警，因此寫下「對月句愈警」詩句，用字鍛鍊更需謹慎。

〔註339〕蘇軾：〈和黃秀才鑑空閣〉，卷44，頁2399。
〔註340〕（漢）司馬遷：《新校本史記三家注并附編二種・龜策列傳》，卷128，頁3228。
〔註341〕蘇軾：《蘇軾詩集》〈次韻范淳甫送秦少章〉，卷35，頁1892。

　　最後以「借君方諸淚」等四句收束，說明「方諸」乃「方鑑」也〔註342〕，就像是始皇使蒙恬賜之湯沐，封諸管城。〔註343〕崇福寺內有規矩法度，而崇福寺的清麗絕色，是冠於五嶺之上。寺閣山月之景，帶給蘇軾開闊的視野與想法，因此，本詩一開頭即以「明月本自明，無心孰為境。」影射到己身處境，應是最好的生活寫照，讓心境上是曠達自適，閑情以對，就是生活哲學的紓壓之方。

　　綜述蘇軾神仙吟詠的詩作中，抒發不少個人感慨，不論是任職、貶謫、甚或嶺海時期，從中不難看出封建君權時勢中，一位仕途不得志的知識分子，其精神苦悶與對黑暗世界的憤懟。身為朝中的重臣又是貶臣的蘇軾，能扭轉乾坤的力量否？當無法發揮儒家濟世的作為時，只能轉往神仙思維，隨緣處逆，融入儒釋道合一，順應自然，破除執找，自我調息而能隨遇而安。再追求神仙的美好，閑情以寄性，出世入世皆曠達融貫。與天地萬物並存，超越人的自我侷限；能像神仙般餐風飲露，乘雲御龍，游於寰宇，逍遙自在。他活出真性情，以神仙之姿，養生行氣，通貫全身。文思巧妙，悠遊於文學世界，健筆力鈞，一瀉千里。因此，不論何種生活型態，蘇軾還是蘇軾。

〔註342〕蘇軾：〈和黃秀才鑑空閣〉，卷44，頁2399。

〔註343〕〈次韻范純父涵星硯月石風林屏詩〉：「陶泓不稱管城沐，醉石可助平泉醒，故持二物與夫子，欲使妙質留天庭。」〔王注〕《韓退之毛穎傳》：秦始皇使蒙恬賜之湯沐，封諸管城。與絳人陳玄、弘農陶泓及會稽褚先生友善，相推致，出處必借。見蘇軾著，（清）馮應榴輯注，黃任軔、朱懷春校點：《蘇軾詩集合注》〈次韻范純父涵星硯月石風林屏詩〉（上海：上海古籍出版社，2014年6月），卷36，頁1821。